내 황홀한 옷의 기원

내 황홀한 옷의 기원

백 지 영
장 편 소 설

알렙

차례

내 황홀한 옷의 기원

프롤로그

"내가 생각하는 패션의 미래는 디자이너의 지휘봉이 아닌 개인에게 달려 있다. 나의 역할은 여성에게 자유로운 도구를 제공하는 것이다."

—도나 캐런

그리 크지 않은 강의실은 일찍부터 학생들로 가득 차 있었다. 특강 일정이 잡힌 후 신청 문의가 쇄도했고 특히 〈패션의 미래〉라는 주제의 강의를 듣기 위해서는 높은 경쟁률을 뚫어야 했다. 어렵게 강의에 참석한 학생들은 성공한 디자이너를 눈앞에서 본다는 기대감에 부풀어 있었다. 패션을 전공하는 학생들뿐 아니라 취업을 준비하는 학생들도 많았다. 강단에 선 줄리아는 성공한 디자이너이자 여성 리더로서 학생들에게 도움이 될 만한 이야기들을 진솔하게 들려줬다. 강의실은 한 시간 남짓한 시간 내내 웃음과 감탄 소리가 끊이지 않았다.

"그럼 이제 약속대로 여러분의 가치를 높이는 방법을 알려드릴 때가 됐네요. 기본적으로 사람은 자신의 가치가 높이 평가되기를 희망합니다. 자신의 가치를 높이는 방법은 뭐가 있을까요. 공부를 열심히 해 학력을 높이고 지식을 쌓는 것? 다이어트를 열심히 해 외모를 가꾸는 것도 자신의 가치를 높이는 방법이지 않을까요? 또 봉사 활동을 열심히 해 인품을 평가받는 것도 아마 그중 하나겠죠. 하지만 이런 걸 하기 위해서는 시간과 노력이 필요하죠. 그것도 꽤 많이요. 그런데 이렇게 힘든 과정을 거치지 않고 자신의 가치를 높이는 방법이 있는데요. 그것이 과연 뭘까요?"

줄리아는 갑자기 강단에서 내려와 앞자리에 앉은 한 여학생에게 다가갔다. 아직 소녀티를 벗지 못한 여학생의 블라우스는 지난가을 출시한 줄리아의 패션 브랜드 제품이었다. 줄리아가 다가오자 여학생은 블라우스가 잘 보이도록 가슴을 펴고 바로 앉았다. 맨 앞자리를 차지하느라 부지런을 떤 보람이 있다는 뿌듯함이 얼굴에서 느껴졌다. 예상대로 줄리아는 여학생의 블라우스를 한동안 들여다봤다. 하지만 그녀는 곧 책상 위로 눈을 돌려 한쪽에 놓여 있는 지갑을 들어 보였다. 갈색 직사각형 가죽지갑에는 루이비통 로고가 프린트돼 있었다. 줄리아는 지갑을 든 손을 힘껏 뻗어 뒤에 앉은 사람들이 볼 수 있도록 치켜올렸다.

"바로. 이것! 그저 명품 하나만 들고 있으면 게임 끝이죠."

학생들 사이에서 웃음이 터져나왔다.

"명품을 손에 쥔 순간 사람들은 그 사람의 가치를 높이 평가하고, 그것을 손에 들고 있는 사람 또한 자신의 가치가 올라간다고 믿죠."

줄리아는 지갑을 내려놓고 강단 쪽으로 몇 걸음 발을 옮겼다. 하지만 다시 돌아서 학생들을 찬찬히 둘러봤다.

"인간이 패션에 기대하는 것은 바로 이것입니다. 현실의 나가 아닌 보여지고 싶은 나를 완성하는 일. 그러니까 패션의 본질은 인간의 욕망을 읽어내 제품과 서비스로 생산해 소비자를 만족시키는 것. 바로 이것이지요."[*]

줄리아는 뒤를 돌아 큰 걸음으로 성큼 강단 위에 뛰어올랐다.

"이런 말이 있죠. 에르메스에서 취급하는 것은 필요가 아니라 욕망이다. 패션이 추구하는 건 필요가 아니라 욕망입니다. 저는 필요한 옷을 만들지 않습니다. 욕망하는 옷을 만들죠. 우리는 욕망을 꿈꾸는 사람들에게 소유욕을 부추겨 옷을 사게 만들어야 합니다. 여러분이 앞으로 무슨 일을 하시든 명심해야 할 부분은 이 인간의 욕망을 어떻게 읽고 제품이나 서비스로 생산해 소비자들의 소유욕

---

* 이현학, 「패션업의 본질은 욕망탐지다」, 《패션포스트》, 2019. 01. 24에서 인용.

을 부추기느냐 하는 것일 것입니다. 현대인들은 사회 속에서 자신의 존재감을 갖고 싶어하죠. 그런데 대부분의 사람들은 많이 소유할수록 자신의 존재가 커진다고 믿으니까요."

말을 마친 줄리아는 다시 학생들을 찬찬히 둘러보며 눈을 맞췄다. 학생들은 숨을 죽인 채 그녀의 말에 귀를 기울이고 있었다. 조금 전보다 한층 더 반짝이는 눈빛이었다. 이때 갑자기 목소리 하나가 튀어나왔다.

"패션이 추구하는 것은 욕망을 읽고 소유욕을 부추기는 일이라고 하셨는데, 그건 소유할 수 없는 사람들에게 패션이 무용지물이라는 것을 인정하시는 말씀 아닌가요?"

갑자기 튀어나온 까칠한 목소리에 강의실은 잠시 술렁거렸다. 줄리아는 얼른 소리가 나온 쪽을 바라봤다. 비슷비슷한 메이크업과 헤어스타일의 여학생들 몇이 몰려 앉아 있었다. 줄리아는 목소리의 주인공으로 짐작되는 여학생을 보며 말을 이어갔다.

"맞아요. 소유할 수 없는 사람들에게 제 옷은 무용지물일 수 있습니다. 하지만 앞에서도 말했듯이 그럼에도 저는 필요한 옷을 만들고 싶지는 않습니다. 제 고객들은 옷이 차고 넘쳐서 딱히 새 옷이 필요가 없는 사람들이거든요. 사람들이 꼭 필요해야 옷을 산다? 그러면 정말 큰일이겠는데요."

학생들 사이에서 웃음이 터져 나왔다. 웃음을 뚫고 다시 질문이 이어졌다. 아까보다 더 까칠한 목소리였다.

"선생님은 욕망하는 것을 많이 소유하셨기 때문에 그 자리에 계시겠지만, 그럼 혹시 소유하고 싶은 욕망이 좌절된 경우도 있으신가요? 갖고 싶은 걸 갖지 못할 땐 어떻게 하시나요?"

학생들 사이에서 다시 웃음이 터졌다. 약간 당황했지만 줄리아는 여유 있는 웃음을 잃지 않은 채 질문을 한 학생 쪽을 다시 바라봤다. 강의실의 학생들은 그녀의 입에서 나올 말을 기다리고 있었다.

I. 핏빛 붕대

"내 삶이 마음에 들지 않았기 때문에 나는 내 인생을 창조했다."

—코코 샤넬

파티의 북새통이 마무리될 즈음, 신애는 그제야 실내로 들어와 구석진 테이블에 앉았다. 머리를 가지런히 넘긴 웨이터가 음료가 담긴 쟁반을 들고 다가왔다. 자주색 보우타이가 하얀 얼굴과 잘 어울린다는 생각을 하며 그녀는 테이블의 컵을 가리켰다. 웨이터는 쟁반에서 투명한 글래스 주전자를 들어 컵에 물을 따랐다.

"더 필요하신 건 없으신가요?"

신애는 고개를 들어 웨이터의 얼굴을 바라봤다. 유난히 반짝이는 검은 눈동자를 가진 청년이었다. 종일 일에 지쳐 피곤할 텐데도 입가에는 여전히 친절한 미소를 담고 있었다.

"아니요. 없어요. 고마워요."

웨이터가 쟁반을 다시 들고 사라지자 신애는 그제야 컵을 들어 물을 마셨다. 투명한 물이 목안으로 넘어가는 순간 온몸에 시원한 청량감이 끼쳤다. 입과 목에 느껴지던 이물감이 씻겨 내려가는 기분이었다. 갈증이 어느 정도 가시자 이번에는 몇 시간을 하이힐 속에 갇혔던 발이 조여들며 다리가 저려 왔다. 잠시 드레스 사이로 드러난 다리를 주물렀다. 손을 얼굴로 옮겨 메이크업이 지워지지 않게 입언저리도 문질렀다. 종일 웃으며 사람들을 상대하느라 얼굴에 마비가 올 지경이었다. 하지만 뻣뻣하게 굳었던 얼굴에 곧 꽃 같은 웃음이 터졌다.

오늘만큼 행복했던 적이 있을까. 신애는 그만 소리 내 웃고 말았다. 파티 내내 자신을 따라다니던 사람들의 눈이 떠올랐다. 하나같이 부러움과 존경이 담긴 눈이었다.

그래서일까. 그녀는 점점 남편 곁에서 멀어졌다. 쏟아지는 시선을 온전히 홀로 즐겼다. 그건 배우 정현우의 아내가 아닌 제작자 윤신애에 대한 찬사였다. 정현우를 파티의 주인공으로 만든 건 아내 윤신애라는 걸 모르는 사람은 없었다. 자신을 향한 사람들의 반짝이는 눈빛에 그녀는 굳이 남편에게 다가갈 필요를 느끼지 못했다.

그녀는 얼른 웃음을 멈추고 주위를 둘러봤다. 문득 남편은 뭘 할까 궁금했다. 그러고 보니 언제부턴가 남편이 보이지 않았다. 신애는 벗었던 하이힐에 다시 발을 넣고 몸을 일으켰다.

패션쇼가 끝난 실외 행사장은 이미 몇몇 사람 외에는 보이지 않았다. 밤이 깊어지자 얇은 드레스로 스미는 공기가 차가웠다. 드레스와 슈트로 멋을 낸 사람들은 시간이 지나자 약속한 듯 실내로 들어가 자리를 잡았다. 은은한 조명이 깔린 실내는 아늑하고 따뜻했다. 따뜻한 공기 속을 익숙한 음악이 솜털처럼 부드럽게 떠다녔다. 신애는 재즈풍으로 편곡된 「현을 위한 아다지오」가 흐르는 실내를 눈으로 훑었다. 하지만 현우의 모습은 보이지 않았다. 신애는 테이블 사이를 헤집었다. 처음에는 다소 느긋했던 걸음이 점점 걷잡을 수 없이 빨라졌다. 눈이 빠지듯 아팠다.

홀 안에도 현우는 없었다. 패션쇼가 열리던 야외 파티장도 둘러봤다. 하지만 텅 빈 연회장에는 이미 몇몇 직원들이 뒷정리를 할 뿐이었다. 신애는 파티장을 벗어나 호텔 이곳저곳을 둘러봤다. 화장실이란 화장실은 다 뒤졌다. 파티에 지쳐 룸에서 쉬는 건 아닐까. 프런트에 확인했지만 직원은 고개를 저었다. 눈치를 보던 남자는 맡겼던 그녀의 휴대폰을 내밀었다. 신애는 얼른 휴대폰을 낚아채듯 받아들었다.

현우에게서 온 연락은 없었다. 그녀의 얼굴이 점점 어두워지자 덩달아 남자의 눈도 커다래졌다. 신애는 얼른 몸을 돌렸다. 어딘지도 모르게 걸음을 옮기며 휴대폰의 다이얼패드를 눌렀다. 신호음 소리가 아득했다. 컬러링도 없는 현우의 휴대폰은 역시나 묵묵부답이었다.

신애는 로비를 나와 뒷문 앞의 벤치에 주저앉았다. 시리도록 찬바람이 드레스 사이를 파고들었다. 찬바람에 머리를 식히며 신애는 찬찬히 생각을 정리했다.

아무래도 사람들을 피해 어딘가 숨은 모양이었다. 처음부터 남편은 파티를 내켜 하지 않았다. 워낙 이런 파티는 좋아하지 않는 사람이었다. 아니 사람들이 많이 모이는 곳조차 싫어했다. 매스컴의 관심 또한 늘 부담스러워하던 그가 아니었던가.

신애의 입에서 안도의 한숨이 터져 나왔다. 어딘가 숨은 게 분명했다. 다른 파티나 행사 때도 종종 있던 일이었다. 그렇게 사라졌다가 파티가 끝날 때쯤 슬그머니 나타나고는 했다. 이번에도 어딘가 숨어 사람들이 전부 사라지기를 기다리겠지. 시간이 지나자 파티장은 아수라장이 됐으니까. 곳곳에서는 시비가 벌어졌고 어쩌면 처음부터 그를 축하할 마음은 없는 사람들이었으니까.

그런데 다시 몸을 일으킬 때였다. 아침에 받았던 전화가 불쑥 머리를 쳤다. 처음에는 팬이라던 전화기 너머의 목소리. 하지만 곧 거친 협박으로 바뀌었다. 또 영화에 대한 불만이었다. 거친 목소리와 달리 다행히 전화는 곧 끊겼다. 수없이 겪은 일이었다. 하지만 매번 가슴이 철렁 내려앉았다. 정말 영화를 한 게 잘한 일일까. 신애는 차가운 바람에 휘둘리듯 머리를 흔들었다.

처음부터 위험한 소재의 영화였다. 그래서 투자자도 나서지 않았다. 하지만 주인공 찬혁 역은 남자배우라면 누구나 욕심 날 캐릭터였다. 현우 또한 그랬다. 시나리오를 본 그는 흥분으로 잠을 설치기도 했다. 우여곡절 끝에 영화가 만들어졌지만 국내 상영은 어렵다는 생각이 지배적이었다. 메이저 배급사는 물론 소규모 배급사도 몸을 사렸다. 발로 뛰어 극장을 잡는 데는 한계가 있었다. 방법은 한 가지뿐이었다. 다행히 해외영화제 출품 기한이 영화 완성일과 맞았다. 작품성만큼은 자신 있었으니 번역을 공들여 하기로 했다. 자막을 넣는 데만 여러 브레인들이 동원됐다. 그렇게 출품을 하고 초조한 기다림 끝에 초청 메일이 왔다. 하늘을 나는 기분이었다. 현지인들의 도움이 컸다.

영화제 출품은 기적을 가져왔다. 경쟁 부문에 당당히 이름을 올리더니 현우에게 남우주연상이라는 예상 밖의 쾌거까지 안겼다. 영화가 해외에서 호평받자 국내의 평가 또한 달라졌다. 몸을 사리던 배급사가 움직이기 시작했다. 처음에는 작품성만 있는 줄 알았던 영화가 재미까지 갖췄다는 소문이 줄을 이었다. 영화는 곧 폭발적인 반응을 일으켰다. 상영관은 갈수록 늘었고 화제성도 점점 커졌다. 실화가 이야기의 바탕이 됐다는 추측이 관심을 키웠다. 영화

20

를 본 사람들은 극중 인물과 현실 속 인물을 연결시키기에 바빴다. 아니 굳이 생각을 안 해도 알 수 있었다. 그렇게 영화는 흥행가도를 달리고 있었다. 하지만 그럴수록 정체를 알 수 없는 협박이 이어졌다. 아침의 전화기 너머의 목소리 또한 몸조심하라는 악담과 함께 거칠게 전화를 끊었다.

"신경 쓸 거 없어."

남편은 특유의 웃음을 웃어보였다. 살짝 그어진 주름에 고인 웃음들. 불안한 신애의 얼굴에도 순간 미소가 번졌다. 그녀는 남편의 미소가 새삼 참 아름답다고 생각했다. 하지만 그렇게 걱정 말라며 웃던 그가 보이지 않았다. 자신이 주인공인 파티에서 사라진 것이다.

신애는 다시 다이얼패드를 눌렀다. 만약 이번에도 받지 않으면 신고를 해야지. 휴대폰을 든 손이 자꾸 떨려 왔다. 그런데 통화음이 몇 번인가 울렸을 때였다. 신애는 그제야 줄리아가 떠올랐다. 언제부터일까. 줄리아 또한 보이지 않았다. 신애는 빠르게 기억을 더듬었다. 패션쇼가 끝나고도 줄리아는 분명 파티장에 남아 있었다. 사람들 틈에서도 신애는 남편과 자신을 바라보는 줄리아의 슬픈 눈을 의식했다. 아니 그녀는 줄리아를 눈에서 놓지 않았다. 줄곧 따라다녔다. 줄리아 또한 이번 영화를 반대했다. 그렇게 반대하던 영화의 성공을 목격하고 자신이 틀렸다는 걸 인정해야 할 때의 기분은 어떨까. 그리고 그 성공을 만든 건 다른 누구도 아닌 신애 자신이었다. 먼발치에서 환호와 찬사를 받는 자신을 내내 따라다니던 줄리아의 슬픈 눈. 기억 속에서 그것과 마주하자 신애는 다시 한 번 온몸에 짜릿한 전율을 느꼈다.

그런데 그렇게 자신을 내내 따라다니던 줄리아의 눈이 어느 순간 사라져 버린 것이다. 남편 현우도. 휴대폰을 든 신애의 손이 힘없이 무릎 위로 떨어졌다. 그제야 사람들 속으로 함께 사라지던 둘의 마지막 모습이 아득한 옛일처럼 떠올랐다.

힘이 풀려 자꾸 가라앉는 몸을 겨우 추슬렀다. 힘겹게 중심을 잡았다. 가슴에 가득하던 불안을 밀며 분노와 슬픔이 파도처럼 몰려왔다.

신애는 어둠을 찾아 쏟아지는 눈물을 훔쳤다. 하지만 곧 화장을 고치고 머리를 매만졌다. 심호흡을 하자 머리가 맑아지는 느낌이었다. 그녀는 아무 일 없다는 듯 다시 파티장으로 갔다. 그리고 남은 사람들이 모두 자리를 뜰 때까지 기다려 배웅을 했다. 술에 취한 와중에도 몇몇은 현우가 보이지 않는 것을 의아해했다.

"너무 많이 마셔서 인사불성이지 뭐예요."

눈웃음과 함께 신애는 룸을 가리키듯 손가락을 위로 뻗었다. 사람들은 그럴 줄 알았다는 듯 호탕한 웃음을 터트리며 때맞춰 도착한 차에 올랐다.

배웅을 마친 신애는 파티장을 돌며 수고한 직원들에게 일일이 감사의 인사를 했다. 직원들은 박수로 화답했다. 그러고는 뒷정리를 위해 맡은 자리로 흩어졌다.

신애는 파티장을 나와 현우의 행방을 알 만한 직원을 찾았다. 지배인과 문 앞의 안내원, 주차요원 등을 따로 만났다. 그들의 말은 일치했다. 줄리아가 먼저 호텔을 나갔다고 했다. 몸이 좀 안 좋아 보이셨어요, 말하며 웃음이 얼굴에 밴 안내원은 잠시 이마를 찌푸렸다. 줄리아를 에스코트한 것도 패션센터의 매니저였다. 하지만 현우의 행방을 아는 사람은 없었다. 그러니 적어도 둘이 함께 사라진 건 아니었다. 신애는 그 사실만으로도 마음이 한결 가벼워졌다.

혹시 집에 먼저 가 있는 건 아닐까. 신애는 프런트에 택시를 부탁했다. 그런데 택시를 타기 위해 문을 나설 때였다. 한 주차요원이 그녀 곁으로 조심스럽게 다가왔다.

"정 배우님이 택시를 타시는 걸 봤습니다. 지하주차장 후문 쪽에서요."

그의 말로는 현우의 얼굴이 사색이 됐더라고 했다.

"매우 중요하고 다급한 일 같았습니다. 아주 절박해 보였어요. 정 선생님이 나가신 걸 말해선 안 된다고 생각할 만큼."

신애는 그의 눈을 잠시 바라봤다. 그러고는 지갑에서 이런 일을 대비해 늘 넣고 다니는 수표를 꺼내 쥐어줬다.

"고마워요. 다른 사람에겐 말하지 마세요."

수표를 받아 쥐며 그는 연방 허리를 굽혔다.

＊

역시나 현우는 집에 없었다. 혹시나 했던 기대가 무색해 신애는 입술을 깨물었다. 시각은 이미 한밤중을 지나 새벽으로 내달렸다. 현우의 전화기는 신호도 가지 않은 채 아예 꺼져 있었다. 신고를 해야 할까. 신애는 몇 번이나 휴대폰을 들었다. 하지만 곧 내려놨다. 택시를 탔다지 않은가. 그러니 자신의 의지대로 사라진 게 분명했다. 아니 그 말을 정말 믿어도 될까. 복잡한 머리를 식히려 신애는 욕실에 들어가 샤워기를 틀었다. 곧 머리와 얼굴로 폭포 같은 물줄기가 쏟아졌다. 따뜻한 물이 차례로 몸을 적실 때마다 신애는 마음속에 있던 무거운 생각이 덜어지는 기분이었다.

욕실에서 나와 머리를 말리고는 신애는 자신도 모르게 소파에 주저앉았다. 그런데 깜빡 잠들었을까. 갑자기 귓속을 울리는 날카로운 소음에 화들짝 눈을 떴다. 인터폰 소리라는 걸 깨닫기까지는 조금의 시간이 걸렸다. 버튼을 누르자 들려오는 경비원의 목소리는 다급하면서도 무거웠다.

"잠시 내려오셔야겠습니다. 사모님."

신애는 자꾸 꺾이는 무릎을 곧추세우며 경비원이 말한 지하주차장으로 달려갔다. 주차장 한구석에 그가 쉬는 작은 방이 있었다. 그 좁고 어두운 방을 떠올리자 신애는 갑자기 달려든 오싹함에 그만 몸서리쳤다.

주차장의 어둠 속을 더듬어 가자 어렴풋이 경비실의 불빛이 보였다. 한발 한발 희미한 불빛이 다가올수록 요란하게 가슴도 뛰었다. 그녀의 심장 소리를 듣기라도 했을까. 갑자기 빠끔히 문이 열렸다. 몸을 반쯤 내민 경비원은 문 앞의 그녀에게 손짓으로 방안을 가리켰다. 그의 손끝을 눈으로 따라간 순간이었다. 그녀는 터져 나오는 비명에 얼른 입을 막았다.

"신고를 할까요?"

나이 지긋한 경비원은 고급 빌라에서 오랫동안 일한 베테랑이었다. 이 빌라에는 신애 내외 말고도 알 만한 사람들이 꽤 있었다. 그래서 모든 일은 함부로 발설해서는 안 됐다. 기자나 정보를 필요로 하는 사람들이 거금으로 유혹하는 경우도 있었다. 어떤 때는 자식들의 취업을 제안받기도 했다. 결국 유혹에 넘어가는 사람들도 있었다. 문제가 되면 경비원은 일자리를 잃었다. 하지만 그들은 별로 아쉬워하지 않았다. 마음만 먹으면 다른 데서도 구할 수 있었으니까. 하지만 그만큼은 믿어도 좋았다. 신애는 그의 몸에 밴 신중함이 더없이 다행스러웠다.

"아니요. 아무한테도 말해선 안 돼요."

경비원은 주저 없이 고개를 끄덕였다. 신애는 다음날로 그의 통장에 꽤 거금을 송금했다. 기자뿐이 아닌 어떤 유혹도 뿌리칠 수 있을 만큼의 돈이었다.

신애는 의식을 잃은 남편을 차에 태웠다. 대체 무슨 일이 있었던 걸까. 파티에서 갑자기 사라진 현우는 그렇게 의식 없는 상태로 나타났다. 얼굴을 붕대로 칭칭 동여맨 채. 신애는 붕대로 가져가던 손을 힘없이 내렸다. 차마 확인할 수 없었다. 하지만 알 수 있었다. 그의 아름다운 얼굴에 무슨 일이 일어났다는 건. 어둠 속에서도 하얗게 떠오른 붕대에는 붉은 피가 흥건히 배여 있었다. 누군가 그의 얼굴에 상처를 내고는 붕대를 감아놨을까. 차라리 붕대만 없다면 불량배 짓이라고 생각할 것 같았다. 그것이 계획된 범죄라고 생각하자 두려움과 분노로 몸이 후들후들 떨렸다. 드디어 올 것이 온건가. 그녀는 온몸에 끼치는 소름을 털어내며 엑셀을 세게 밟았다.

*

현우는 습관적으로 손을 얼굴로 가져갔다. 까칠하면서도 부드러운 손끝의 느낌이 낯설었다. 그는 수염이 빨리 자라는 편이었다. 매일 깎아도 아침에 눈을 뜨면 전날 말끔하던 턱이 어느새 까칠했다. 하지만 아침마다 수염으로 까칠했던 턱이 붕대로 싸여 있었다. 손끝의 이물감이 붕대라는 걸 깨닫자 갑자기 불같은 통증이 밀어닥쳤다.

몸을 비틀며 치켜뜬 눈에 아내의 실루엣이 보였다. 흰 가운의 남자와 이야기를 나누는 중이었다. 그제야 눈을 뜬 곳이 병원이라는 걸 깨달았다. 그리고 얼굴에 상처를 입은 것도.

그는 다시 바로 누워 눈을 감았다. 잠들기 전의 일을 기억해 내려 애썼다. 정신이 들었을 때 그는 병원에 실려와 있었다. 얼마간의 지루하고 힘겨운 시간이 흐른 후에는 수술실로 옮겨졌다. 흔들리는 불빛과 푸른 복장의 낯선 사람들. 또다시 눈을 비집고 들어오는 푸른빛에 머리가 부서지듯 아팠다. 통증 때문일까. 머릿속이 온통 하얬다.

눈을 뜬 현우는 의사와 신애의 대화를 가만히 듣고 있었다. 그제야 백여 바늘을 꿰맨 걸 알았다. 다행히 신경 손상은 없었고 입과 근육의 움직임도 전과 다르지 않을 거라고 했다.

"흉터는 남을지도 모르겠습니다."

의사의 말에 신애의 어깨가 푹 가라앉았다. 한동안 어쩔 줄 모르던 그녀가 침대 쪽으로 고개를 돌렸다. 피할 수도 없이 현우는 슬픈 눈과 맞닥뜨렸다.

"깨셨네요."

침대 쪽으로 다가오며 의사가 반색했다. 하지만 신애는 아무 말도 하지 않았다. 그저 떨리는 입술을 지그시 깨물 뿐이었다.

"이제 기운을 차리셔야지 그렇게 잠만 주무시면 어떡해요."

곁에 다가와 링거를 확인하던 의사는 농담이라는 듯 웃었다. 그제야 붕대의 이물감과 불같은 통증, 신애의 슬프고도 차가운 눈빛이 오랫동안 데자뷔처럼 반복되고 있음을 깨달았다.

의사가 나가고 다시 문이 열렸다. 곧 허름한 잠바 차림의 남자가 들어섰다. 낯선 남자의 방문이 유쾌하지는 않았다. 하지만 신애와 단 둘이 남을 상황을, 그로 인해 그녀의 원망 가득한 눈을 피할 수 있어 다행이었다.

"몇 가지 조사를 해야 해서요. 몸은 좀 어떠십니까?"

그는 강남경찰서의 조 형사라고 했다. 눈빛이 강한 남자는 침대로 다가서며 현우의 얼굴을 힘주어 바라봤다.

"괜……."

목까지 올라온 말이 터져 나오지 못한 채 입안을 맴돌았다. 상처 때문인지 붕대 때문인지 입을 움직일 수 없었다. 하려던 말을 도로 삼키고는 현우는 순간 가슴이 덜컥 내려앉았다.

"그날의 상황을 설명을 좀 해주셔야……."

정신이 들 때마다 다가오던 사람들. 그리고 폭풍같이 쏟아지던 질문들. 하지만 어떻게 된 건지는 현우 자신도 알지 못했다. 그는 고개를 가로젓고 또 저었다. 또렷하지 않은 정신을 움켜쥐며 아무 것도 알지 못한다는 걸 말하고 또 말했다. 그런데도 뭔가 숨긴다고 생각했을까. 의사와 신애가 자리를 비운 틈을 누군가의 귓속말이 비집고 들어왔다.

"정말 아무것도 기억나지 않으십니까?"

현우는 정신이 들 때마다 파고들던 귓속말의 주인이 지금 자신을 바라보는 눈빛이 강한 사내일지 모른다고 생각했다. 희미한 기억 속에 언뜻 스친 눈은 메스보다 더 날카로웠다. 뭔가 숨긴다는 걸 확신하는 눈빛이었다. 하지만 그는 역시나 고개를 저을 뿐이었다.

"이미 기억을 못한다고 말씀을 드렸는데…… 여기를 오실 게 아니라 수사를 하셔야죠!"

의혹으로 번뜩이는 눈빛에 짜증을 내며 신애가 소리쳤다.

"시시티브이도 확인했고 주변 차량들의 블랙박스도 조사했지만 뚜렷한 단서가 없습니다. 택시를 타셨다고 해 추적 끝에 기사를 조사했지만 그도 잘 모른다고만 하고요. 정 선생님인지도 몰랐다고 합니다. 참 희한한 일이네요. 파티에서 어딜 다녀오셨는지 누굴 만났는지 아무것도 기억을 못하신다니요."

날카로운 눈으로 침대 쪽을 힐끔대는 조 형사의 말투에는 의혹이 묻어 있었다.

"그동안 협박을 받았다니까요. 수도 없이요. 부탁이에요. 제발 누구 짓인지 꼭 밝혀주세요."

내내 차갑던 신애의 목소리에 물기가 얹혔다. 그녀는 더 이상 말을 잇지 못했다. 조 형사는 젖어드는 신애의 눈을 한동안 바라봤다. 살인이나 강간, 아동 성범죄가 하루가 멀다 하게 발생하는 세상이었다. 그러니 이번 사건은 늘 강력범죄 속에 사는 형사에게는 그리 대단한 일은 아니었다. 단지 얼굴에 상처가 났고 흉터가 남을지 몰랐다. 얼굴에 흉터 하나쯤 생긴다고 세상이 달라질 것도 아니었다. 보통 사람들은 그만하길 다행이라며 가슴을 쓸어내릴지도 몰랐다. 하지만 그녀는 마치 세상을 다 잃은 듯한 얼굴이었다. 그저 콧대 높은 여자의 투정이라 생각했던 조 형사는 그제야 자신이 생각했던 것보다 훨씬 큰일일지 모른다고 생각했다. 신애의 물기 젖은 목소리에 그는 협박이라는 말을 속으로 몇 번인가 되씹었다.

"죄송합니다. 제가 흥분을 해서…… 꼭 찾아주세요. 그리고 수사는 조용히 진행시켜 주셔야 해요."

신고를 하기까지 신애는 수백 번을 망설였다. 어쩌면 영화를 하겠다고 마음먹었을 때부터 각오했어야 할 일이었다. 그래도 설마 그런 일이 일어날까. 그런데 그저 협박에 그칠 거라는 생각이 어리석었을까. 현우의 얼굴에 상처를 내다니. 그런 범인이라면 동네 불량배는 아닐 터였다. 어쩌면 싸울 엄두도 나지 않는 거대한 힘이 배후에 있을 수도 있었다. 하지만 정신이 든 현우가 기억하지 못한 다고 했을 때였다. 왜일까. 정말 그럴까 하는 의문과 배신감이 가 슴속을 휘저었다. 의식이 또렷하지 않은 상황에서도 그가 뭔가를 숨긴다는 생각에 신애는 입술을 물며 신고를 하기 위해 휴대폰을 들었다.

수사는 극비리에 진행됐다. 신애는 사고가 세상에 알려지는 걸 원치 않았다. 세상에 알려지면 사람들은 뭐라고 할까. 안타까워할 까, 분노할까. 신애는 머리를 세게 흔들었다. 조롱과 멸시가 쏟아질 지도 몰랐다. 남들이 하지 않는 걸 굳이 해서 사달이 났다며 비웃 음만 당할 수도 있었다. 하지만 정현우가 괴한에게 칼을 맞았다는 소문은 빠르게 퍼졌다. 경찰 측에서는 어떻게 해서든 사건에 관해 입을 열 수밖에 없었다.

경찰이 알아낸 건 호텔을 나온 현우가 택시를 타고 강남 쪽으로 갔다는 것뿐이었다. 하지만 강남의 한 건물 앞에서 내린 후 더 이 상 그의 모습은 어디서도 볼 수 없었다. 강남 쪽은 그의 집과 일로 자주 찾았던 스튜디오, 줄리아의 패션센터 등이 몰려 있는 곳이었 다. 그가 택시를 타고 강남 쪽을 간 건 특별한 일이 아니었다. 아니 그의 평소 동선과 다르지 않았다. 문제는 택시에서 내린 후 주변의 시시티브이 어느 곳에도 현우의 모습을 볼 수 없다는 것이었다. 마 침 주말 밤이었고, 택시에서 내린 곳은 평소는 물론 주말이면 사람들로 불야성을 이뤘다. 그런데 한 명의 목격자도 찾을 수 없었다. 택시에서 내린 현우는 강남의 거리, 주말을 즐기던 사람들 속으로 연기처럼 사라졌다. 파티에서 나온 슈트 차림의 남자가 어느 누구의 눈에도 띄지 않은 것이다.

그렇게 감쪽같이 사라진 현우가 상처를 입은 채 갑자기 집 앞에 버려졌다. 그가 다시 나타난 것 또한 미스터리였다. 고급 빌라가 즐비한 동네의 그 수많은 시시티브이를 비웃으며 그는 어느 카메라에도 잡히지 않고 불쑥 등장했다. 경비업체들의 차가 지나갔고, 청소차가 지나갔으며, 케이블 회사의 수리 차량이 얽혀 있던 순간. 물론 경찰측에서는 그 시간 주변에 있던 차들을 모두 조사했다. 하지만 혐의점을 찾지 못한 채 경비구역의 사각지대가 곳곳에 있음을 알아냈을 뿐이었다.

사건이 미궁에 빠지자 현우의 주변 인물들은 모두 다 수사선상에 올라 조사를 받았다. 영화 관계자, 기자, 열혈 팬들까지. 신애와 줄리아도 예외는 아니었다. 수사 과정에서 줄리아는 파티장을 떠나 경기도 부근의 별장으로 간 것으로 확인됐다. 공교롭게도 사건이 있기 며칠 전 낙뢰 사고로 별장 주변의 시시티브이는 고장 난 상태였다. 가장 가까운 시시티브이에는 차를 타고 가는 줄리아와 그녀의 매니저의 모습만 찍혔을 뿐이었다.

"줄리아요? 지금 줄리아 선생을 의심하시는 거예요?"

32

신애는 그만 웃음을 터트렸다.

"제발 수사를 진정성 있게 해주세요."

웃음을 거두며 신애는 의혹이 가득한 형사의 눈을 날카롭게 쏘아봤다.

"우리도 뭐 의심스럽다는 게 아니라. 모든 가능성을 두고 수사를 해야 하는 상황이라서요."

신애의 말에도 불구하고 경찰측에서는 줄리아에 대한 보강수사를 극비리에 진행했다. 하지만 역시 혐의점을 찾지 못했다. 신애는 경찰에서 몸을 사린다는 걸 알았다. 현우가 영화 때문에 수많은 외압과 협박에 시달린 건 세상이 다 아는 일이었다. 그렇다면 이번 일도 그 외압의 실체가 벌였다는 건 누구라도 짐작할 수 있었다. 하지만 경찰에서는 의혹을 애써 외면했다. 뚜렷한 혐의점 없이 건드리기에는 위험성이 너무나 컸다. 신애는 나름 모든 수단을 동원해 이번 일을 벌였을 거대한 힘의 존재를 알리기 위해 애썼다. 하지만 심증만 갖고 수사를 할 수는 없었다. 그렇게 수사는 제자리만을 맴돌았다. 처음 조사를 했던 사람들뿐 아니라 조사 대상을 더 넓혔지만 아무런 단서도 찾지 못했다.

"차라리 상처만 냈으면 더 나았을 거예요. 하지만 그걸 바늘로 꿰매다니요. 참 이건 분명 정신병자의 소행일 겁니다."

얼굴에 상처를 낸 것도 모자라 실과 바늘로 얼기설기 꿰매 놓다니. 그것도 수술용 실이 아닌 옷을 꿰매는 실과 바늘로. 이 엽기적인 사건에 담당 의사는 고개를 절레절레 흔들었다. 결국 사고는 막강한 배후가 아닌 단순한 정신병자의 소행으로 결론지어지는 분위기였다. 사람들도 누구의 소행인지가 아니라, 상처를 낸 방법에 더 관심을 가졌다. 그리고 정현우의 얼굴에 남을지도 모를 흉터만을 안타까워했다.

흉터가 남지 않기 위해 국내 최고 권위의 의사들이 머리를 맞댔다. 자신들의 자존심이 걸렸다고 생각했을까. 의사들은 오랫동안 현우의 흉터에 매달렸다. 하지만 그의 얼굴의 흉터는 막지 못했다.

2. 옷의 기원

"모든 아름다움의 비밀은 열정이다.

열정 없이는 그 어떤 아름다움도 있을 수 없다."

—크리스티앙 디오르

"아버님께 본받고 싶은 게 있다면요?"

리포터의 질문에 현우는 자기도 모르게 미간을 찌푸렸다. 아버지에 관한 프로그램이라고 했을 때 어느 정도 짐작은 했다. 하지만 그들은 아버지를 예상보다 훨씬 더 미화하려는 모양이었다.

한 프로덕션에서 연락을 해온 건 지난 가을이었다. 기획 담당자라고 밝힌 남자는 만나서 프로그램에 관한 상의를 하고 싶다고 했다.

그동안 영화도 실패하고 번번이 캐스팅도 좌절된 탓에 내키지 않았다. 그는 늘 연기력을 인정받는 배우였다. 하지만 흉터가 생긴 후 더 이상 그를 캐스팅하겠다는 영화사는 없었다. 남자배우들이 선호하는 재벌남도, 평범한 회사원도, 하다못해 동네 불량배도 그런 흉터는 어울리지 않았다. 아니 흉터는 메이크업을 공들여 하면 가릴 수도 있었다. 하지만 흉터를 가리면 오히려 얼굴이 더 기이하게 보였다. 일그러지고 뒤틀린 듯한 착시 현상으로 사람들은 연기에 몰입하지 못하고 그가 등장할 때마다 눈살을 찌푸렸다.

그간 출연 제의가 온 프로그램들은 모두 이런 좌절을 겪는 현 상황을 담겠다는 「인간극장」류뿐이었다. 현우는 동정을 사고 싶지 않았다. 연락이 올 때마다 프로그램에 도움이 안 될 것 같다며 정중히 거절했다. 그러면 연락할 때는 친절하기 그지없던 수화기 저편의 목소리는 돌변했다. 이제 별 볼 일 없는 배우가 콧대만 높아서는 주제넘게 군다며 노골적으로 막말을 퍼붓기도 했다.

"꼭 만나 뵙고 의논드릴 게 있어서요."

하지만 며칠 후 연출을 맡은 사람이라며 또 연락이 왔다. 역시 또 다큐멘터리였다. 전화를 건 남자는 그쪽에서는 꽤 유명한 감독이었다. 얼마 전에도 해외에서 큰 상을 받았다는 기사를 본 기억이 났다. 내키지는 않았지만 현우는 약속을 잡았다. 전화로 단칼에 거절하기에는 목소리가 너무나 정중했다. 만나서 정중히 거절할 생각이었다. 다큐멘터리로 명성을 얻기까지 얼마나 힘들었을지 현우는 누구보다 잘 알았다. 영화를 사랑하는 입장에서도 그는 만나야 한다고 자신을 다독였다. 아니 어쩌면 그렇게라도 영화판과 이어지기를 바랐을지 몰랐다.

"하실 말씀이 뭔가요? 저는 다큐멘터리엔 어울리지 않는 사람인데요. 「인간극장」류의 프로그램엔 별로 참여하고 싶지 않습니다."

말을 하고는 현우는 먼 곳을 봤다. 마침 카페의 유리문이 열리며 젊은 여자들 몇이 들어왔다. 그는 습관적으로 쓰고 있던 모자의 챙을 끌어내렸다.

"아버지가 정인호 감독이시죠?"

현우는 입으로 가져가던 잔을 도로 내려놨다. 테이블에 닿으며 잔 안의 커피가 파르르 흔들렸다.

"80년대를 소재로 작품을 만들 생각이에요. 영화에 대해서도 다룰 예정이고요, 아버님의 활동을 중심으로 그 시대 영화를 다뤄보고 싶습니다. 물론 정 선생님 얘기도 함께요."

감독은 대를 이어 영화 일을 하는 아버지와 그의 이야기가 기획의도와 맞아떨어진다고 했다.

"사모님은 좋다고 하셨습니다. 하지만 중요한 건 정 배우님의 뜻이니까요."

현우는 프로그램에 신애가 관련돼 있음을 짐작했다. 자신에게는 그저 형식적인 통보일 뿐이라는 것도.

"저희 아버지는 그렇게 유명 감독이 아닌데요. 다른 좋은 예들

이 얼마든지 있을 텐데…… 대를 이어 영화를 하는 사람도 저뿐은
아니니까."

이미 자신이 거부할 수 없다는 걸 알았다. 하지만 현우는 자꾸
드는 무력감을 떨치려는 듯 애써 목소리를 높였다. 감독은 찻잔을
입에 대며 조금 웃었다. 무슨 말인지 알겠다는 얼굴이었다.

"말씀드렸듯이 80년대를 재조명해 보고 싶습니다. 유명 감독이
아니기 때문에 더 좋아요. 제가 하고 싶은 이야기를 할 수 있을 것
같아서. 오래전부터 기획했던 일인데 투자자를 못 만났어요. 그런
데 마침 돕겠다는 사람을 만나서……."

감독은 얼른 말꼬리를 접었다.

"도와주십시오. 정 선생님."

그는 뭘 걱정하는지 안다는 눈빛이었다. 도움을 구하는 듯했지
만 오히려 자신을 측은하게 보는 것 같아 현우는 순간 얼굴이 달아
올랐다.

"생각해 보고 연락드리죠."

현우는 서둘러 몸을 일으켰다. 갑자기 등장한 아버지. 다시 아버
지를 끌어들였을 신애를 생각하니 그대로 앉아 있을 수 없었다. 그
녀는 대체 무슨 생각일까.

*

현우는 침실 문을 자신도 모르게 힘주어 밀었다. 막 샤워를 마쳤을까. 가운 차림의 신애는 거울 앞에서 수건으로 머리를 말리는 중이었다.

"다큐멘터리 감독을 만나고 왔어."

젖은 머리를 털던 신애의 손이 멈칫 했다. 하지만 그녀는 수건을 내려 머리끝의 물기를 마저 털었다. 거울에 눈을 박은 채 그녀는 한참 만에야 아무 일도 아니라는 듯 입을 열었다.

"만나보니 어때? 괜찮겠지?"

신애는 거울 속의 현우를 힐끔 바라봤다.

"당신 대체 무슨 생각을 하는 거야!"

화를 내려던 현우는 그만 목을 꾹 눌러버렸다. 사고 후 신애 앞에서는 어떤 일로도 화를 낼 수 없었다.

"당신이 만나보고 결정하라고. 결정은 당신이 하는 거니까."

그녀는 그제야 머리에서 수건을 떼고는 몸을 돌렸다.

"결정이 아니라 통보겠지."

현우는 신애의 눈을 무의식적으로 쏘아봤다. 현우의 쏘는 눈빛을 잠시 바라보던 신애는 몸을 일으켜 그의 곁으로 천천히 다가갔다.

"물론 아버님 얘기지만 당신이 재기하는 데 도움이 될 거야."

신애는 눈을 찡그리며 과장되게 웃어보였다. 웃음이 걷힌 그녀의 눈은 뭔가 기대에 차 있었다.

"아버지가 내게 도움을? 아니, 그 반대야. 영영 매장될지도 몰라."

현우는 고개를 돌려 신애의 들뜬 얼굴을 외면했다. 창밖으로 가져간 눈에 막 피기 시작한 노을이 흘러들었다.

"그렇지 않아……."

신애는 현우의 고개를 양손으로 잡아 자신의 눈앞으로 끌어왔다. 노을이 사라진 현우의 눈에 신애의 눈동자가 와 부딪혔다.

"내가 장담해. 분명 도움이 될 거야. 아니 내가 그렇게 만들 거야. 뭐든 해보자 우리. 이렇게 손 놓고 있긴 너무 억울하잖아."

순간 현우의 어깨가 아래로 가라앉았다. 뭐든 붙잡고 싶은 신애의 절절함이 가슴을 짓눌렀다. 그는 이 상황에서 벗어날 수 없음을 깨달았다. 무력감으로 자꾸만 무너지려는 현우의 귓가에 꼭 도움이 되게 만들 거라는 신애의 말이 공명이 돼 울렸다.

*

"너무 많아서 고민이 되시나 봐요. 다시 한 번 여쭙겠습니다. 아버님께 본받고 싶은 게 있다면요?"

리포터의 질문에 답을 찾지 못한 현우는 스태프 사이에 어색하게 끼어 있는 신애를 바라봤다. 조명이 닿지 않은 어둠 속에서도 불안하게 흔들리는 아내의 눈빛이 느껴졌다.

"열정이죠. 영화에 대한."

리포터는 감탄사를 터트렸다. 감탄사는 지켜보던 스태프들 사이에서도 터져 나왔다. 모두 그래, 이거야, 하는 표정이었다. 불안하게 흔들리던 신애의 얼굴에도 그제야 안도의 미소가 번졌다.

현우는 다시 눈을 모니터로 가져갔다. 화면 속 눈빛은 빛났고 다문 입술에서는 굳은 의지가 느껴졌다. 열정이라는 말과 함께 절묘하게 어우러진 표정에 그도 스스로 만족했다. 그런데 보다 극적인 장면을 원했을까. 갑자기 카메라가 줌인되며 그의 얼굴이 클로즈업됐다. 역시 열정이라는 말을 뒷받침하기에 부족함이 없는 화면이었다. 하지만 그는 그만 두 눈을 꾹 감고 말았다. 메이크업을 오랫동안 공들여 한 얼굴이 클로즈업되자 그때까지 인식하지 못했던 흉터가 도드라진 것이다.

*

"알지? 흉터는 옷의 기원이라는 거."

집을 나서기 전 넥타이의 매듭을 묶으며 신애는 그의 눈을 힘주어 들여다봤다. 현우는 언젠가 줄리아의 패션센터에 걸렸던 자신의 사진을 떠올렸다. 그때 사진과 더불어 강렬하게 꽂혔던 기원으로 돌아가라는 문구를.

*

"흉터가 옷의 기원이라고요?"

사진의 콘셉트를 듣던 현우는 줄리아를 의아한 눈으로 바라봤다.

"맞아. 인류학자들에 의하면 인류 최초의 옷은 핏자국이야. 원시인들은 싸움에 이긴 자만이 살아남을 수 있었고 핏자국은 승자임을 나타냈으니까."

줄리아는 어느 때보다 확신에 차 있었다. 현우는 그녀의 눈빛에 압도돼 그저 듣기만 할 뿐이었다.

"지금도 아마존이나 아프리카 원시 부족들의 사진을 보면 바디페인팅이나 문신을 한 것을 볼 수 있어. 일부러 얼굴을 험상궂게 만드는 거야. 그런 그들에게 흉터는 어땠을까. 역시 존경의 대상이었지. 흉터 또한 승자이자 용기를 증명하는 것이었으니까. 하지만 문신이나 흉터를 갖기 위해선 고통이 뒤따랐어. 바디페인팅은 영구적이지 못했을 테고. 그래서 사람들은 영구적이면서도 고통 없이 용기를 증명할 방법을 찾았지."

줄리아는 테이블에 있던 목걸이를 들어보였다. 은색 스네이크 체인에는 해골 모양의 펜던트가 빛을 받아 반짝거렸다. 그녀는 옆에 있는 마네킹의 목에 목걸이를 걸고는 현우를 바라봤다.

"바로 이렇게 전리품을 몸에 지니기 시작했지. 목에 두른 것이 상의의, 허리에 감은 것이 하의의 시작이었어."

줄리아는 마네킹의 목과 허리를 차례로 손으로 가리켰다.

사고 후 신애와 줄리아는 각자 현우를 재기시키기 위해 모든 노력을 아끼지 않았다. 현우를 새 브랜드의 모델로 생각한 것도 그 때문이었다.

흉터를 드러낸 강렬한 사진은 기원으로 돌아가 남성복의 거추장스러움을 벗어내자는 콘셉트와 잘 부합됐다. 출발한 지 얼마 안 돼 줄리아의 새로운 브랜드는 확실하게 자리매김했다.

사진은 역시 현우에게도 새로운 기회를 가져왔다. 사진이 화제가 되자 다시 출연 제의를 하는 제작자와 감독이 나타났다. 그들이 들고 온 시나리오 속 인물은 전에 해보지 않은 새로운 역할이었다. 낯설지만 오히려 이미지 변화에 도움이 될 것 같았다. 사고 후 출연했던 영화가 실패한 건 기존 이미지를 고수했기 때문일지 몰랐다. 이제 흉터를 인정하고 그에 맞는 배역을 찾아야 했다. 그는 혼

** 송영진, 『웃은 사람이다』, 이담, 2014에서 인용.

신을 다해 연기했다. 역할에 몰입하다 보니 새로운 배역도 자신에게 어울리는 것 같았다.

영화 시사회에는 대규모 기자단이 초청됐다. 영화 제작사와 줄리아, 그리고 신애는 온갖 정성을 다해 매스컴을 통한 호평을 이끌어 냈다. 오로지 연기력으로 승부하겠다던 평소 신념과는 달랐지만 그도 이번만큼은 언론 플레이의 필요성을 느꼈다.

하지만 새로운 역할에 사람들은 어색해했다. 한동안 호평을 쏟아내던 매스컴도 힘을 쓰지 못했다. 시간이 지나자 그들도 관객의 입장이 돼 등을 돌렸다. 그렇게 영화는 또 실패였다. 사진으로 득을 본 건 줄리아였다. 여전히 사람들은 패션센터의 전면을 장식했던 사진을 보며 느낀 충격을 기억했다. 하지만 그뿐이었다. 현우가 배우로서 재기를 하는 데는 도움이 되지 않았다. 그러자 사고가 났을 때 들리던 말들이 다시 떠돌기 시작했다. 정현우가 파티에서 사라져 달려간 곳이 줄리아의 별장이었다는.

"그러니까 당신은 새 옷을 입은 거야. 다시 태어난 것과 같아."

흉터는 옷의 기원이라는 말. 그 말을 왜 다시 꺼냈는지 현우는 리포터의 질문을 받고야 알았다. 그가 다시 태어났으니 아버지도 다시 태어나야 했다. 신애는 대체 아버지가 어떤 모습으로 다시 태어나길 바라는 걸까. 처음에 불안했던 현우의 마음을 비웃듯 아버지는 정말 훌륭한 감독으로 다시 태어나려는 모양이었다.

3. 신애의 옷

"옷은 누군가가 그들 안에 살 때까지 아무 의미가 없다."

—마크 제이콥스

흉터와 오버랩되며 신애의 붉은 원피스가 현우의 감은 눈에 덮치듯 달려들었다. 스튜디오에 오기 전 신애는 줄리아의 패션센터부터 들렀다. 다소 어두운 톤의 붉은색 원피스는 화려하면서도 기품이 있었다. 그녀 특유의 발랄함 또한 잃지 않았다. 오늘을 위해 옷까지 따로 맞출 만큼 그녀에게는 특별한 날이었다.

옷을 보니 현우는 그녀가 왜 의상실부터 들렀는지 알 것 같았다. 거울에 비친 자신의 모습에 그녀 또한 만족한 듯 보였다.

"줄리아는 어딨죠?"

하지만 신애가 패션센터부터 들른 이유는 옷에 있지 않았다. 그녀는 줄리아에게 보이고 싶었다. 그녀가 하지 못한 일을 자신이 어떻게 해내는지. 자신이 어떻게 현우를 재기시키는지. 사고가 난 후 영화 제작을 고집한 신애는 그래서 현우의 인생을 망쳤을지 모른다는 자책감을 그렇게라도 떨치려는 것 같았다. 그런데 줄리아가 보이지 않았다.

"그럼 좋아요. 이 옷 만든 디자이너는 어디 있죠? 감사의 인사를 하고 싶은데……."

치미는 화를 애써 누르는 신애의 목소리는 오히려 나긋했다.

"무슨 말씀이신지……."

매니저는 신애의 눈을 멀뚱히 바라봤다. 하지만 신애는 작정한 듯 보였다. 얼굴에 가득한 장난기도 어느새 사라져 있었다.

"브이아이피의 옷은 디자인도 패턴도 줄리아 선생님이 직접 하세요. 아시잖아요. 디자인실도 오더를 따를 뿐이라는 거."

매니저는 상한 마음을 애써 삭이는 것 같았다. 신애의 말은 줄리아에 대한 모욕이었다. 패션센터 전체에 대한 도발이기도 했다. 하지만 매니저의 점점 일그러지는 얼굴에 신애의 눈은 오히려 호기심으로 반짝였다.

"이거 왜 이래요. 줄리아 이모가 옷을 다 만들지는 않잖아요. 그런데 이건 다른 디자이너들이 만든 것 같지도 않고요."

그녀의 말대로였다. 모든 옷은 줄리아의 이름으로 세상에 나오지만 의상실에는 줄리아를 어시스트 하는 디자이너들이 많았다. 그들 중에는 자기 이름의 브랜드를 가진 디자이너도 있었다. 줄리아는 디자이너들을 다룰 줄 알았다. 개성이 강한 디자이너들에게는 실험성을 표방한 브랜드를 만들어 개성이 드러나도록 했다. 또 캐주얼한 브랜드를 만들어 디자인실의 여러 디자이너들에게 기회를 줬다. 아무리 경력이 짧아도 아이디어만 있으면 언제든 기회가 주어졌다. 줄리아의 옷이 모든 연령대와 신분에 상관없이 인기 있는 이유였다. 하지만 패션센터의 옷은 나름의 패턴이 있었다. 그건 말로는 설명할 수 없었다. 현우 또한 옷을 입을 때마다 다른 어시스턴트가 있는 게 분명하다고 생각했다. 그렇지 않고는 줄리아의 스타일과 그렇게 다른 옷들이 만들어질 수는 없었다. 하지만 패션센터의 디자이너들을 모두 다 아는 신애와 현우로서는 도무지 옷을 만드는 게 누군지 알 수 없었다.

"그럼 내가 찾아볼 수밖에 없네요."

매니저의 시치미에 비위가 상했을까. 신애가 갑자기 계단을 뛰어올랐다. 그녀가 가려는 곳이 디자이너의 방, 그것도 줄리아의 방이라는 걸 현우는 알 수 있었다. 하지만 그는 신애를 붙잡으려던 손을 힘없이 내렸다. 자신이 하고 싶은 일은 하고야 마는 그녀였다. 말려도 소용없을 게 뻔했다.

그러고 보니 가봉을 하지 않아도 완성된 옷은 늘 그의 마음에

쑥 들었다. 그동안은 옷에 대해 별로 신경 쓰지 않았다. 줄리아가 모든 옷을 만드는 건 아니라는 것 정도만 짐작할 뿐이었다. 그녀 말고도 패션센터에는 헤드디자이너가 몇 명 더 있었다. 그들 중 한 명이, 아니면 그들이 머리를 맞대고 만들었겠지, 그렇게 생각했는데. 하지만 신애의 말에 그도 마음속에 있던 의심이 새삼 죽순처럼 솟아올랐다.

*

붉은 원피스를 입은 거울 속 자신의 모습을 본 순간이었다. 신애는 문득 떠오른 기억 속의 그림자와 맞닥뜨렸다. 언제였을까. 현우를 만나고 막 정기적인 데이트를 시작했을 때였다. 그녀는 옷이 필요했다. 현우를 사로잡을 옷. 고민 끝에 그녀는 당시 줄리아의 최고의 어시스턴트였던 제리를 찾아갔다. 제리는 곧 독립을 하기로 돼 있었다. 그는 줄리아의 옷을 마음에 들어 하지 않았다. 평소 그는 줄리아보다 자신이 훨씬 더 능력 있다고 생각했다.

"옷을 좀 만들어줘요."

빗질이 안 돼 멋대로 뻗친 제리의 머리가 땀에 젖어 자꾸 가라앉았다. 가슴이 빠르게 뛰었다. 늘 멀리 있던 그녀가 자신의 방에 와 있는 것이 믿기지 않았다. 제리는 신애를 오래전부터 늘 지켜봤다. 하지만 그녀는 그의 눈빛을 언제나 모른 척했다.

"신애 씨 옷이라면 선생님이 직접······."

제리는 손으로 헝클어진 머리를 쓸었다. 갑자기 타는 듯 목이 말 랐다. 신애의 말이 무슨 뜻인지 생각하려 잠시 햇빛이 고인 창문가 로 고개를 돌렸다. 신애는 주요 고객 중 하나였다. 줄리아는 신애 의 옷은 늘 직접 만들었다. 어릴 때부터 봐와서 줄리아가 만든 신 애의 옷은 늘 잘 어울렸다. 단 한 번도 신애는 다른 사람에게 옷을 맡기지 않았다. 할 필요도 없었다. 물론 제리는 신애의 옷을 만들 어보고 싶었다. 아니 몇 번이나 만들었다.

신애가 졸업파티에 입을 원피스를 주문했을 때였다. 고위층 자 녀들이 모이는 파티라고 했다. 제리에게 신애는 늘 다가갈 수도 없 이 빛나는 사람이었다. 하지만 파티에서 눈에 띄기 위해서는 정성 을 많이 들여야 했다. 주문과 함께 줄리아는 디자인을 시작했다. 그녀를 돋보이게 하기 위해 최선을 다하겠다고 약속했다.

하지만 제리는 따로 신애의 옷을 만들었다. 그때 줄리아는 신애 의 옷에 공을 들일 여유가 없었다. 패션쇼가 코앞이었다. 국내외 인사들이 초청된 중요한 패션쇼였다. 뿐만 아니었다. 굴지의 재벌 가들의 자제가 결혼을 준비 중이었다. 양 집안 사람들 중 많은 사 람들이 줄리아에게 옷을 맡겼다. 줄리아가 그들의 옷을 맡은 건 연 일 화제였다. 물론 다른 디자이너들도 의뢰를 받았다. 그들 중 누구의 옷이 가장 돋보이는지 벌써부터 사람들은 궁금해했다. 정신 없는 줄리아에게 신애의 옷은 뒷전이었다. 만들기는 할까, 의심이 들기도 했다. 제리는 신애의 옷에 집중하지 못하는 줄리아에게 화가 났다.

하지만 어느 순간이었다. 자신에게는 기회라는 생각이 빛처럼 머리를 쳤다. 제리는 뛰는 가슴을 움켜잡고는 작업실로 달려갔다. 작업실에는 일거리들이 산처럼 쌓여 있었다. 하지만 신애의 옷을 만들어볼 생각이었다. 정성을 다해, 상상력을 총동원해 최고의 옷을 만들리라, 꼭 쥔 그의 손에 파란 힘줄이 뚫고 나올 듯 도드라졌다.

그녀가 옷을 입어보러 오는 날, 제리는 검은색 스커트에 흰 자수를 놓은 원피스를 한동안 들여다봤다. 한 땀 한 땀 놓인 수를 눈으로 훑던 입가에 자신도 모르게 웃음이 고였다. 전날 손수 바느질을 하느라 밤을 새웠지만 완성된 옷을 보니 피곤이 싹 가셨다. 그는 흥분으로 떨리는 손을 들어 마네킹의 몸에서 옷을 벗겨 백에 넣었다. 운전대를 잡자 가슴이 펌프질을 한 듯 부풀어 올랐다. 신애에게 자신이 만든 옷을 입힐 생각에 꿈속을 가는 기분이었다.

하지만 시계를 보니 벌써 두시였다. 낭패였다. 신애는 점심때 오기로 돼 있었다. 서두르려 했는데, 밤을 새고 조금만 눈을 감고 있자던 생각이 화근이었다. 차를 주차장에 세우고 행거에 걸린 옷을 내렸다. 패션센터의 입구에 들어서자 옷을 든 손에 파르르 경련이 일었다. 길지 않은 계단을 어떻게 올랐는지도 모르게 눈앞에는 패션센터의 유리문이 버티고 있었다. 막 로비에 들어설 때였다. 줄리아의 푸른 셔츠가 먼저 눈에 들어왔다.

무엇을 본 걸까. 그녀의 눈이 셔츠보다 더 푸른빛으로 반짝였다. 입가에는 보석 같은 웃음이 방울방울 맺혀 있었다. 곁에 있던 스태프들도 웃고 있었다. 그들 모두 줄리아와 같은 곳을 봤다. 그들의 표정 또한 더없이 반짝였다. 대체 무엇을 보는 걸까. 무엇을 보기에 다들 저런 표정일까. 한 발 더 들어가 고개를 돌린 순간이었다. 그는 그만 질끈 눈을 감았다.

신애가 있었다. 레이스와 자수로 장식된 흰색 원피스. 그녀는 바라볼 수도 없게 눈이 부셨다. 신애를 위해 옷을 만들고 자수를 더 하겠다는 생각은 그가 한 생각 중 최고의 아이디어였다. 하지만 그렇게 레이스가 더해지자 훨씬 더 여성스러웠다. 왜 자신은 그런 생각을 못했을까. 부풀어 오르던 흥분은 곧 거품처럼 가라앉았다. 남은 건 좌절감뿐이었다. 그는 늘 줄리아의 능력을 의심했다. 하지만 몇몇의 옷은 훌륭했다. 그리고 유독 신애의 옷은 그를 언제나 좌절감에 빠지게 했다. 쇳덩이처럼 붙박인 그를 본 신애는 반갑게 웃었다.

"제리, 나 어때요?"

그녀는 스커트자락을 펼쳐보였다. 자수가 들어간 스커트가 한

송이 꽃 같았다.

"아름다워요, 너무……."

그는 그렇게 말하고 싶지 않았다. 어울리지 않는다고. 자신이 따로 만든 옷이 있노라 백을 열고 밤새 만든 옷을 펼쳐 보일 생각이었다. 그런데 자신도 모르게 그렇게 말하고 말았다.

"그건 뭐야, 제리?"

줄리아가 제리의 손에 들린 백을 눈으로 가리켰다. 제리는 그제야 팔에 걸친 백을 내려다봤다.

"아무것도 아니에요."

그는 정성껏 팔에 걸쳤던 백을 두 손으로 둘둘 말아 아무렇게나 움켜쥐었다. 사람들을 외면한 채 돌아선 그의 귀에 신애의 웃음소리가 아프게 파고들었다. 그는 다시는 손에 쥔 옷을 꺼내지 않으리라 다짐했다.

허깨비처럼 휘청거리는 몸을 추슬러 겨우 의자에 앉았다. 스케치와 패턴북을 넘기며 그날의 할 일을 떠올렸지만 눈에도 머리에도 들어오지 않았다. 머릿속에는 대신 수많은 물음표들이 떠돌았다. 아무리 생각해도 이해할 수 없었다. 신애의 옷, 그건 줄리아의 스타일이 아니었다. 같은 사람의 옷이라고는 믿을 수 없게 스타일이 달랐다. 의상실의 어떤 어시스턴트들도 그런 옷을 만들지는 않았다. 게다가 다른 옷을 만드느라 그동안 의상실은 비상이었다. 어떤 디자이너도 신애의 옷을 따로 만들 여유는 없었다. 그런데 신애의 옷은 줄리아가 만드는 옷과는 차이가 있었다. 줄리아는 레이스나 자수는 잘 사용하지 않았다. 그렇게 고전적 아이템으로 새로운 느낌을 주기는 어렵기 때문이었다. 그간 줄리아는 여성스러움을 선과 색을 이용해 표현할 뿐이었다. 어쩌면 그녀는 아직도 자수와 레이스로 여성스러움을 표현하려는 디자이너들을 경멸할지도 몰랐다. 제리는 다른 디자이너들을 머릿속에 하나하나 떠올렸다. 하지만 신애의 옷은 다른 디자이너의 스타일도 아니었다.

그러고 보니 이번뿐이 아니었다. 유독 신애의 옷은 종종 패션센터에서 만들어지는 옷과 스타일이 전혀 달랐다. 그렇다면 어느 어시스턴트가 아닌 줄리아가 만든 게 분명했다. 그건 자신의 스타일을 버리고 신애에게 맞춰 옷을 만들었다는 뜻이었다. 평소 그는 줄리아의 능력을 신뢰하지 않았다. 그녀는 그저 평범한 디자이너에 불과했다. 창의성도 없었고 옷에 대한 세계관도 특별하지 않았다. 그녀는 디자이너가 아닌 사업가 쪽에 가까웠다. 몇몇의 뛰어난 어시스턴트들을 고용했고 그들을 잘 관리하고 능력을 최대한 끌어냈다. 하지만 몇몇의 옷은 정말 훌륭했다. 아니 훌륭하다고 표현할 수밖에 없는 것이 안타까울 정도였다. 그가 독립을 하기로 결심한 건 그런 줄리아의 옷을 보며 느끼는 혼란 때문이었다. 그 후로도 제리가 신애에게 다가가려는 노력은 파도에 휩쓸린 모래성처럼 번번이 무너졌다. 그런데 무슨 일일까. 그녀가 그 앞에 서 있었다.

"줄리아와는 다른 옷이 필요해요."

신애는 현우의 마음을 움직일 옷이 필요했다. 물론 줄리아의 옷이라면 가능하겠지만 그의 마음을 얻기 위해 그녀의 능력을 빌리고 싶지 않았다. 신애는 다른 디자이너를 찾아보기도 했다. 옷을 몇 번 입어봤지만 마음에 들지 않았다. 역시 그녀를 잘 아는 건 줄리아뿐이었다.

제리를 생각한 건 어느 날부터 느껴지는 그의 눈빛 때문이었다. 처음에는 진저리치며 외면했다. 깡마른 몸에 덥수룩한 헤어스타일, 무엇보다 열등감에 싸인 눈빛이 싫었다. 옷을 잘 만드는 것 외에는 남자로서 제리는 매력이 없었다. 하지만 신애는 언젠가 사랑이 더해질 때 가장 아름다운 옷이 만들어진다던 그의 말이 떠올랐다. 그러면 줄리아를 대신해 자신을 돋보이게 할 옷을 만들 수 있을지 몰랐다.

"당신은 할 수 있어요. 제리."

제리는 다가온 그녀의 손을 자신도 모르게 움켜잡았다. 그녀의 체온이 느껴지던 순간이었다. 하지만 그것은 곧 젖은 모래처럼 빠져나갔다.

"능력을 보여줘요, 제리."

제리는 신애의 온기가 남은 뺨에서 한동안 손을 떼지 않았다. 신애는 다시 제리의 어깨에 손을 올리고는 그의 눈을 바라봤다. 쏘는 듯한 그녀의 눈빛에 제리는 누군가 목을 조르는 듯한 통증을 느꼈다.

제리는 옷을 만들기 시작했다. 이번만큼은 꼭 그녀의 마음을 얻으리라 마음먹었다. 작업대에 앉아 눈을 감았다. 우선 신애의 몸을 떠올렸다. 동그란 얼굴에 홍조가 박힌 볼. 처음 그녀를 봤을 때를 떠올리자 절로 입가에 웃음이 번졌다. 그날 이후 제리는 신애를 늘 바라봤다. 제리는 신애에 관한 것이라면 무엇이든 알고 있었다. 그녀가 좋아하는 음식과 음악, 책, 그림. 뿐만 아니었다. 언젠가 그녀에게 반드시 멋진 옷을 만들어 주리라 다짐하며 그녀의 이야기들을 모았다. 제리는 그제야 부족한 것 없어 보이던 그녀의 아픔을 알았다. 사고로 어린 나이에 부모를 잃은 것과 어마어마한 유산을 지키기 위해 온갖 송사를 겪어야 했다는 걸. 모든 걸 알자 제리는 그녀를 원하는 마음이 더 간절해졌다. 하지만 그녀는 늘 정현우만을 봤다. 정현우는 그가 봐도 아름다웠다. 마치 신화 세계에서 떨어진 조각상 같았다. 만약 그가 여자였다면, 아니 신애가 아니라면 그조차도 정현우를 사랑할 것만 같았다. 아름다운 정현우와 그를 바라보는 신애. 그들을 지켜볼 때마다 가슴 한쪽이 썩썩 잘려나가는 느낌이었다. 제리는 그렇게 고통 속에서 옷을 만들었다.

"수고했어요, 제리."

신애는 애써 웃어보였다. 하지만 알 수 있었다. 그녀의 마음에 들지 않는다는 걸. 제리가 만든 원피스는 신애에게 제법 잘 어울렸다. 라운드와 스퀘어가 레이어드된 네크라인도 특이했고 바이어스를 덧댄 소매와 치맛단은 발랄함이 강조됐다. 하지만 그가 생각해도 뭔가 부족했다. 그리고 제리는 깨달았다. 그건 아름답게 보이려고 작정한 듯한 느낌 때문이라는 걸. 아름다움은 드러내지 않을 때 더 아름답게 보였다. 하지만 아름다움을 드러내려 작정한 듯한 옷은 천박하기 짝이 없었다. 결국 질투가 옷을 망친 걸까. 제리는 신애가 벗어놓은 옷을 집어들고는 패배감에 치를 떨며 밖으로 뛰쳐나갔다.

며칠 후 제리는 패션센터에서 신애를 다시 봤다. 그녀는 정현우와 함께였다. 평소 정현우는 신애를 특별하게 보지 않았다. 하지만 줄리아의 옷을 입은 신애에게서 정현우는 눈을 떼지 못했다. 늘 건조하던 눈빛에 사랑이 차 있었다. 제리는 남자로서도 디자이너로서도 패배했다는 걸 알았다. 그는 좌절감에 더해 정현우에 대한 적의로 주먹을 꼭 쥐었다.

＊

패션센터에서 현우를 처음 본 후 신애의 머릿속에는 시도 때도 없이 그의 얼굴이 떠올랐다. 한동안은 생각을 떨치려 버둥거렸다.

하지만 신애는 곧 그에게로 향하는 마음을 따르기로 했다. 우선 현우가 패션센터에 오는 시간을 알아냈다. 다행히 일주일에 한두 번일정한 시간이었다. 신애는 시간에 맞춰 어김없이 줄리아를 찾았다. 줄리아와의 친분을 핑계로 현우의 촬영장을 기웃대기도 했다.

신애를 보면 현우는 늘 따뜻하게 웃었다. 하지만 그건 줄리아와의 친분을 의식한 예의에 지나지 않았다. 시간이 갈수록 신애는 그의 마음을 갖고 싶어 미칠 지경이었다. 하지만 그는 그녀를 보지 않았다. 그의 눈에 띄기 위해 그녀는 늘 마음 졸이고 발버둥쳤다. 그러다 알았다. 그의 눈이 보는 건 오직 단 한 사람뿐이라는 걸. 그렇게 늘 바라보면서도 자신도 느끼지 못하는 것 같았다. 의도하지 않아도 바라볼 수밖에 없는 걸까. 불가항력적인 것. 그런 현우를 볼 때마다 신애는 분노와 질투로 몸을 떨었다.

그날도 신애는 패션센터의 유리문을 열었다. 눈부신 조명과 함께 진열된 옷을 보는 사람들. 반짝이는 사람들에게 느낀 이질감으로 신애는 얼른 고개를 돌렸다. 눈이 닿은 로비에는 샹들리에에서 흘러나온 불빛이 가득했다. 자신의 마음과 달리 그날따라 대리석 바닥에 비친 불빛은 유난히 아늑했다.

"법원에 가기 전에 들러. 너를 위해 옷을 만들었어."

끊임없이 이어지는 소송과 재판. 신애는 하루하루 믿었던 피붙이들에 대한 분노로 몸과 마음이 만신창이였다. 그런데 줄리아가 자신을 위해 옷을 만들었다고 했다. 옷 따위로 자신감을 높여주겠다니. 신애는 목소리에 기대감을 담아 시간 약속을 했다. 하지만 속으로는 그런 줄리아를 비웃었다.

마네킹에 걸린 옷이 신애는 마음에 들지 않았다. 자신의 평소 스타일이 아니었다. 하지만 줄리아는 확신하는 눈빛이었다. 옷이 소송에 유리하게 작용할 거라는 말도 안 되는 믿음을 그녀는 분명 갖고 있었다. 불쑥 마음 한 곳에서 뾰족한 반감이 솟았다. 어쩐지 그 확신에 찬물을 끼얹고 싶었다. 신애는 자꾸 솟는 알 수 없는 가시를 느끼며 마네킹에서 내린 옷을 입었다.

신애는 천천히 거울 앞에 섰다. 그런데 거울 속 모습을 본 순간이었다. 신애는 자신도 모르게 화들짝 한 걸음 뒤로 물러섰다. 고개를 돌린 건 조금 시간이 흐른 후 알았다. 신애는 고개를 바로하고 거울로 다시 다가갔다. 세상을 삼킬 듯한 강렬한 검은 투피스. 거울 속 자신의 모습에 그녀는 알 수 없는 두려움으로 몸을 떨었다. 일직선으로 뻗은 실루엣은 그녀를 더없이 강하게 보이게 했다. 어두운 컬러는 그러면서도 안정적이며 부드러워 보였다. 가슴의 진주 장식은 내면의 슬픔까지도 고스란히 드러내고 있었다. 자신의 모습에 그녀는 재판에 유리할 거라고 확신했다.

그런데 거울 속을 힐끔대는 눈빛이 거슬려 슬쩍 눈을 돌린 순간이었다. 그녀는 갑자기 끼친 전율로 온몸을 부르르 떨었다. 그녀의 곁에 정현우가 있었다. 신애는 다시 확인했다. 역시 그였다. 그가 자신을 바라보다니. 그동안 간절히 바랐지만 그는 결코 그녀를 보지 않았다. 그런 그가 빛나는 눈으로 그녀를 보고 있었다. 그녀는 드디어 자신의 마음이 닿은 거라 생각했다. 하지만 현우가 그녀를 보는 건 줄리아의 옷을 입었을 때뿐이었다. 그 사실을 깨닫기까지는 그리 오래 걸리지 않았다.

신애는 줄리아의 옷이 가진 능력을 느끼기 시작했다. 그리고 현우를 사로잡을 옷이 필요했다. 하지만 줄리아의 힘을 빌리고 싶지 않았다. 그 순간 그녀의 눈에 자신을 바라보는 제리가 보였다. 제리는 줄리아의 최고의 어시스턴트였고 창의성이 탁월한 디자이너였다. 신애는 제리에게 옷을 부탁했다. 어차피 패션센터에서 만들어지는 옷을 줄리아가 다 만들지는 않으니 상관없을 거라 생각했다. 하지만 마음이 놓이지 않았다. 가슴 아프지만 신애는 줄리아를 찾아갔다.

"도와줘요, 이모."

신애는 줄리아 앞에서 어린애처럼 눈물을 흘렸다. 아무것도 모르는 것처럼. 현우와 줄리아의 관계쯤은 상상조차 할 수 없는 듯 순진한 얼굴로 그녀를 바라봤다. 줄리아는 다가가 눈물을 흘리는 신애를 가만히 안았다.

"알았어. 나만 믿어."

줄리아는 신애가 주최한 모임에 현우를 초대했다. 신애를 위해 옷도 만들었다. 오랫동안 공들여 완성된 원피스는 신애의 마음에 꼭 들었다. 줄리아의 부탁을 거절할 수 없어 패션센터에 들어선 현우도 신애에게서 눈을 떼지 못했다.

신애는 뛰는 가슴을 달래려 로비를 벗어나 한적한 곳으로 갔다. 마침 눈에 띄는 넝쿨 모양의 계단을 올랐다. 현우가 그렇게 오랫동안 자신을 바라보다니. 그럴 만큼 새 옷을 입은 신애는 자신이 봐도 너무나 아름다웠다. 그런 기분을 잠시 혼자 만끽하고 싶었다. 흥분으로 달궈진 얼굴을 식히려 테라스로 나와 숨을 깊게 들이켰다. 햇살이 퍼진 테라스에는 아카시아 향기가 가득했다. 그 때문일까. 갑자기 현기증이 몰려왔다. 휘청거리는 몸을 진정시키려 벽에 손을 짚고 잠시 눈을 감았다. 그런데 막 눈을 뜰 때였다. 복도 끝에서 그림자 하나가 다가오고 있었다. 그녀는 웃음을 띤 채 그림자 쪽으로 다가갔다. 누군가에게 자신의 모습을 보여주고 싶었다. 현우가 찬란한 눈으로 보던 모습이니 그 누구에게라도 자랑해도 될 것 같았다. 하지만 그녀는 걸음을 멈춘 채 얼른 기둥 뒤로 몸을 숨겼다. 벽에 몸을 붙이자 심장이 빠르게 뛰었다. 하지만 그건 흥분으로 뛰던 조금 전과는 달랐다. 그림자가 다가올 때마다 알 수 없는 두려움이 몸을 옥죘다. 그런 기분은 처음이었다. 신애는 기둥 뒤까지 뻗어오는 그림자를 떨리는 가슴을 움켜쥐며 바라봤다. 아무리 봐도 기이한 모습이었다. 비틀어졌다고 할까. 아니 두루뭉술한 그림자만으로 비틀어졌다고 하는 건 잘못일지 몰랐다. 하지만 움직임이 다른 사람들과는 달랐다. 느린 짐승처럼 뭉기적 걷는 걸음. 의지가 아닌 마치 어떤 힘에 의해 밀려오는 것만 같았다. 그리고 그것은 분명 밝은 에너지는 아니었다. 어둠의 힘. 그런데 곧 자신을 발견할지도 모른다고 생각할 때였다. 갑자기 그림자가 발을 멈췄다. 순간 세상도 멈춘 듯했다. 심호흡과 함께 기둥 뒤에 숨었던 고개를 그림자 쪽으로 내밀었다. 하지만 그림자가 보이지 않았다. 신애는 기둥에서 나와 그림자가 사라진 곳으로 달려갔다. 복도 끝 한쪽 구석에 벽과 같은 색의 문이 있었다. 사람이 드나들기에는 턱없이 작은 문이었다. 건물 구조상 안에 사람이 머물 곳이 있을 것 같지도 않았다. 신애는 다시 한 번 심호흡을 하고 손잡이를 비틀었다. 하지만 손잡이는 돌아가지 않았다.

"위층에 작은 문으로 사람이 들어가던데 거긴 뭐하는 데예요?"

계단을 내려와 신애는 줄리아의 귀에 조심스레 속삭였다. 아무리 떨치려 해도 그림자가 내뿜던 어둠의 기운이 영 가시지 않았다.

"문? 무슨 문? 작은 문이라면 비품 같은 걸 넣어두는 창고 같은 게 아닐까?"

줄리아의 무심한 말투에 신애의 얼굴이 잠시 일그러졌다. 하지만 다시 옷으로 눈을 돌리자 곧 웃음이 번졌다. 그러고 보니 별일 아닐지도 몰랐다. 이 큰 건물에 작은 문 하나가 있다고 뭐 대수일까.

그때는 그렇게 넘겼는데. 생각해 보니 신애는 자꾸 그때의 그림자가 마음에 걸렸다.

*

그토록 오랫동안 드나들었지만 디자인실은 처음이었다. 신애는 늘 줄리아의 옷에 존경심을 갖고 있었다. 평범한 그녀를 특별하게 보이게 하는 건 줄리아의 옷이라는 걸 알았으니까. 어쩌면 그동안 한 번도 디자인실에 올라와 보지 않은 건 두려움 때문은 아니었을까. 너무 거대한 줄리아의 실체를 보면 현우에 대한 자신감이 더더욱 작아질까 봐. 그동안 기회가 있었음에도 일부러 피했었다는 걸 그녀는 비로소 깨달았다.

디자이너들이 쓰는 책상과 회의를 위한 커다란 테이블, 서류들과 패션잡지들이 꽂혀 있는 책장. 안쪽 칸막이 너머에는 여러 가지 옷들이 걸려 있었다. 칸막이를 사이에 두고 컴퓨터도 여러 대 모여 있었다. 수작업으로 패턴을 뜨는 사람도 있었다. 신애는 역시 고개를 가로저었다.

더 안쪽 유리 문 안에 재봉틀이 보였다. 신애는 달려가 힘껏 문을 열었다. 막혀 있던 소음이 일시에 쏟아져 나왔다. 하지만 그곳도 특별하지 않았다. 더 이상 갈 곳 없는 신애는 낭패감이 몰려왔다. 재봉틀 앞에 앉은 사람들이 일손을 멈추고는 놀란 눈으로 그녀를 바라봤다. 그러다가는 서로 눈을 맞추며 키득거렸다. 신애의 곁에 있는 현우를 알아본 모양이었다.

신애를 따라 디자인실에 들어선 현우는 한발 한발 떼기가 힘들었다. 바늘과 실, 그리고 옷본들. 특히 재봉틀이 눈에 들어오자 그만 우뚝 발을 멈췄다. 하지만 자꾸 달려드는 옛 기억들을 그는 가만히 머리를 저어 털어냈다.

"이게 다인가요?"

재봉실까지 발을 들여놓고도 신애는 성에 안 차는 얼굴이었다. 사색이 돼 쫓아온 매니저는 오히려 화를 내는 신애를 어이없다는 듯 바라봤다.

"여긴 내 옷을 만든 재봉사는 없어요. 이 사람들이 여태 내 옷을 만들었다고 말하지는 않겠죠?"

매니저는 그제야 알겠다는 듯 직업상 특유의 웃음을 되찾았다.

"중요한 고객들의 옷은 선생님이 개인 작업실에서 만드시죠. 바느질도 직접 하시고요. 여긴 매장에 내보내는 옷들을 만드는 곳이에요. 대중적인 옷은 공장에 보내 만들죠."

매니저는 여전히 웃음 띤 얼굴이었다. 하지만 불쾌함이 역력했다. 디자인실은 고객에게는 금기의 영역이었다. 아무리 특별한 관계라도 그곳에 함부로 들어오는 건 패션센터에 대한 모욕이었다.

"내가 바보인 줄 알아요? 그동안 우리 옷을 줄리아가 다 만들었다고요?"

그런데 그때였다. 갑자기 재봉실 안으로 묵직한 파열음이 벽과 창문을 뒤흔들며 쏟아져 들어왔다. 동시에 일제히 불이 꺼졌다. 돌아가던 재봉틀도 멈췄다. 갑작스러운 정전에 사람들이 술렁이기 시작했다. 곧 재봉실 안으로 다급한 목소리가 뛰어들었다.

"근처 지하철 공사장에서 뭘 잘못 건드린 모양이에요. 주변이 다 정전이에요."

갑자기 할 일을 잃은 사람들 틈에서 환호와 탄식이 터졌다. 하지만 잔업 시간이 늘 거라는 누군가의 말에 환호도 곧 탄식으로 바뀌었다.

신애는 소란을 뒤로 한 채 걸음을 옮겼다. 모두 그녀의 탓이라고 생각했을까. 사람들의 눈이 등뒤로 따갑게 따라붙었다. 재봉실에서 디자인실로 이어진 통로는 유난히 길었다. 어둑해서인지 꽂히는 눈이 더욱 차가웠다.

그런데 막 계단을 내려가려 한쪽 발을 들 때였다. 그녀는 아래로 향하던 발을 다시 들고 재빨리 몸을 돌렸다. 하이힐의 뒷굽이 꺾이며 발목이 흔들렸다. 가까스로 중심을 잡은 그녀는 갑자기 뛰기 시작했다.

계단 옆 테라스로 향하는 복도를 따라 달린 신애는 작은 문과 마주섰다. 문 앞에서 그녀는 잠시 숨을 죽였다. 아무 소리도 들리지 않았다. 하지만 그녀는 손잡이를 움켜잡았다. 신애는 조금 전 분명 기계 돌아가는 소리를 들었다. 그녀는 그 기계음이 재봉틀 소리라고 확신했다. 아니 막상 문 앞에 서니 소리를 들었는지 자신이 없었다. 그 소리가 자신이 서 있는 문 안에서 난 건지도 알 수 없었다. 하지만 그녀는 잡은 손잡이를 세게 비틀었다. 숨을 헐떡이며 달려오는 매니저가 막기 전에.

손잡이는 힘없이 돌아갔다. 싱겁게 싸움을 포기한 선수처럼 맥없이 문이 열렸다. 언젠가 어둠의 그림자가 사라진 작은 문. 그곳은 비품을 넣어두는 창고가 아니었다. 누군가의 작업실인 모양이었다. 크기만 작을 뿐 다른 디자인실과 별반 다르지 않았다. 작업대가 있고 옷들이 걸려 있었다. 마네킹도 여러 개 놓여 있었다. 재봉틀도 있었다. 하지만 다른 재봉틀처럼 그것도 멈춰 있었다.

"여긴 누구 작업실이에요? 너무 좁은데……."

신애는 호기심에 반짝이는 눈을 두리번거렸다.

"이곳은 그저 사용하지 않는……."

매니저의 얼굴에는 가식적인 웃음마저 보이지 않았다. 신애와의 친분이 아니었다면 멱살잡이를 해서라도 끌고 나갈 표정이었다.

신애는 어둠 속에서도 꼼꼼히 안을 살폈다. 하지만 특별한 건 보이지 않았다. 어렴풋이 들렸던 기계 소리. 아무래도 잘못 들은 모양이었다. 아무것도 없다는 걸 확인하자 현우는 왠지 안도감이 들었다.

다행히 전기는 곧 들어왔다. 복도에서 들어온 불빛만으로도 작은 방은 고스란히 민낯을 드러냈다. 더 이상 확인할 게 없는 신애는 쏘아보는 매니저를 향해 적군을 마주한 군인처럼 손을 들었다. 하는 수 없다는 듯 문 쪽을 향해 몸을 돌리자 매니저는 그제야 한숨을 쉬었다.

그런데 그때였다. 희미하지만 또렷한 소음이 방안을 나서려던 신애를 붙잡았다. 너무도 또렷한 기계음이었다. 재봉실이 있는 복도가 아닌 방의 안쪽에서 터져 나온, 그것은 분명 재봉틀 소리였다.

신애는 다시 몸을 돌렸다. 재봉틀 뒤에 늘어진 커튼을 젖히자 또다른 문이 있었다. 신애는 그것 보라는 듯 매니저를 돌아봤다. 그렇게 매니저의 얼굴이 사색이 된 순간이었다. 신애는 조금의 틈도 없이 힘껏 문을 열었다. 안에서 훅 빠져나온 바람이 신애의 이마를 쳤다.

실내는 좁고 어두웠다. 작은 창문이 있었지만 말 그대로 너무 작았다. 채광이나 환기, 어떤 것도 제 기능을 할 수 없을 것 같았다. 하지만 그곳은 분명 옷을 만드는 곳이었다. 문을 등진 채 작업대와 재봉틀이 있었다. 그리고 재봉틀 앞에 누군가 앉아 있었다. 작은 빛 때문에 생긴 그림자만 봐도 오랫동안 그곳을 지켜온 세월이 느껴졌다. 구부정한 자세가 재봉틀에 맞게 굳어진 몸 같았다.

재봉틀 앞에 앉은 여자는 문이 열리자 얼른 고개를 돌렸다. 실내가 어두운 탓일까. 얼굴에서 왠지 음울한 기운이 느껴졌다. 순간 알 수 없는 공포감이 몸을 덮쳤다. 신애는 우뚝 다가가던 걸음을 멈췄다. 고집을 부려 기어코 문을 연 걸 그제야 후회했다. 조금 전 미처 피하지 못한 여자의 얼굴이 눈에 스친 순간이었다. 여자의 얼굴에 뭔가 있었다. 뱀처럼 꿈틀거리는 것. 현우는 그만 몸서리쳤다. 뒤늦게 흉터임을 깨달은 신애 또한 얼른 입을 막았다. 손에 막힌 비명이 안으로 퍼지며 그녀의 몸을 세게 흔들었다.

4. 아버지의 옷

"일종의 성적인 기가 발산되어 남성들을 완전히 매료시켰다.

쉽게 벗길 수 있는 옷이라는 점도 한몫을 했다고 생각한다."

―브랜트리

"아버지가 영화감독이시라고?"

담임의 눈이 가정환경조사서에서 현우의 얼굴로 옮겨졌다.

"네."

한참 만에 나온 대답은 코앞의 담임 귀에까지도 제대로 뻗지 못
했다.

"뭘 감독하셨나?"

담임의 눈을 피해 현우는 자기도 모르게 고개를 숙였다. 책상 위
에 놓인 가정환경조사서의 영화감독이라는 글자가 반듯이 누워 현
우를 빤히 올려다봤다.

얼마 전 담임은 가정환경조사서를 나눠줬다. 집에 와 현우는 아버지 직업란에 회사원이라고 적고는 얼른 가방에 쑤셔 넣었다. 하지만 학교에 와서 보니 보이지 않았다. 그래도 제출 날짜가 하루 더 남아 다행이었다. 가방을 정리하다가 빠져 방구석 어딘가에 쑤셔 박힌 모양이었다.

현우는 왠지 불안해 걸음을 재촉했다. 집에는 모처럼 아버지가 있었다. 현우가 신발을 벗고 들어가자 텔레비전을 보던 아버지가 일어나 다가왔다. 무슨 할 말이 있을까. 그도 아버지에게로 몇 걸음 다가갔을 때였다. 갑자기 얼굴로 아버지의 우악스러운 손바닥이 날아왔다. 뺨이 부서지듯 아팠다. 하지만 너무 놀라 눈물도 나지 않았다. 돌아간 고개를 들고 다시 본 아버지의 다른 손에는 가정환경조사서가 들려 있었다.

"회사원?"

아버지의 굵은 손가락이 회사원이라고 쓴 직업란을 가리켰다. 그제야 아버지가 화가 난 이유를 알았다. 아버지는 한 번 더 뒤통수를 후려쳤다. 그러고는 책상 구석에 처박혔던 지우개를 집어와 흔들리는 눈앞에 들이댔다. 현우는 책상에 앉아 말없이 회사원이라고 쓴 곳에 지우개를 대고 밀었다. 회사원이 지워진 자리는 곧 빈칸이 됐다.

"잠깐!"

아버지는 현우의 손에 심이 굵은 볼펜을 쥐어줬다. 그는 볼펜을 꾹꾹 눌러 영화감독이라고 썼다.

"됐다!"

아버지는 영화감독이라고 쓴 가정환경조사서를 한동안 들여다봤다. 아버지 얼굴에는 금세 뿌듯한 미소가 걸렸다.

말을 못하고 있자 담임의 이마에는 곧 주름이 졌다. 더 이상 참지 못한 담임의 입에서 무슨 말인가가 나오려는 순간이었다. 그는 겨우 입을 뗐다. 아버지의 영화는 한때 사람들의 입에 오르내린 적이 있었다. 담임도 들어본 모양이었다. 듣자마자 아, 하는 감탄사가 터져 나왔다. 짜증으로 일그러졌던 입가가 순간 환했다.

"일일교사에 아버지를 초대하고 싶은데 시간이 있으신지 여쭤봐라."

아버지가 많이 바쁘다고 말하려 했다. 하지만 자신은 영화를 좋아하는 사람이며 그래서 의사나 변호사 등의 학부형이 아닌 영화감독을 불러야겠다고 했다.

"나도 한때는 영화감독이 꿈이었는데."

담임의 얼굴에는 잠시 추억에 젖는 듯한 미소가 번졌다.

집으로 돌아오니 아버지는 해가 가득한 방안에서 코를 골며 자고 있었다. 아버지가 집에 들어온 건 오랜만이었다. 영화를 만든다는 핑계였지만 오래전부터 아버지는 영화도 만들지 않았다. 사람들 말로는 바람 든 여자를 배우 시켜준다며 꽤 그들의 단물을 빨아 먹고 다니는 거라고 했다. 그런 아버지가 교단에 서다니. 팔을 베고 누운 아버지의 굽은 등을 보자 말을 하고 싶지 않았다. 그런데 그렇게 고개를 저으며 돌아설 때였다. 갑자기 아버지가 눈을 떴다. 그는 돌아서던 걸음을 뚝 멈췄다. 아버지는 왜 그러냐는 듯 뚫어져라 바라봤다.

"담임이…… 일일교사로 오래요."

현우는 아버지가 가지 않을 거라 생각했다. 학교에는 근처에도 안 가고 싶다던 아버지였으니까. 학교에서 배울 거라고는 아무것도 없다는 게 평소 아버지의 생각이었다. 쓸데없는 소리 하네, 바쁘다고 해. 그렇게 말할 게 뻔했지만 그래도 생각하는 척은 해야겠다 싶었을까. 아버지는 부스스한 머리를 손으로 쓸며 일어나 앉았다.

"왜, 날?"

왜일까. 아버지는 관심을 보였다. 아버지가 반색하자 당황한 현우는 말을 더듬었다.

"그냥…… 영화감독이라고……."

순간 아버지 눈에 빛이 번뜩였다. 현우는 마른 침을 꾹 삼켰다.

"그러지 뭐. 마침 당분간 급한 일도 없고……."

말은 심드렁했지만 아버지는 신이 난 것 같았다. 말이 떨어지기 무섭게 전화통을 붙잡고는 누군가에게 일일교사를 한다며 자랑을 했다.

"이봐, 좋은 양복 좀 골라봐. 넥타이도. 나는 영 못 고르겠네."

학교에 오기 며칠 전부터 아버지는 엄마를 졸랐다. 엄마는 아버지의 손에 끌려 옷들이 걸린 방으로 들어갔다. 한참 만에 엄마는 아버지의 연둣빛 상의와 푸른빛 셔츠, 베이지색 바지 그리고 자주색 넥타이를 들고 나왔다. 전혀 어울릴 것 같지 않았지만 엄마가 고른 옷이라면 믿어도 좋았다. 아버지는 엄마가 고른 옷들을 벽에 걸어놓고는 수시로 들여다봤다. 들뜬 아버지를 보자 더욱 걱정이 됐다. 아이들 앞에서 대체 무슨 말을 할까.

"뭐라 하긴. 그냥 나오는 대로 하면 되지!"

불안한 마음은 아랑곳없이 아버지는 태연히 호통을 쳤다. 날짜가 다가올수록 초조해 견딜 수 없었다. 평소 아버지가 하는 얘기라면 어떤 부류의 여자들이 꾐에 잘 넘어온다거나, 그런 여자들을 어떻게 꾀어 어디를 갔다는 말뿐이었다.

아버지가 학교에 오기 전날이었다. 현우는 잠이 오지 않았다. 불안하고 초조해 잠이 들어서도 나쁜 꿈만 꿨다. 날이 밝지 않았으면, 전쟁이라도 나 세상이 풍비박산이 됐으면, 아버지가 학교에 오지 못할 이유를 생각하느라 밤을 꼬박 새웠다. 그러다가 아버지가 죽었으면 하고 생각하기도 했다.

잠깐 잠이 들었을까. 아버지의 장례를 치르는 꿈을 꾸다가 진저리를 치며 눈을 떴다. 해가 뜰 시각은 아닌 것 같은데, 아직 잠에 빠져 있을 아버지의 코고는 소리가 들리지 않았다. 일어나 안방 문을 열었다. 역시나 아버지는 보이지 않았다. 정작 날짜가 되니 도망간 걸까. 왠지 안도감이 밀려왔다. 하지만 막 아침을 먹으려 숟가락을 들 때였다. 아버지가 대문을 열고 들어왔다. 손에는 목욕가방을 들고 있었다. 눈을 뜨자마자 목욕을 갔던 모양이었다. 젖은 머리에 뽀얀 얼굴이 낯설었다. 그러고도 아침을 먹고는 다시 세수를 했다. 스킨과 로션도 꼼꼼히 발랐다. 아버지는 마치 의식을 치르듯 벽에 걸린 옷을 하나씩 입기 시작했다. 푸른빛이 도는 셔츠에 베이지색 바지를 입고는 자주색 넥타이를 매고 연둣빛의 웃옷까지 입었다. 거울 앞의 아버지를 본 현우는 주춤 멈춰 섰다. 매일 허름한 벙거지를 쓰고 다니던 아버지의 그런 모습은 낯설기 짝이 없었다. 물론 엄마가 만들어준 옷 때문이지만 아버지가 꽤 미남으로 보였다.

"니 엄만 참 옷 하나는 끝내주게 만든다."

넋 놓고 바라보는 현우를 향해 아버지는 눈을 찡긋했다.

교단에 선 아버지는 처음에는 땀을 흘리며 말을 더듬었다. 하지만 영화 이야기가 시작되자 달라졌다. 늘 패배감에 젖었던 눈빛과 불만 가득한 얼굴은 오간 데 없었다. 눈빛은 빛났고 꼿꼿한 자세는 누구보다 당당했다. 아버지는 위엄 있으면서도 부드러운 말투로 찬찬히 준비한 말을 이어갔다. 영화는 어떻게 만들어지고 어떻게 극장에 걸리는지, 캐스팅은 어떻게 이루어지며 제작비는 얼마나 드는지도 아이들이 이해하기 쉽게 설명했다. 영화가 만들어지는 과정은 꽤 복잡했다. 많은 사람들이 동원돼야 하는 일이라는 걸 현우도 그제야 알았다. 그렇게 공들여 만들어도 흥행이 되기는 어려웠다. 영화가 흥행이 되는 것과 작품성이 좋은 건 또 다른 문제라며 아버지는 안타까운 표정을 지었다.

아이들은 아버지의 말을 하나라도 놓칠세라 뚫어지게 바라봤다. 현우도 아버지의 얘기에 푹 빠졌다. 망신만 당하면 어쩌나 걱정했는데, 아버지는 달변이었다. 멋지지도 않은 아버지가 왜 그리 여자들에게 인기가 많은지 그제야 알 것 같았다. 아버지가 말하는 영화판의 이야기는 별로 새로울 것 없는 현우에게도 흥미진진했다.

"아버지께 감사하다고 전해라."

아버지가 우레와 같은 박수를 받으며 돌아간 후 담임은 현우를 따로 불렀다. 담임은 모처럼 기분이 좋아보였다.

"너희 아버지, 영화감독이었냐? 진작 말하지……."

그날 이후 여자아이들은 물론 계집애 같다며 놀리던 덩치 큰 녀석들까지 순한 양 같은 얼굴로 곧잘 말을 걸었다. 녀석들은 그가 언제든 아버지가 말한 배우들을 만날 수 있을 거라 생각하는 것 같았다. 아이들은 동경의 눈빛으로 현우를 바라봤다. 아버지가 자신

74

을 이렇게도 만들 수 있다니. 그저 놀라웠지만 한편으로는 언제 터질지 모르는 시한폭탄을 쥔 듯 불안하고 초조한 나날이었다.

그런데 아니나 다를까. 며칠 후 교실에 들어서자 현우의 책상 위에 포스터 한 장이 놓여 있었다.

4절지 크기의 포스터 속 전라의 여인. 붉은색 바탕 때문인지 여인의 피부는 유난히 하얬다. 역시 붉은색 천으로 주요 부분만 가린 여인의 몸은 손에 잡힐 듯 입체적이었다. 누군가의 손이 닿기만 하면 금방이라도 포스터를 뚫고 나올 것 같았다. 게다가 대놓고 유혹하려는 조잡하기 짝이 없는 문구까지. 그 문구 끝에는 붉은 동그라미가 쳐져 있었다. 아버지의 이름도 있었다. 에로의 거장이라는 수식어까지 꿰찬 채였다. 동그라미에 붙은 화살표 끝에는 정인호, 정현우의 아빠라는 친절한 부연 설명까지 달려 있었다.

현우는 힘없이 자리에 앉아 포스터를 가방 속에 구겨 넣었다. 아이들은 금방이라도 울음을 쏟을 것 같은 얼굴을 재미있다는 듯 바라봤다. 벌써 저희들끼리 돌려볼 대로 돌려본 모양이었다. 전날까지도 별을 올려다보듯 하던 눈에는 경멸과 조롱이 가득했다. 사람을 보는 눈이 한순간에 달라질 수도 있다는 사실이 자신들이 생각해도 신기한 표정이었다.

그렇게 현우가 아이들의 눈빛에 곤혹스러워할 때였다. 조회 시간이 됐는지 담임이 교실 문을 열고 들어섰다. 한동안 안 들렀던

몽둥이를 들고서였다. 담임은 화가 난 것 같기도, 귀찮은 일을 떠맡은 것 같기도 했다.

"지금부터 소지품 검사를 실시한다. 가방 속에 있는 거 몽땅 다 책상 위에 꺼내놔!"

옆 반에서 도난 사건이 일어났다고 했다. 워낙 거액이라 학년 전체에 소지품 검사령이 떨어진 모양이었다. 그러면서도 담임은 형식적인 것에 불과한 일임을 강조했다. 아이들은 툴툴대며 가방을 풀기 시작했다.

갑자기 소지품 검사라니. 현우는 어떤 음모가 도사리고 있음을 직감했다. 아이들은 당황한 현우를 끊임없이 힐끔거렸다. 숨 막히는 분위기에도 녀석들의 눈에는 의뭉스러운 웃음이 가득했다. 현우는 며칠 전 길에서 겪었던 소란이 떠올랐다. 계집애를 도우려던 그를 향해 날아오던 발길질이 순간 가슴에 아프게 파고들었다.

느릿느릿 아이들은 가방 속의 물건들을 책상 위로 올렸다. 책과 공책, 필통, 군것질거리나 장난감을 올려놓는 녀석들도 있었다. 담임은 책상 위의 물건들을 꼼꼼히 살폈다. 그러고도 가방을 뒤집어 속까지 탈탈 털게 했다.

어떤 아이들의 가방에서는 성인 잡지가 나왔다. 여자 속옷이 나오기도 했다. 담임은 그런 녀석들의 손바닥을 끌어다 몽둥이로 몇 번 내려쳤다. 어떤 계집애들은 가방을 붙잡고 눈물을 쏟았다. 담임은 오히려 보란 듯 가방을 손수 뒤졌다. 계집애의 가방에서는 휴지 뭉치 같은 게 나왔다. 그게 뭐라고, 계집애는 책상 위에 엎드려 아예 통곡하기 시작했다. 담임은 무안한 얼굴로 얼른 다음 가방을 뒤졌다.

담임이 현우의 자리로 다가왔다. 아이들은 서로 눈을 맞추며 키득거렸다.

"너도 생리 하냐?"

가방을 부여잡은 현우에게 담임이 소리쳤다. 아이들은 일제히 웃음을 터트렸다. 담임은 끝내 현우의 품에서 가방을 빼앗았다. 영원히 어둠 속에 있기를 바랐는데, 하지만 담임은 여지없이 그것을 세상 밖으로 끌어냈다.

"이거 네 거냐?"

담임은 조금 당황하는 것 같았다. 하지만 현우가 말을 못하고 있자 곧 이것 봐라, 하는 표정이 됐다. 계집애들 몇을 울려 머쓱했던 뒤라 잘 걸렸다 하는 마음 같았다.

"이게 뭐냐?"

현우는 말없이 고개를 숙인 채 땅만 봤다.

"포스터요. 현우네 아버지가 감독한 영화입니다."

아무 말 못하는 현우를 대신해 아이들 중 누군가가 소리쳤다. 담임은 한층 더 심각해진 얼굴이었다. 쏘듯이 보는 눈이 그게 사실이냐고 묻는 것 같았다. 아버지는 몇 편의 영화를 감독했지만 이제 아버지 영화는 극장에 걸리지 않았다. 아버지는 비디오 감독이었다. 비디오 가게에 붙은 포스터를 보며 아버지는 자신이 얼마나 시대의 흐름을 잘 탔는지 자랑스러워하고는 했다.

"그래도 이만큼 밥 먹고 사는 건 내가 흐름을 잘 탔기 때문이야."

아버지는 늘 그렇게 말했다. 가정환경조사서에도 당당하게 영화감독이라고 적기를 바랐던 아버지는 말을 못하는 현우를 보면 또 뺨을 후려칠지 몰랐다.

하지만 그는 역시 아무 말도 할 수 없었다. 처음에는 그저 그런 포스터라고 생각했던 담임의 얼굴이 점점 달아올랐다. 잠시 충격과 배신감, 황당함에 부르르 몸을 떨었다. 왜 그렇지 않을까. 호환마마보다 무서운 영화를 만든 게 바로 자신이 학생들 앞에 세운 사람이었으니. 담임은 숨을 깊게 들이쉬고는 한동안 애써 분을 삭였다.

"엎드려!"

하지만 담임은 곧 폭발하듯 소리쳤다. 현우는 천천히 일어나 손을 바닥에 짚고 엉덩이를 들었다. 기다렸다는 듯 매질이 쏟아졌다. 몽둥이가 엉덩이에 떨어질 때마다 몸에 불꽃이 튀었다. 현우는 자꾸 무너지려는 몸을 팔에 힘을 줘 간신히 버텼다. 더 이상 버티지 못하겠다 생각할 때쯤 몽둥이가 댕강 잘려나갔다. 그제야 담임은 토막 난 몽둥이를 집어던졌다. 매질이 끝나자 녀석들은 동정의 눈으로 현우를 바라봤다. 그중에도 더러 몇은 통쾌한 웃음을 감추지 못했다. 엉덩이가 불붙은 듯 화끈댔다. 하지만 매질을 당한 아픔보다 가슴을 찌르는 녀석들의 눈이 더욱 견딜 수 없었다.

일은 거기서 그치지 않았다. 다른 반에서도 아버지 영화는 곧 화제가 됐다. 막 사춘기에 접어든 사내 녀석들은 신세계가 도래한 듯 비디오테이프를 들고 날뛰었다. 녀석들은 음흉한 눈빛을 주고받으며 아버지의 비디오를 돌려보고 또 돌려봤다. 덩달아 학부형들의 항의가 빗발쳤다. 매일매일 소지품 검사가 이뤄졌다. 그럼에도 번번이 어느 교실 누군가의 가방에서는 아버지의 영화 테이프가 나왔다. 결국 교장선생님의 귀에도 들어갔다. 담임은 일일교사를 잘못 부른 죄로 교장실에 불려가 항의하러 온 학부모들 앞에서 머리를 조아려야 했다.

*

현우는 또 사진관 앞에 섰다. 등하교 시간이나 심부름 갈 때, 특별한 일이 없을 때도 현우는 수시로 사진관 앞을 서성이고는 했다.

"아버지는 집에 없냐? 어째 통 안 보인다."

문밖에서 손님을 기다리던 사진관 아저씨는 현우를 보며 야릇한 웃음을 웃었다. 그 아버지에 그 아들이군, 하는 표정이었다. 아버지도 그렇게 서서 종종 사진관에 걸린 사진을 보고는 했다.

"또 이번엔 어떤 애를 데려오려나."

영화를 찍는다며 나간 아버지는 종종 여자들과 함께 나타났다. 쭈뼛대는 여자들을 끌고 아버지는 곧장 사진관으로 갔다. 아버지는 잔뜩 움츠러든 여자들을 카메라 앞에 앉혔다. 카메라 테스트라는 말에 여자들은 그제야 긴장을 풀고 열심히 아버지의 말을 따라 포즈를 취했다. 다리를 벌리라면 벌렸고 팔을 뻗으라면 뻗었다. 여자들이 포즈를 바꿀 때마다 사진관 아저씨는 열심히 셔터를 눌렀다. 그렇게 아버지가 말한 카메라 테스트를 받은 여자들은 영화 출연에 대한 기대에 부풀어 사진관을 나섰다.

진열장에 걸린 건 아버지가 영화에 출연시켜 준다며 꾀어 데려온 여자들의 사진이었다. 그중에는 정말 영화에 출연한 사람도 있었다. 극장용 영화가 아니라 놀라는 여자들에게 아버지는 비디오 영화에 대해 설명하느라 애를 먹었다. 결국 앞으로 극장용 영화를 찍게 되면 꼭 출연시켜 주겠다는 말로 여자들을 겨우 달랬다. 아버지의 꾐에 넘어간 여자 중에는 정말 극장용 영화에 출연한 사람도 있었다. 아버지가 알고 지내던 감독들에게 데려가면 단역 정도는 시켜줄 때도 있는 모양이었다. 그들 대부분은 속았다며 뒤늦게 후회했다. 하지만 아버지의 꾐에 넘어가는 여자들은 끝도 없었다.

"저 기집앤 가슴이 너무 작아서 영 틀렸어."

사진관 앞에서 여자들의 몸을 관찰하고 평하는 것은 아버지의 중요한 일과였다.

"그래, 너도 사내다 이거지? 마음껏 봐라. 저 여자 죽이지? 어린 놈이 벌써부터 밝히긴."

손님 기다리기를 포기한 사진관 아저씨는 음흉한 웃음을 흘리며 안으로 들어갔다.

사진 속 여자들은 하나같이 몸이 드러나는 옷을 입고 있었다. 어깨가 드러난 옷을 입은 여자도 있었고, 가슴골이 드러난 옷을 입은 여자도 있었다. 치마가 짧아 허벅지가 드러난 여자도 있었고, 등이 깊게 파인 옷을 입은 여자도 있었다. 하나같이 하얀 피부에 탄력 있는 몸이었다. 하지만 그가 보는 것은 여자들의 몸이 아니었다.

사진 속 여자들은 늘 엄마의 옷을 입고 있었다. 여자들은 엄마 옷을 보면 꼭 한번 입게 해달라며 오히려 아버지를 졸랐다. 어떤 여자들은 그렇게 엄마 옷을 입어만 보는 것으로 만족했다. 영화 같은 건 처음부터 안중에도 없었다는 듯 꽃 같은 웃음을 연방 흘리며 돌아갔다. 아버지는 선심 쓰듯 사진관에 그런 여자들의 사진을 걸어줬다.

엄마가 만든 옷을 보면 현우는 기분이 좋았다. 아버지 꾐에 넘어온 여자들이라면 바람만 잔뜩 들고 머리 빈 삼류일 게 뻔했다. 하지만 엄마가 만든 옷 때문일까. 현우의 눈에는 다들 예뻐 보였다.

엄마는 레이스 달린 원피스나 가슴이 드러나는 얇은 드레스도 잘 만들었다. 하지만 정작 엄마는 그렇게 예쁜 옷을 입지 않았다. 엄마는 사진 속 여자들보다 훨씬 예뻤는데도 그랬다. 사진을 보며 현우는 엄마가 드레스를 입은 모습을 상상했다. 하늘거리는 원피스나 가슴이 훤히 드러난 드레스도 엄마는 잘 어울렸다. 그런 엄마를 상상할 때면 왠지 자신도 모르게 얼굴이 달아올랐다.

어느 날 사진관 앞을 지날 때였다. 새 단장을 한 진열장에는 못 보던 사진 하나가 걸려 있었다. 현우는 걸음을 멈춘 채 진열장에 걸린 사진을 바라봤다. 아버지가 돌아온 걸까, 또 새로운 여자를 데리고. 하지만 그건 다른 사진들과는 달랐다. 울창한 숲을 배경으로 여자는 하늘을 바라보고 있었다. 푸른 숲속에서 흰 옷을 나풀대는 모습이 나비 같기도, 고고한 학 같기도 했다. 아무리 봐도 그간 아버지가 데려온 여자들과는 많이 달랐다. 엄마가 만든 옷을 입지 않았다면 아버지와 무관하다고 생각할 만큼이었다. 그런데 얼마쯤 시간이 지났을까. 누군가 어깨를 쳐 돌아보니 아버지였다.

"짜식, 이것도 사내라고."

사진관 아저씨처럼 아버지도 그가 여자를 보는 것으로 안 모양이었다. 물론 사진 속 여자는 그간 아버지가 데려온 여자들과는 달랐다. 그녀라면 아버지가 아무리 꾀어도 넘어올 것 같지 않았다. 하지만 그가 보는 건 여자가 아니었다. 엄마의 옷이었다. 사진 속 여자가 입은 옷은 엄마가 오랫동안 공들인 것이었다. 엄마는 그 옷을 재봉틀을 돌리지 않고 손바느질을 해 만들었다. 그렇게 공들인 옷답게 역시나 무척 아름다웠다.

"네가 봐도 이쁘지? 저 애라면 제대로 된 걸 할 수도 있을 것 같은데……."

아버지는 여자에 대해 많은 이야기를 했다. 다른 여자들과는 달리 아버지의 꾐에 쉽게 넘어오지 않는 모양이었다. 하지만 아버지는 그녀도 넘어올 수밖에 없을 거라고 했다. 다행히 엄마 옷을 마음에 들어 한 모양이었다.

아버지는 언젠가 그녀를 만날 수 있게 해주겠다고 약속했다. 아버지답지 않게 얼굴에서 비장함이 묻어났다. 꾹 다문 입술을 보니 여자를 본 게 아니라 옷을 본 것뿐이라고 말할 수 없었다. 아버지를 따라가던 그는 발을 멈추고는 여자의 사진을 한 번 더 돌아봤다. 뭐하고 섰냐는 핀잔을 듣고야 다시 걸음을 옮겼다.

예상대로 엄마의 옷을 보자 현우는 기분이 좋아졌다. 학교에서 있었던 일 따위는 잊을 수 있을 것 같았다. 그렇게 한결 가벼워진 마음으로 돌아설 때였다. 길 건너편에 엄마가 서 있었다. 언제부터인지 걸음을 멈추고 자신을 봤을 엄마를 보자 절로 웃음이 났다. 하지만 왜일까. 엄마 눈빛이 어쩐지 슬퍼 보였다. 그는 그제야 사진관 앞이라는 걸 깨달았다. 엄마가 오해할 수도 있을 것 같았다.

여자를 본 게 아니라고 말하고 싶었다. 하지만 엄마는 뒤도 안 보고 걸음을 재촉할 뿐이었다. 발을 내디딜 때마다 현우의 얼굴로 찬바람이 휙휙 날아왔다. 힘이 빠져 얼마 못 가 걸음을 멈췄다. 다리가 풀려 그만 주저앉았다. 엄마 뒷모습이 점점 작아졌다. 그는 바닥에 앉아 멀어지는 엄마의 뒷모습을 그저 눈으로만 따라가야 했다.

"이 기집애 어때? 모델이 좋으니 옷도 살지? 한 번 더 솜씨 좀 발휘해 봐. 당신 옷은 마음에 들어 하던데."

엄마는 아버지가 건넨 사진을 한동안 바라봤다. 여자에게 맞는 옷이 떠올랐는지 어느새 엄마의 입가에 웃음이 번졌다. 엄마는 아버지가 옷을 부탁할 때를 가장 좋아했다. 현우는 엄마가 아버지와 결혼한 건 그 때문일지 모른다고 생각했다.

6. 옷의 인연

"허름한 옷을 입으면 사람들은 옷을 기억하고
흠 잡을 데 없이 옷을 입으면 사람들은 그 여자를 기억한다."

—코코 샤넬

정인호는 풀이 잔뜩 죽어 거리를 헤맸다. 단역배우 하나가 출연할 수 없음을 알려왔다. 단역이지만 무시할 수 없는 역할이었다. 친구의 남자를 눈빛 하나로 반하게 만드는 짧지만 강하고 그러면서도 중요한 역이었다. 하지만 어렵게 모인 배우들과 스태프들이 단역배우 하나로 촬영을 접을 판이었다. 길길이 뛰던 감독은 분에 못 이겨 정인호의 멱살을 움켜잡았다.

"새끼! 당장 기집애 안 데려오면 영화판에 다신 얼씬도 못하게 할 줄 알아!"

난감한 일이었다. 펑크를 낸 배우는 명문 여대에 다니는 무용학

도였다. 아름답고도 지적인 캐릭터에 꼭 맞는 이미지를 위해 감독은 캐스팅에 공을 들였다. 물론 그녀를 물색한 것도 정인호였다. 여대 앞에서 며칠 동안 진을 친 끝에 그는 꼭 맞는 얼굴을 발견했다. 정인호는 몇 날 며칠 그녀를 따라다녔다. 처음에는 그를 스토커라 생각한 여자가 신고를 하겠다며 으름장을 놓았다.

"부탁인데 한번만 저희 감독님 좀 만나주세요."

오랜 설득 끝에 두 사람은 허름한 다방에 겨우 마주앉았다. 잔뜩 의심에 찼던 여자는 점점 정인호의 얘기에 귀를 기울였다. 진중한 말투와 가끔씩 빛을 발하는 눈빛에서 진심이 느껴졌다. 여자는 그렇게 감독을 만났다. 감독 또한 그녀를 보자마자 무릎을 쳤다. 그런 보석을 어디서 데려왔냐며 정인호의 어깨를 두드렸다. 감독과 마주앉자 그때까지도 의심을 떨치지 못하던 여자의 눈이 호기심으로 반짝였다. 그렇게 됐구나 싶던 순간이었다. 여자의 입에서 갑자기 깊은 한숨이 터져 나왔다.

"집에서 허락 안 할 거예요."

어쩐지 귀티가 줄줄 흐른다 싶더니, 여자의 부모는 모두 유명 대학의 교수라고 했다. 하지만 감독은 앞으로 부모님과 상관없이 성공하게 해주겠다고 했다. 부모의 그늘에서 화초처럼 자란 그녀에게는 달콤하기 짝이 없는 말이었다. 그렇게 출연하겠다고 약속했는데, 결국 당일이 되자 여자는 나타나지 않았다. 노발대발하는 감독을 피해 집으로 전화를 걸었을 때는 얌전한 딸을 꾀였다며 굵직한 목소리가 감독보다 더 길길이 뛰었다. 딸에게 괜한 소리를 한 대가를 꼭 치르게 하겠다며 으름장을 놓더니 제작사 사장까지 어떻게 알고는 촬영장으로 들이닥쳤다. 냉기를 훅훅 뿜으며 달려온 사장은 영화를 접을 판으로 몰고 간 감독에게 갖은 욕을 퍼붓다가 겨우겨우 화를 추스르고는 돌아갔다.

이 사람 저 사람에게 정신없이 욕을 먹고 거리를 헤맬 때였다. 무심코 본 사람들 틈에서 한 여인이 불쑥 눈으로 뛰어들었다. 순간 벼락이라도 맞은 듯 온몸에 찌리릿 전기가 왔다. 정인호는 누군가 떠민 듯 여자 앞에 섰다.

이상했다. 여자들 앞에서는 늘 막힘없던 입이 떨어지지 않았다. 무슨 말을 해야 하는데 아무 말도 할 수 없었다. 낯선 남자의 등장에 여자는 커다란 눈만 끔벅였다. 여자의 커다래진 눈을 보며 한참을 망설이던 정인호가 풀썩 무릎을 꿇었다. 그러고도 시간이 흐른 후에야 어렵게 입을 뗐다. 자신은 영화 조감독이며 가까운 곳에서 촬영 중이라고. 하지만 배우가 펑크를 내 대신할 배우를 찾던 중 꼭 맞는 사람을 발견했다는 것. 만약 빈손으로 돌아가면 자신은 영화판을 영영 떠나야 한다는 것. 자신은 좋은 영화를 만들어보고 싶다는 것. 정인호는 말끝에 그만 눈물까지 줄줄 흘리고 말았다.

"사람 좀 살려주세요!"

숙였던 고개를 들며 정인호는 손으로 눈물을 훔쳤다. 여자는 한동안 무릎을 꿇은 그를 물끄러미 내려다봤다. 한참 후에 그녀는 가만히 고개를 끄덕였다. 정인호의 입가에 그제야 웃음이 번졌다.

화가 나 폭발 직전이던 감독은 정인호가 데려온 여자를 보자 미소를 띠었다.

"짜식이 여자 보는 눈은 타고났다니까."

감독의 웃음에 정인호는 그때까지 굳었던 몸을 풀며 여자를 분장사에게 데려갔다. 창고를 개조한 분장실로 여자가 들어서자 분장사는 휘파람을 불었다. 분장사는 노래까지 흥얼대며 화장을 시작했다. 화장이 더해지자 여자의 얼굴은 빛을 띠기 시작했다. 분장을 마친 여자에게 누군가 배역에 맞는 옷을 가져왔다. 초록색 원피스를 그녀는 찬찬히 들여다봤다. 꽃모양 같은 소매가 마음에 들었다. 옷을 입고 나가자 사람들이 일제히 탄성을 터트렸다. 여자는 카메라 앞에서 첫눈에 친구의 남자를 반하게 만드는 역할을 완벽하게 해냈다. 핑크를 낸 배우보다 훨씬 아름다울 뿐만 아니라 신비로운 매력까지 넘쳤다. 촬영을 마친 감독은 흡족한 표정이었다. 컷소리와 함께 여기저기서 박수가 쏟아졌다.

촬영을 마치고 옷을 갈아입은 여자는 정인호에게 꾸벅 인사를 하고는 돌아섰다. 그런데 그녀의 소맷부리가 눈에 들어온 순간이었다. 정인호는 잔주름이 가득한 블라우스 자락을 자기도 모르게 와락 붙잡았다.

"저녁이나 먹고 가요."

오랜만에 한자리에 모인 배우와 스태프가 회식을 하기로 한 날이었다. 정인호는 쭈뼛대는 여자를 동태찌개가 상마다 끓고 있는 식당으로 데려갔다. 뒤늦게 도착한 감독은 그녀 옆에 자리를 잡고 앉았다. 시간이 지나자 사람들은 술에 취해 갔다. 흡족한 촬영을 마친 감독도 평소보다 많이 마셨다. 여자들에게 치근대는 것으로 유명한 그의 주변에는 어느 순간 그녀만이 남아 있었다. 멀찍이 떨어진 사람들은 술을 마시면서도 감독과 여자를 힐끔댔다. 곁에 남은 게 그녀뿐이라는 걸 알았을까. 감독은 엉덩이를 끌어 바싹 몸을 붙였다.

"배우를 본격적으로 해보는 게 어때? 하겠다면 내가 도와줄 수도 있는데."

끼치는 술 냄새와 뜨거운 체취에 놀라 그녀가 숙였던 고개를 들 때였다. 여자의 눈에 감독이 목에 두른 스카프가 들어왔다. 프랑스제 스카프는 여러 가지 색이 섞여 각도가 달라질 때마다 다른 색으로 보였다. 색이 바뀌는 스카프가 신기해 그녀는 손을 뻗었다. 한 번 만져보고 싶었다. 이때다 싶은 감독이 다가온 하얀 손을 덥석 잡았다. 순간 그녀의 손에 스카프의 감촉이 느껴졌다. 부드러웠다. 그녀의 입에서 배시시 웃음이 터졌다. 감독은 이번에는 그녀의 목에 팔을 둘렀다. 얼굴을 가까이 가져가자 빠끔히 옷 속의 가슴이 보였다. 감독은 팔에 힘을 줘 그녀를 끌어당겼다. 눈앞에 다가온 여린 목에 입을 맞춘 순간이었다. 목에 물큰한 것이 닿은 느낌에 그제야 놀란 여자가 몸을 비틀었다. 감독은 두 팔로 품에서 빠져나가려는 여자의 몸을 끌어안았다. 맞은편에 앉아 아까부터 둘을 지켜보던 정인호의 눈에 순간 화르르 불꽃이 튀었다. 그는 자리를 박차고 일어났다. 상을 성큼 뛰어넘어 여자의 손을 낚아챘다. 그때까지 각자 술에 취해 가던 사람들의 눈이 커다래졌다. 정인호는 사람들의 눈을 뒤로 한 채 여자를 끌고 나왔다.

"저 자식이! 야, 미쳤어! 거기 안 서!"

길길이 뛰는 감독을 뒤로 한 채 한참을 달린 정인호는 그제야 여자의 손을 놓으며 소리쳤다.

"다시는 이런 데 오지 마요!"

불같은 서슬에 여자는 꾸벅 고개를 숙이고는 몸을 돌렸다. 큰 눈에 고이는 눈물 때문일까. 정인호의 가슴에 순간 시린 바람이 불었다. 다른 여자들 같으면 감독보다 먼저 배우를 시켜주겠다고 치근댔을 텐데. 풀이 죽은 채 멀어지는 여자를 보며 정인호는 담배에 불을 붙였다. 여전히 소리치는 감독의 목소리가 멀리서 줄기차게 날아왔다. 한동안 또 감독이 못살게 굴겠지. 담배연기와 함께 그의 입에서 쓴웃음이 뿜어져 나왔다. 하지만 자신도 왜 그랬는지 다시 생각해도 정말이지 알 수 없었다.

여러 스태프들과 여관방에서 쪼그려 잔 탓에 아침에 눈을 뜨기가 쉽지 않았다. 하지만 촬영 준비를 서둘러야 했다. 그런데 얼추 준비를 마쳤을 때였다. 촬영장 밖 구경꾼들 틈에서 어젯밤 눈물을 글썽이던 여자가 보였다.

"쟤 또 왔네."

눈을 부비는 정인호의 등뒤에서 누군가가 소리쳤다. 곧 스태프들 사이에서 웃음소리가 터져 나왔다. 정인호는 자신도 모르게 여자에게로 달려갔다. 손을 낚아채 날아오는 웃음소리를 피해 구석으로 끌고 갔다.

"또 왜 왔어? 여긴 아가씨 같은 사람들이 올 곳이 아니야!"

여자의 눈은 하지만 그의 얼굴을 무심히 스쳐 스태프들이 분주히 움직이는 촬영장 쪽만 볼 뿐이었다. 반짝이는 눈빛에 낭패감이 몰려왔다. 왠지 그녀는 다를 거라 생각했는데. 아무래도 그새 바람이 든 모양이었다.

"배우 그거 아무나 하는 거 아니에요."

정인호는 화가 나 소리쳤다.

"아니에요. 그런 거, 그냥 옷만 보려고. 옷만 보다가 갈게요,"

정인호는 이해할 수 없다는 얼굴로 여자의 눈을 따라갔다.

"무슨 말이야? 옷이라니 무슨……."

정말이었다. 그녀의 눈은 남자 배우도 아니고 감독도 아닌 여배우를 따라다녔다. 사랑에 빠진 유부녀로 분한 여배우는 가슴이 파인 드레스를 입고 있었다. 새로운 사랑을 유혹하기 충분할 만큼 관능적이고 아름다운 옷이었다. 그녀는 드레스를 입고 말을 타는 장면을 찍기 위해 한창 연습 중이었다. 말 위에서 나비의 날개같이 나풀거리는 드레스는 바람결을 따라 푸른 하늘 위에 그림을 그렸다. 워낙 말을 무서워해 몸은 굳어 있었지만 바람에 날리는 드레스는 아름다웠다.

이제 됐다 싶었을까. 여배우가 고삐를 조이며 말을 멈췄다. 멀리서 지켜보던 조련사가 말 곁으로 달려갔다. 그녀는 조련사의 도움을 받아 말에서 내려오려 한쪽 다리를 들어 올렸다. 그때였다. 부들부들 떨리던 몸이 말안장에 부딪치며 미끄러졌다. 그녀가 땅에 발을 디딘 순간이었다. 미처 내려오지 못한 드레스 자락이 안장에 걸려 쭉 찢겨나갔다.

사람들이 정신없이 몰려들었다. 옷을 보던 여자도 달려갔다. 사람들의 웅성거림에 그제야 일이 벌어진 걸 안 정인호도 뒤늦게 달렸다. 모여든 사람들은 드레스부터 살폈다. 사람들 입에서 곧 탄식과 한숨이 쏟아졌다. 발을 동동 구르던 여배우는 끝내 울음을 터트렸다. 촬영을 위해 곱게 화장한 얼굴이 눈물로 금세 엉망이 됐다. 유명 디자이너가 꼼꼼한 바느질로 완성한 옷을 고치려면 시간이 걸릴 것 같았다. 감독의 자지러질 듯한 고함에 달려온 의상 담당은 난감한 얼굴이었다. 바느질이 쉽지 않은 실크천은 잘못 만졌다가 옷을 영영 망칠지 몰랐다. 그렇다고 다른 옷으로 갈아입을 수도 없었다. 그러려면 앞 장면부터 다시 찍어야 했다.

"제가 해볼게요."

누군가의 말에 모인 사람들이 일제히 고개를 돌렸다. 내내 옷에서 눈을 떼지 않던 여자였다. 말이 끝나기 무섭게 여자는 어깨에 멘 가방에서 바늘과 실을 꺼냈다. 날카롭지만 온기가 도는 바늘 끝은 길을 잘 들인 장인의 칼 같았다. 실을 바늘에 꿰 여배우에게 다가간 여자는 말릴 새도 없이 찢어진 옷자락을 쥐었다. 어, 어, 모여든 사람들은 하나같이 뒷말을 잇지 못했다. 화가 잔뜩 난 감독도 여자를 말리려 뻗던 손을 곧 내렸다. 여자의 얼굴이 너무나 단호해 말릴 수가 없었다. 그녀의 야무지게 다문 입에 알 수 없는 믿음이 생기기도 했다.

사람들의 흔들리는 눈빛 속에서도 여자는 바늘을 주저 없이 얇은 천에 찔러 넣었다. 유명 디자이너의 옷이 더 망가지면 어쩌냐며 반대하던 사람들도 시간이 지나자 한번 맡겨보자는 사람들과 눈을 맞추며 고개를 끄덕였다.

여자의 손끝에서 찢어진 천이 한 올 한 올 틈새를 메우기 시작했다. 여자는 마치 상처 입은 아이를 치료하듯 손끝에 정성을 모아

바느질을 했다. 그렇게 여자의 손이 닿을 때마다 옷은 제 모습을 갖춰 가기 시작했다. 곁에 있던 사람들의 손에 땀이 찰 때쯤 여자는 실을 끊어 바느질을 마무리했다. 다시 날개가 된 드레스를 보며 여기저기서 감탄이 쏟아졌다. 자신도 모르게 박수를 치는 사람도 있었다. 한숨 돌린 감독은 곧 촬영을 서둘렀다. 말을 무서워하던 여배우도 옷을 찢어 난리를 치른 뒤라 엄살도 없이 말에 올랐다.

　감독의 큐 사인에 말이 달리기 시작했다. 감쪽같이 꿰매진 드레스는 다시 하늘로 날아올랐다. 푸른 하늘에서 마음껏 그림을 그리는 실크천은 더 없이 아름다웠다. 여자는 그렇게 또 옷을 입은 여배우만 바라봤다. 그제야 정인호는 그녀가 원하는 게 옷이라는 걸 알았다.

　"다음에 또 올래요? 옷 보러?"

　말끝에 정인호의 얼굴이 붉어졌다. 며칠 후 여자는 정인호가 알려준 촬영장을 찾아왔다. 올 때마다 그녀는 배우들의 옷만 보다가 돌아갔다. 그렇게 몇 번의 만남 후에 정인호는 여자가 옷을 만들고 싶어 하는 걸 알았다. 아니, 옷 아닌 다른 것에는 관심도 없다는 걸. 그리고 언젠가부터 여자가 옷이 아닌 자신을 보게 하고 싶었다.

　"옷을 만들어 볼래요? 영화에 필요한……."

　그날도 여자는 옷만 보다가 무심히 인사를 하고는 돌아섰다. 정인호는 여자의 팔을 와락 붙잡았다. 무슨 일이냐는 듯 끔벅이는 여자의 눈을 보며 정인호는 그렇게 책임도 못 질 말을 불쑥 내뱉었다. 당황했지만 여자의 환해진 얼굴에 곧 마음을 다잡았다.

그날 이후 정인호는 여기저기 촬영장을 기웃댔다. 아는 인맥을 다 동원해 옷이 필요한 사람들을 찾아냈다. 소식을 안고 여자를 찾아가는 내내 가슴이 두근거렸다. 소식을 알리자 늘 무심하던 여자의 얼굴이 웃음으로 환해졌다. 여자는 곧 견본으로 보낼 옷을 만들었다. 여자의 옷을 본 정인호는 감탄이 절로 나왔다. 대본을 보지도 않고 그녀는 캐릭터에 꼭 맞는 옷을 만들었다.

그녀의 옷을 본 감독도 마음에 들어했다. 아니, 옷을 본 누구라도 감탄하지 않는 사람이 없었다. 시간이 갈수록 여자의 옷을 찾는 사람들이 많아졌다. 그렇게 옷으로 인해 둘은 가까워졌다. 정인호는 알 수 있었다. 그녀는 옷을 만들 수만 있다면 무슨 일이든 할 거라는 걸.

6. 아버지의 시대

"매스컴은 패션의 이미지를 왜곡시켜 전달하고 있다. 현실 속에서는 찾아보기 힘든 사람들에게나 옷을 입히는 정신 나간 사람들만의 세계라는 식이다. 이는 내가 생각하는 패션의 세계와는 상극에 위치하는 세계이다."

—조르조 아르마니

"뭐 작은 거라도 알고 계신 게 있으면 말씀해 주시겠어요?"

감독의 목소리는 전화에서처럼 여전히 흥분으로 널뛰었다.

"죄송합니다. 저도 그 부분에 관해선 아는 게 없습니다."

그래도 조금은 뭔가 알아낼 게 있을 거라 생각했을까. 현우의 말에 감독은 실망한 얼굴이었다. 하지만 곧 찌푸렸던 미간을 폈다. 잠시 뭔가 생각하는 것 같더니, 오히려 잘됐다는 얼굴이 됐다.

"그렇다면 저희가 한번 스토리를 잘 만들어보겠습니다."

현우는 고개를 숙여 가만히 찻잔을 들었다. 동의의 표시라 생각한 감독은 다시 흥분하기 시작했다.

"어떻게 이런 일이 있을 수 있죠? 저희도 취재를 하다가 아버님의 유작이 그 사건에 관한 일이었다는 걸 알고는 소름끼치도록 놀랐습니다."

소름끼치게 놀란 것은 현우 또한 마찬가지였다. 아버지가 만들지 못한 유작이 있다는 것도, 바로 그 사건을 다룬 영화였다는 것도 처음 듣는 일이었다.

"어떻게 정 배우님 대표작의 소재가 아버님이 만들려고 했던 영화의 소재와 같은 건지 정말……, 이렇게 드라마틱한 사연도 없을 겁니다."

80년대 경기도의 한적한 강가에서 두 명의 여자가 시체로 발견됐다. 처음 사건은 당시 세상을 휩쓸던 연쇄살인의 하나로 알려져 세상의 관심을 받는 듯했다. 하지만 범행 수법이 달라 연쇄살인과는 관계없다는 결론이 내려졌다. 범인을 잡지 못한 미제 사건임에도 사건은 곧 세월 속에 묻혀 잊혀졌다. 그저 동네사람들만 가끔씩 술자리의 안줏거리로 삼을 뿐이었다. 동네사람들은 죽은 여자들의 옷차림으로 봐서는 평범한 여자들은 아닌 것 같다고 했다. 그렇게 하늘거리고 야들야들한 옷이라면 술집에 나가는 여자일 게 분명하다고 입을 모았다. 더러는 미제 사건으로 남은 걸 안타까워하는 사람도 있었다. 하지만 이 바쁜 세상에 술집 여자 둘이 죽은 것이 뭐 대수냐는 듯 더 이상 관심을 갖지 않았다. 그렇게 아무도 관심 갖지 않았던 사건은 여자들이 출연한 영화가 뒤늦게 발견되며 세상에 알려지기 시작했다. 그간 여자들의 가족들이 그녀들의 죽음에 의혹을 제기했던 사실도 뒤늦게 알려졌다. 하지만 여자들의 출연작이 에로영화였다는 사실이 추가로 밝혀지자 다시 사람들의 관심은 시큰둥해졌다.

이 사건을 영화로 만들겠다고 생각한 감독은 가족들의 인터뷰와 장기간의 취재 끝에 그녀들이 죽던 날 근처 별장에서 당시 권력자 자녀들의 생일파티가 있었던 것을 알아냈다. 그리고 파티에 무명 배우와 배우 지망생 몇이 함께 했었다는 것도 밝혀냈다. 당시 단순 폭행이라는 사인 또한 달랐다. 여자는 온몸에 상흔이 있었고 목 졸린 흔적도 있었다. 명백한 살인 사건이었음에도 여자들의 죽음은 그렇게 세상의 관심을 받지 못했다.

당시 별장 주인이었던 사람은 최고 권력 실세 중 하나였다. 파티와 여자들의 죽음이 연결됐을 거라는 심증은 있었지만 시체가 별장에서 발견된 것도 아니라 아무도 의구심을 제기하지 못했다. 시간이 지나자 당시 별장에서 파티를 벌였던 권력자의 자제들은 이제 그들 자신이 권력자가 돼 있었다. 의혹을 제기하는 몇몇 사람들은 당시 파티에 갔던 배우 지망생들을 접촉하려 했으나 모두 입을 닫았고 아무도 앞으로 나서지 않았다.

감독은 밝혀진 사실에 상상력을 더해 시나리오를 쓰고 영화를 만들었다. 영화에서 현우는 그 사건으로 억울하게 누명을 쓴 피의자를 변호하는 변호사 역할을 맡았다. 처음에는 별로 특별하지 않게 생각했던 주인공은 어느 순간 사건에 의문을 품기 시작했다. 그리고 갖은 협박과 방해에 맞서 꿈 많은 배우 지망생의 죽음에 대한 진실을 추적했다. 그는 결국 권력자들을 법정에 세웠다. 영화에서 현우는 그것은 단순 살인 사건이 아닌 권력에 항거할 수 없던 시대의 아픔이었음을 호소했다. 또한 아직도 침묵하고 있는 우리들은 방관자로서 죄와 무관하지 않을지도 모른다는 메시지를 던졌다. 영화를 본 사람들은 작품성은 물론 추리와 액션 등 재미까지 갖춘 영화라며 찬사를 쏟아냈다. 무엇보다 현우의 연기가 압권이었다. 그리고 현우는 해외영화제에서 남우주연상을 받았다. 그런데 아버지가 죽기 전 만들려고 했던 게 그 사건을 소재로 한 영화였다니.

　현우는 뭔가 덫에 걸린 느낌이었다. 아버지가 놓은 덫. 현우가 그 영화를 위해 위험을 무릅쓴 건 그것이 단순한 살인 사건을 소재로 한 영화가 아니기 때문이었다. 권력자들은 법을 무시해도 되던 시대, 자신이 사랑하는 영화가 에로라는 이름으로 하찮게 여겨지던 시대, 그래서 그런 영화에 출연한 여자들의 죽음 따위는 관심 밖이 될 수 있었던 시대, 그것은 바로 아버지의 시대를 심판하고 그것에 이별을 고하는 작품이었다. 그런데 이별 선언에도 아랑곳없이 아버지는 다시 나타나 현우의 인생에 딴지를 걸려 하고 있었다. 대체 아버지는 철저히 은폐됐던 사건을 어떻게 알았을까. 그가 아는 한 아버지는 그런 사건에 관심을 가질 사람이 아니었다. 현우는 불안한 마음으로 기억을 더듬었다. 아버지의 시대를 기억해야 하는 자신이 서글퍼 몸서리치면서도 하나하나 오래된 기억들을 되짚어 갔다.

*

아버지는 그날도 엄마가 만든 옷을 빼입고 나갔다. 또 여자들을 꾀러 가는 모양이었다. 그렇게 속고도 배우를 시켜준다는 말에 속는 여자들은 끝이 없었다.

하지만 며칠 후 돌아온 아버지는 어쩐지 평소와는 달랐다. 사색이 돼 오자마자 방안에 틀어박혀 꼼짝하지 않았다. 며칠 동안 불안한 얼굴로 밥도 먹는 둥 마는 둥이었다. 무슨 일이냐고 묻는 엄마에게는 그저 별일 아니라며 손사래를 쳤다.

그렇게 아버지는 점점 이상해졌다. 늘 엄마가 만들어준 옷을 입고 나다니기를 좋아하던 아버지가 반년 가까이 방안에 틀어박혀 있었다. 책상에 앉아 뭔가를 끼적대는 폼이 시나리오를 쓰는 모양이었다. 엄마는 걱정스러운 얼굴로 가끔씩 방문을 열어봤다. 뭔가를 물으려 입을 달싹였지만 아무 말도 못한 채 그저 도로 방문을 닫고 나왔다.

쑥과 마늘만 먹으며 백일을 버틴 곰처럼, 방안에 처박혔던 아버지가 드디어 밖으로 나왔다. 현우가 학교에서 돌아왔을 때 아버지는 막 신발을 신고 있었다. 등에는 배낭을 멘 채였다. 아버지는 마당으로 들어서는 현우를 보고는 왠지 움찔했다. 굳은 얼굴로 한동안 멀뚱히 바라보더니 현우가 다가가자 그제야 서둘러 대문을 나섰다. 뭔가 이상했지만 그래도 아버지가 밖으로 나온 걸 보니 현우는 안심이 됐다. 영화를 찍는다며 할 일 없이 돌아다닐 때도 그랬지만 방안에 틀어박혀 꼼짝 않는 아버지는 더 불안했다.

하지만 아무리 생각해도 뭔가 이상했다. 그동안에도 집을 자주 비우기는 했지만 한껏 멋을 부리며였지 그렇게 허름한 차림은 처음이었다. 정말 영화를 찍을 생각일까. 현우는 빈 마당에서 한동안 다른 그림 찾기를 하듯 조금 전 아버지 모습을 다시 한 번 떠올렸다.

얼마쯤 지났을까. 시장에 갔던 엄마가 돌아왔다. 손에는 실꾸러미와 옷감들이 들려 있었다. 아버지의 방문이 열린 걸 본 엄마는 현우를 바라봤다.

"아버지가 나갔는데."

엄마 손에 들렸던 옷감들이 바닥에 툭 떨어졌다. 엄마는 아버지 방으로 뛰어들었다. 현우도 그제야 엄마 뒤를 따랐다. 아버지만 나갔을 뿐이었다. 가구도 텔레비전도 벽에 걸린 옷들도 그대로였다.

그런데도 방안은 어쩐지 휑했다. 아버지의 앉은뱅이책상 위를 눈으로 훑던 현우는 그제야 아버지가 쓴다던 시나리오가 보이지 않는 걸 깨달았다.

방에서 나온 엄마는 다시 옷감을 손에 들었다. 하지만 뭐가 생각났는지 도로 팽개치고는 안방으로 달려갔다. 현우도 달렸다. 안방 문턱을 넘었을 때였다. 엄마는 순간 얼음이 됐다. 방안을 둘러보던 현우도 얼음이 됐다. 엄마가 가지런히 개 넣어둔 옷들이 방바닥에 널브러져 있었다. 문갑이며 장롱이며 서랍이란 서랍은 다 열어젖혀진 채였다. 얼음이 됐던 엄마는 겨우 발을 옮겨 아버지가 헤쳐 놓은 장롱과 문갑을 다시 뒤졌다. 엄마는 곧 힘없이 주저앉았다. 뭐가 없어진 모양이었다. 아버지가 가져갈 게 뭘까. 그것이 돈이라는 건 오래 생각지 않고도 알 수 있었다.

한참 만에 돌아온 아버지는 세상 풍파를 모두 겪은 몰골이었다. 비쩍 마른 몸으로 슬금슬금 들어와서는 앉지도 않고 밥통에 넣어둔 밥을 허겁지겁 먹었다. 하지만 현우가 책가방을 정리하고 나왔을 때 아버지의 모습은 보이지 않았다. 아버지는 그 짧은 순간에도 집안을 살뜰히 뒤져 돈을 들고 나갔다. 안방뿐이 아닌 재봉틀이 있는 엄마 방까지 뒤졌다. 하지만 엄마는 이번에는 얼음이 되지 않았다. 틈틈이 혼자 몰래 훔치던 눈물도 보이지 않았다. 마치 그럴 줄 알았다는 듯한 무심한 얼굴로 옷을 만들고 때가 되면 부엌에 들어가 밥을 했다. 아버지가 돌아오면 다시는 그런 짓은 못하게 붙잡고 늘어져야지. 하지만 현우는 그 후로도 아버지를 막을 수 없었다. 아버지는 어떻게 알고는 아무도 없을 때 몰래 들어와서는 돈만 갖고 나갔다.

"도대체 무슨 일이에요?"

밤새 내리던 비가 그친 새벽이었다. 다급한 엄마 목소리에 눈을 뜬 현우는 벌떡 일어나 밖으로 뛰쳐나갔다. 습기로 자욱한 마당에 아버지가 서 있었다. 엄마는 금방이라도 대문 밖으로 튕겨나갈 것 같은 아버지의 팔을 움켜잡고 있었다. 엄마의 간절한 눈을 잠시 바라보던 아버지는 대단한 비밀이라도 말하듯 속삭였다.

"무슨 일인지 궁금해? 그럼 알려주지. 이 정인호가 말이야. 일생일대의 걸작을 준비 중이다, 이 말씀이야."

엄마는 그만 잡았던 아버지 팔을 힘없이 놓고 말았다. 아버지의 자신감 넘치는 눈빛이 너무 기막혀 넋이 나간 표정이었다.

*

다큐멘터리 제작팀에서 만든 아버지의 스토리는 이랬다. 아버지는 조감독을 하던 중 기회를 얻어 영화를 찍는다. 궁중 비사를 다룬 시대물이었다. 데뷔작의 상영 후 다시 두 번째 영화를 준비 중이던 아버지는 하지만 찍지 못한다. 영화가 흥행을 이어나갈 때쯤 상영 중단 조치가 내려졌기 때문이었다. 영화가 불손한 의도로 제작됐다는 이유였다. 뿐만 아니었다. 아버지는 알 수 없는 힘에 의해 어딘가로 끌려가 고문을 받았다. 기가 막힌 아버지는 억울함을 호소했다. 불손한 의도라니. 궁중 암투를 그린 영화는 당시 유행하던 소재였고 장르를 따진다면 흥행을 목적으로 한 에로물이었다. 하지만 아버지를 끌고 간 알 수 없는 힘들은 아버지에게 물찜질을 하고 고춧가루를 코에 쏟았다. 궁중 암투로 중전을 폐위시키고 권력을 잡은 후궁을 통해 당시 사회를 비판한 것이라며 막무가내였다.

고문 끝에 잘못을 자백한 아버지는 시키는 대로 영화가 만들어진 건 자신의 뜻이 아닌 제작사와 몇몇의 영화인들의 주도에 의한 것이었음을 털어놨다. 그리고 역시 같은 의도로 영화를 기획 중인 영화인들의 이름을 대고야 겨우 풀려나왔다. 물론 다큐멘터리 감독은 모든 게 어쩔 수 없는 일이었음을 어필하는 데 최선을 다하겠다고 했다. 아버지를 시대의 희생양으로 묘사할 모양이었다.

몸을 추스른 아버지는 계획했던 영화를 다시 찍으려 했다. 하지만 할 수 없었다. 영화판에서 아버지를 반기는 사람은 아무도 없었다. 아버지는 한동안 폐인처럼 살았다. 그러던 중 비디오 감독으로 제안을 받는다. 아버지는 언젠가 기회가 오면 정말 제대로 된 영화를 하겠다 벼르며 제안을 받아들였다. 하지만 세상은 아버지를 삼류로 취급했다. 영화를 찍으려 했지만 삼류로 낙인찍힌 아버지의 영화에는 아무도 투자자가 나서지 않았다. 아버지는 시나리오를 들고 다니며 여기저기 돈을 끌어 모았다. 자신의 모든 걸 바친 영화를 만들겠다고 했다. 계획했던 영화를 바탕으로 이야기를 보탠 내용이었다. 하지만 중간에 사망하며 뜻을 이루지 못했다. 그런데 아버지의 죽음과 함께 영화 내용을 알 수 있는 모든 자료가 사라졌다.

다큐멘터리 팀에서 유작의 내용을 알게 된 건 영화를 준비하며 기록한 취재노트를 입수할 수 있었기 때문이었다. 다큐멘터리 팀은 정인호 감독의 취재력을 놀라워했다.

"그런데 그 노트는 어떻게 구하셨나요?"

처음부터 든 궁금증이었지만 어쩐지 물을 용기가 나지 않았다.

"저희도 취재력이 생명인 사람들이죠. 그냥 우연치 않게 제보자를 만날 수 있었다는 말씀밖엔 드릴 수 없네요."

감독은 현우의 눈을 피하며 조금 웃었다.

"혹시 다른 것도 갖고 계신가요?"

왠지 떨리는 목소리로 현우는 감독의 눈을 바라봤다.

"그건 차차 알게 되실 겁니다."

처음 아버지에 관한 프로가 만들어진다고 했을 때도, 그것이 유작에 관한 일이라고 했을 때부터 현우는 하루하루가 초조하고 불안하기 짝이 없었다. 치밀한 취재. 마치 현장에 있었던 것 같았다는 표현. 하지만 아버지는 그렇게 취재를 할 사람이 아니었다. 더구나 아무도 다루지 않을 소재를 아버지가 위험을 무릅쓰고 치밀하게 취재를 했다니.

"걱정 마. 다 잘 될 거예요."

그가 무엇을 걱정하는지 알기는 할까. 다큐멘터리가 현우를 재기시킬 거라고 굳게 믿는 신애는 하루하루 기대에 부풀었다.

"당신은 아버지를 잘 몰라."

여전히 불안해하는 현우를 향해 신애는 미소를 지어보였다. 현우는 그때 그녀의 미소가 무엇을 의미하는지 알지 못했다.

그런데 얼마 후부터 기사가 쏟아지기 시작했다. 80년대 문화를 재조명하는 프로가 만들어진다고 했다. 80년대는 과연 어떤 시대였을까에 대한 기획기사들이 넝쿨처럼 뒤이어졌다. 마침 80년대를 배경으로 한 드라마도 방영되기 시작했다. 드라마 속 그곳은 정이 넘치고 그래도 사람 냄새 나는 아련한 추억의 시간이었다.

다큐멘터리팀에서는 현우에게 한 정치인과의 만남을 제안하기도 했다. 그는 다큐멘터리가 만들어지는 데 결정적 역할을 한 인물이었다. 한때 영화제작사의 대표였으나 그런 문화 사업을 기반 삼아 만든 인지도와 재력으로 그는 정치판에 뛰어들었다. 하지만 정치적 업적을 쌓아 가자 에로의 제왕이라 불렸던 과거의 이력을 지우고 싶은 모양이었다. 아버지가 갑자기 다큐멘터리팀의 관심을 받은 것, 또 80년대에 대한 기획기사들이 연이어 등장한 것도 그와 무관하지 않을 거라 현우는 짐작했다.

현우가 만남을 정중히 거절하자 다른 사람이 대신 나서서 그를 인터뷰했다. 80년대 에로영화는 한마디로 정치적 알레고리였다는 게 그의 주장이었다. 당시 영화에서 드러난 여성들의 성적 욕망은 권위주의적 군사 정권에 대한 항거였다는 논리였다. 남성 중심의 가부장적 질서 아래서 여성의 도발은 분명 기성 사회의 가치관과 질서를 위협하는 불온한 것이었으며, 이러한 영화들이 만들어진 건 나름 시대의 저항이었다는 것이다. 궁중 비사를 다룬 영화가 문제가 돼 정인호 감독이 고초를 겪은 일도 그 예 중 하나라고 했다.

걱정과는 달리 아버지의 영화 세계가 윤색되자 현우는 자신도 모르게 안도감이 들었다. 다큐멘터리팀의 귀띔으로는 현우에게 다시 관심을 보이는 제작자가 있다고 했다.

"제작사측에서 곧 연락이 있을 것 같습니다. 이번 저희 작품에도 많은 도움을 줬으니까 믿으셔도 될 겁니다."

현우는 뭔가 잘못 돼가는 것 같았다. 재조명하겠다던 아버지와 아버지의 영화는 그가 짐작한 것보다 훨씬 더 미화되고 있었다. 아니 미화되는 건 영화가 아닌 아버지의 시대였다.

"정인호는 삼류가 아니었습니다. 훌륭한 감독이었지요. 그 옛날 아무도 차마 언급조차 할 수 없었던 그 사건을 스크린에 옮기겠다고 생각한 것부터가 그렇지요."

한때 에로의 제왕이라 불리던 남자의 가슴에서는 금배지가 반짝였다. 다큐멘터리팀에서 보내준 그의 인터뷰를 보던 현우는 자신도 모르게 머리를 감싸 쥐었다.

＊

아버지가 다시 돌아왔다. 덥수룩한 머리와 까칠한 얼굴, 오랫동안 씻지도 않았는지 여자들을 꾀느라 늘 깔끔하던 모습도 오간데 없었다. 보는 순간 정말 아버지가 맞나 싶었다.

"여보, 돈 좀 구해 봐."

오랜만에 와서는 한다는 소리가 겨우 그거였다. 돈을 구하라니. 옷을 만드는 일밖에는 모르는, 아니 가족도, 친한 친구 하나 없는 엄마에게. 듣는 현우가 다 어이가 없을 지경이었다. 말문이 막힌 엄마는 그저 아버지를 물끄러미 바라볼 뿐이었다. 엄마의 눈빛에 아버지는 실망한 것 같았다. 그런데 뭐가 생각났을까. 갑자기 아버지 눈이 반짝였다.

"친정에. 그래, 당신 친정에 부탁하면 어떨까?"

엄마의 친정이라면 현우의 외갓집을 말하는 모양이었다. 언젠가 아버지에게 엄마의 집안은 꽤 부자라는 말을 들었던 기억이 났다.

하지만 그는 여태 외갓집 식구들을 만나본 적이 없었다. 언젠가 궁금해 물었다. 아버지는 허락 없는 결혼을 해 엄마와 외갓집은 연을 끊고 지낸다고 했다. 생각하니 화가 치미는지 아버지는 허공을 향해 눈을 부라렸다.

엄마는 아버지의 반짝이는 얼굴을 외면했다. 대꾸할 가치도 없다는 듯 그저 말없이 재봉틀만 돌렸다. 돈을 못 구한 아버지가 다시 대문을 박차고 나갔다. 아버지가 없는 동안 엄마는 그렇게 재봉틀을 돌리고 또 돌렸다.

그런데 어느 날이었다. 학교에서 돌아오니 대문 앞에 커다란 차 한 대가 서 있었다. 옷을 맞추러 온 걸까. 가끔은 그렇게 소문을 듣고 멀리서도 오는 손님들이 있었다.

마당에는 낯선 남자가 서 있었다. 엄마는 옷을 주문하러 온 손님들을 늘 정성껏 맞았다. 하지만 엄마는 겁에 질린 얼굴이었다. 현우는 달려가 바들바들 떠는 엄마 곁에 섰다.

"아들이냐?"

묻는 남자의 눈을 피하며 엄마는 고개를 약간 끄덕였다. 턱 끝이 파르르 떨리는 것이 그 간단한 몸짓도 많이 힘겨워 보였다.

"난 네 외삼촌이다. 닮았구나. 엄마를 많이."

바들바들 떨면서도 엄마는 현우에게 들어가라는 눈짓을 했다. 엄마의 눈빛이 너무 단호해 현우는 내키지 않았지만 방으로 들어갔다. 방안으로 어렴풋이 얘기 소리가 들렸다. 주로 남자가 하는 말이었다. 엄마는 그저 듣기만 했다.

"애야! 나와 봐라! 삼촌 간다!"

어느 때쯤 남자가 부르는 소리가 들렸다. 밖으로 나갈 때만 기다리던 현우는 튕기듯 일어나 방문을 열었다. 조금 전까지 바들바들 떨고만 있던 엄마는 무슨 일인지 이번에는 잔뜩 화가 난 얼굴이었다. 놀라 그대로 붙박인 현우에게 남자는 가까이 오라며 손짓했다. 현우는 엄마의 눈치를 보며 쭈뼛쭈뼛 사내 곁으로 다가갔다.

"이거는 삼촌이 주는 용돈이다."

사내는 지갑에서 빳빳한 지폐를 꺼내 현우의 손에 쥐어줬다. 하지만 남자가 대문 쪽으로 몸을 돌릴 때였다. 폭발 직전이던 엄마가 현우의 손에서 지폐를 낚아채 남자의 등을 향해 뿌리쳤다. 엄마의 손을 떠난 지폐가 사내의 반듯한 양복에 부딪혀 바닥으로 떨어졌다. 다시 돌아선 남자를 엄마는 힘껏 노려봤다.

"거참, 삼촌이 용돈도 못 주냐. 니 남편만 다시 못 오게 하면 된다."

남자는 기름기가 뚝뚝 떨어지는 웃음을 흘리며 대문 밖으로 사라졌다.

남자가 다녀가고 며칠 후 아버지가 다시 왔다. 아버지가 대문을 열고 들어서자 엄마는 천천히 아버지에게로 다가갔다. 엄마가 발을 옮길 때마다 마당에는 찬바람이 쌩쌩 불었다. 가까이 다가간 엄마는 다짜고짜 아버지의 뺨을 쳤다. 아버지는 얼굴을 싸쥔 채 그저 눈만 끔벅였다. 엄마는 그래도 분이 안 풀리는지 주먹에 힘을 줘 가슴팍도 쳤다.

"나쁜 새끼! 개새끼!"

엄마 입에서 들어보지 못한 말이 튀어나왔다. 하지만 현우는 그만큼 엄마를 화나게 한 게 뭔지 곧 알았다.

"내가 얼마나 급했으면 당신 친정에까지 찾아갔겠어?"

아버지 말에 엄마는 방으로 들어가 아버지 옷을 하나씩 마당으로 팽개치기 시작했다. 엄마가 만든 옷들이 쓰레기처럼 날아가 바닥에 널브러졌다.

"내 참 더러워서! 그래, 돈이 필요해서 니 오빠들한테 손 좀 벌렸다! 그게 그렇게 죽을 죄냐!"

아버지 말에 독 오른 고양이 같던 엄마는 힘없이 주저앉았다. 그리고 울기 시작했다. 항상 조용하기만 하던 엄마가 그렇게 우는 건 처음이었다. 엄마의 울음에 현우는 가슴이 찢어지는 것 같았다. 하지만 아무것도 할 수 없었다. 그런 자신이 싫어 현우도 눈물이 날 것 같았다.

다음날로 아버지는 집을 나갔다. 일생일대의 걸작을 만들기 전까지 절대 다시 들어오지 않겠다면서였다.

"빈말이 아니야! 정말 제대로 된 걸 만들 거라고. 그땐 당신 얼굴 떳떳이 볼 수 있을 거야, 기다려!"

안개가 걷히지 않은 새벽, 아버지는 커다란 짐을 들고 대문을 나섰다. 현우는 안개 속으로 사라지는 아버지의 뒷모습을 문틈으로 지켜봤다. 엄마는 재봉틀이 있는 방에서 꼼짝하지 않았다. 대문을 나서기 전 한동안 엄마 방을 말없이 바라보던 아버지의 뒷모습은 비장하기까지 했다.

7. 파란 대문집 아이

"난 언제나 이상하고 불안전한 것들에서 아름다움을 찾는다.

그것들이 훨씬 흥미롭다."

— 마크 제이콥스

아버지가 일생일대의 걸작을 만들겠다며 집을 나간 후 엄마는 재봉틀 앞에만 앉아 있었다. 색색들이 천을 자르고 붙이고 때로는 마음에 안 드는지 뜯어내기도 했다. 엄마는 재봉틀 앞에 앉아 있을 때 가장 행복해 보였다. 행복한 사람은 다 아름다울까. 재봉틀 앞에 앉은 엄마는 세상 누구보다 아름다웠다.

엄마의 옷 만드는 솜씨는 익히 소문이 나 있었다. 시큰둥하게 대문을 넘은 여자들은 엄마가 만든 옷을 보면 얼굴이 달라졌다. 엄마 옷을 입을 수만 있다면 아버지가 시키는 일은 무엇이든 할 것 같았다. 소원대로 엄마 옷을 입어본 여자들은 거울 앞에서 자신의 모습을 비춰봤다. 대부분 환하게 웃었지만 눈물을 흘리는 여자들도 있었다. 웃는 여자도, 우는 여자도 아버지는 몸매가 좋아 옷이 돋보인다며 여자들을 추켜세웠다. 하지만 현우는 그럴 때마다 자신도 모르게 아버지를 쏘아봤다. 그가 아버지를 좋아할 수 없는 이유 중 하나는 그렇게 엄마 옷을 하찮게 여겼기 때문이었다.

아버지는 여자들의 몸이 엄마 옷을 돋보이게 한다고 말했다. 하지만 엄마가 만든 옷은 그 사람이 형편없으면 없을수록 더 돋보였다. 이를테면 파란 대문집 계집애가 그랬다.

동네에서 가장 부잣집 딸인데도 계집애를 보면 사람들은 늘 얼굴을 찌푸렸다. 꼽추처럼 굽은 등에 숙인 얼굴이 어쩐지 음울하고 기이해 보였기 때문이었다. 마주치기만 해도 사흘은 재수가 없을 것 같았다.

그날도 현우는 얼쩡대는 계집애가 거슬려 부지런히 걸음을 옮기는 중이었다. 그런데 뒤뚱거리는 몸을 막 제치려 할 때였다. 위태롭게 흔들리던 계집애의 몸에서 뭔가가 쑥 빠져나왔다. 바람을 타고 날아온 그것은 곧 현우의 발 앞에 떨어졌다.

현우는 홀린 듯 고개를 숙여 발 앞에 떨어진 것을 집어들었다. 인형 옷이었다. 계집애들은 이런 걸 가지고 노는 모양이었다. 종일 앉아서 나무대기 같은 인형에 이런 것들을 입히고 벗기고 하는 꼴을 볼 때마다 정말 한심하기 짝이 없었다. 그런데 현우는 손에 든 인형 옷에서 어쩐지 눈을 뗄 수 없었다. 소매가 둥근 블라우스와 멜빵치마에는 레이스와 단추가 달려 있었다. 그렇게 정교하고 앙증맞은 옷은 처음이었다. 현우는 엄마의 서랍 속 인형을 떠올렸다. 엄마 어릴 적 외할아버지에게 받았다는 인형을 엄마는 아직도 고이 모셔두고 있었다. 하지만 세월의 때가 묻은 인형 옷은 많이 낡아 옷섶이 헤지고 치맛단도 뜯어져 너덜거렸다. 엄마 솜씨라면 감쪽같이 고칠 수 있을 텐데. 엄마는 망가진 인형을 그대로 보고 두기만 했다.

그런데 손에 든 인형 옷을 보니 엄마 인형에 입히면 잘 어울릴 것 같았다. 옷을 보며 옷을 엄마를 상상하다 현우는 자신도 모르게 슬며시 입가에 미소를 띠었다.

"내 건데."

순간 현우의 얼굴에서 웃음이 싹 가셨다. 고개를 드니 어느새 계집애가 곁에 와 있었다. 눈을 내리깐 채 손에 든 인형의 머리만 쓸었다. 뽀얀 털이 달린 코트를 입은 인형이었다. 코트도 예뻤다. 또 웃음이 나올 것 같아 현우는 계집애의 가슴팍에 얼른 인형 옷을 던져버렸다.

"지가 떨어뜨리고선⋯⋯."

현우는 얼른 손을 뻗어 앞을 막고 선 계집애의 어깨를 밀쳤다. 중심을 잃은 계집애가 엉겁결에 고개를 들었다. 머리카락이 덩달아 출렁 흩날렸다. 흩날리는 머리카락 속의 얼굴이 눈에 스친 순간이었다. 현우는 그만 튕기듯 뒤로 물러섰다. 자기도 모르게 젖혔던 고개를 들었을 때는 계집애는 이미 부리나케 달아나는 중이었다.

계집애가 사라지고도 현우는 한동안 붙박인 듯 서 있었다. 뭘까. 계집애의 얼굴에 있었던 것. 마치 뱀 한 마리가 붙어 꿈틀거리는 것 같았다. 흉터였다. 현우는 그제야 계집애만 보면 징그럽다며 아이들이 소리 지르는 이유를 알 것 같았다. 사내 녀석들이 해골바가지라고 놀리는 것도 이해가 됐다. 그 집 형제들 모두 귀티가 줄줄 흘렀는데. 사람들 말로는 계집애는 후처로 들어온 엄마가 데려왔다고 했다. 갑자기 부잣집 후처가 된 여인에 대한 질투일까. 동네에는 그들 모녀에 대한 소문이 무성히 떠돌았다. 계집애의 얼굴의 흉터가 의붓아버지에 의한 학대의 흔적이라는 말도 그중 하나였다.

그런데 계집애가 어느 날 제 엄마 손에 끌려 엄마에게 왔다.

"당신, 솜씨 좋다며?"

여자는 꼿꼿하게 고개를 세우고는 다짜고짜 쏘아붙였다. 엄마는 도도함을 가장한 흔들리는 눈동자를 안타까운 듯 바라봤다. 흔들리던 눈에 곧 눈물이 차올랐다.

"부탁이에요. 이 아이. 옷 좀 만들어줘요."

꼿꼿하던 여자의 몸이 바닥으로 무너졌다. 엄마는 그제야 제 엄마의 등에 숨은 계집애를 자세히 볼 수 있었다.

"이 아이…… 가엾은 아이예요. 제발 옷 좀 만들어줘요……, 당신이 만들면 나아질 거라고……."

여자는 엄마의 치맛자락을 움켜잡았다. 계집애에게 어울리는 옷을 만들 수만 있다면 무슨 일이든 할 것 같았다.

엄마는 며칠 동안 재봉틀에 앉아 고민하는 것 같았다. 꼽추처럼 굽은 볼품없는 몸과 흉터까지 감출 수 있는 옷을 만들어야 했다. 엄마가 할 수 있을까. 아무리 솜씨 좋은 엄마라도 그건 불가능할 것 같았다.

그렇게 약속한 날이 됐다. 다시 계집애가 제 엄마 손에 끌려 집으로 왔다. 계집애는 어느 때보다 더 못생겨 보였다. 가장한 도도함마저 사라진 계집애의 엄마 또한 지난번보다 더 절박하고 불안해 보였다.

엄마는 여자를 눈으로 안심시켰다. 계집애에게도 눈을 맞추며 웃었다. 엄마는 제 엄마의 불안한 얼굴에 울음이라도 터뜨릴 것 같은 계집애의 손을 꼭 잡았다. 엄마가 계집애와 함께 들어가자 홀로 남은 여자는 자신도 모르게 입으로 가져간 손톱을 물어뜯었다. 공들여 가꾼 손톱이 뭉툭하게 잘려나갈 때쯤 방문이 열렸다.

"하느님, 감사합니다!"

손톱을 문 입에서 울음이 터져 나왔다. 뭐가 또 잘못 됐을까. 제

엄마의 눈물에 놀란 계집애가 화들짝 몸을 돌렸다. 계집애는 그만 우뚝 걸음을 멈췄다. 순간 조금 전보다 훨씬 더 놀란 얼굴이 됐다. 거울에 비친 제 모습에 감전이라도 된 듯 부르르 몸을 떨었다.

마침 들어온 현우 또한 발을 멈췄다. 계집애는 엄마의 옷을 입고 있었다. 엄마가 얼마나 공들인 옷인지 현우는 누구보다 잘 알았다. 하지만 엄마가 잘해 낼 수 있을까. 계집애를 떠올릴 때마다 현우는 고개를 가로저었다. 그런데 역시 엄마였다. 빨간 원피스를 입은 계집애는 등이 굽어보이지 않았다. 아니 어느 누구보다 반듯해 보였다. 쳐다만 봐도 사흘은 재수 없을 것 같던 얼굴도 보기 싫지 않았다. 저절로 고개를 돌리게 하던 흉터도 눈에 띄지 않았다. 아니 보이지 않는 게 아니라 느끼지 못할 뿐이었다. 현우는 엄마가 자랑스러워 눈물이 날 것 같았다.

거울에 비친 제 모습에 계집애의 얼굴에도 웃음이 번졌다. 그제야 엄마의 눈물이 기쁨의 눈물이라는 걸 안 모양이었다. 엄마가 자신의 모습에 기뻐할 수도 있다는 사실을 계집애는 처음 알았다. 그리고 누군가 자신을 볼 수 있다는 것도 알았다. 한동안 현우는 계집애에게서 눈을 떼지 않았다.

계집애는 곧 엄마의 단골이 됐다. 엄마는 빨간색 옷을 누구보다 잘 만들었다. 물론 다른 색의 옷도 그렇지만. 계집애의 옷을 만들 때도 엄마는 빨간색을 자주 썼다. 역시 빨간색은 탁월한 선택이었다. 빨간색은 계집애의 얼굴에 눈이 가지 않게 하는 효과가 있었다. 엄마의 옷이 저도 마음에 든 모양이었다. 늘 집안사람들의 손을 잡고 다니던 계집애가 어쩐지 그날은 혼자였다. 왠지 불안해 현우는 자신도 모르게 계집애를 따라가기 시작했다.

그런데 한적한 골목에 들어설 때였다. 뭔가 날아드는 느낌과 동시에 계집애가 악 소리를 내며 주저앉았다. 뒤이어 골목에 숨어 있던 아이들이 쏟아져 나왔다. 상근이 패거리였다. 안 그래도 녀석은 계집애를 호시탐탐 노리고 있었다. 계집애 부모의 건물에서 장사를 하던 상근이 엄마가 얼마 전 세를 밀려 쫓겨나고 말았다. 상근이 엄마는 몇 달만 더 봐달라며 계집애의 엄마에게 무릎을 꿇었다. 주변에는 시장 사람들뿐 아니라 막 학교를 마친 아이들도 몰려나와 있었다. 하지만 그렇게 사정을 하는데도 계집애의 엄마는 무심히 돌아섰다.

"후처로 온 주제에!"

막 차에 올라탄 여자를 향해 그제야 꿇었던 무릎을 세우며 상근이 엄마가 소리쳤다. 주변 사람들이 한바탕 사라지는 여자의 차에 대고 웃음을 터트렸다. 무릎을 꿇느라 곤두박질친 자존심을 다시 세우려는 듯 상근이 엄마는 여자의 차가 보이지 않을 때까지 소리치고 또 소리쳤다.

"후처 주제에! 어디서 주인 행세야! 내가 나가나 봐라!"

상근이 엄마가 소리칠 때마다 사람들은 웃고 또 웃었다.

그런데 며칠 후 상근이네 가게에 한 무리의 손님들이 들어섰다. 덩치가 큰 남자들은 먹성이 좋아 보였다. 며칠 본 적자를 만회할 수 있을 것 같아 상근이 엄마는 콧노래까지 흥얼대며 남자들을 맞았다. 반찬을 수북하게 접시에 담아 어느 때보다 정성을 다해 상을 차렸다.

하지만 곧 남자들은 상을 엎고 몇 안 되는 손님을 내쫓았다. 닥치는 대로 술잔과 그릇들도 집어던졌다. 울며불며 소리치는 상근이 엄마를 사내 하나가 밖으로 끌고 나왔다. 어느새 몰려든 사람들 앞에서 상근이 엄마는 바닥에 나동그라졌다. 가만 안 두겠다며 상근이 엄마가 벌떡 몸을 일으켰다. 하지만 곧 힘없이 무릎이 꺾여버렸다. 치켜 뜬 눈앞에 후처라며 놀림 받던 여자가 서 있었다. 상근이 엄마는 자신이 아무것도 할 수 없다는 걸 알았다. 그날로 상근이네는 절대 안 나간다던 가게를 제 발로 걸어 나가야 했다.

상근이 패거리들은 계집애의 머리 위에 밀가루를 쏟아 부었다. 우는 계집애에게 발길질도 했다. 상근이가 계집애의 옷을 잡아당기자 단추가 촘촘한 앞품이 찢겨나갔다. 지켜보던 현우는 아이들을 헤치고 계집애에게 달려갔다. 그에게도 발길질이 쏟아졌다. 날아드는 발길질을 피해 계집애를 꼭 끌어안았다. 엄마 옷이 망가지지 않게 지켜야 했다. 몇 번의 주먹과 발길질이 오간 후에야 간신히 계집애를 빼낼 수 있었다. 현우는 달리기 시작했다. 엉뚱한 녀석 때문에 계획을 망친 놈들은 미친개처럼 따라붙었다. 길길이 뛰는 놈들을 피해 현우는 달리고 또 달렸다. 숨이 턱에 차고 심장이 터질 것 같을 때쯤이었다. 더 이상 놈들이 보이지 않았다.

현우는 발을 멈추고 엄마의 옷을 바라봤다. 다행히 찢긴 곳은 앞섶뿐이었다. 엄마 옷을 지킨 것 같아 현우는 자신도 모르게 웃음이 났다. 하지만 그제야 계집애의 손을 잡고 있는 걸 깨달았다. 현우는 진저리를 치며 얼른 계집애의 손을 뿌리쳤다.

8. 엄마의 옷

"옷감에 코를 대고 있으면 언제나 동료들로부터 놀림을 받았다. 나는 옷감을 애무하고 그 냄새를 맡고 옷감이 스치는 소리에 귀를 기울인다. 그러면 한 장의 옷감이 분명 여러 가지 방법으로 내게 말을 걸어온다."

 ―엠마누엘 웅가로

　일생일대의 걸작을 만들기 전까지 돌아오지 않겠다더니, 약속을 지키고 싶었을까. 얼마 후 느닷없는 아버지의 사망 소식이 날아들었다. 지방의 인적 드문 도로에서 뺑소니를 당했다고 했다. 목격자도 없었고 범인을 추적할 어떤 단서도 찾지 못했다. 그리고 집에는 아버지의 주검보다 더 빨리 빚쟁이들이 들이닥쳤다. 아버지가 영화를 만들겠다며 끌어들인 빚은 상상을 초월했다. 성난 소떼처럼 들이닥친 빚쟁이들은 집안 곳곳을 있는 대로 쑤셔댔다.

　빚쟁이들은 엄마 방에도 들어갔다. 방 안을 두리번거리던 남자가 재봉틀을 손에 들었다. 돈도 안 될 것 같은 재봉틀은 왜, 하는 눈으로 다른 빚쟁이가 바라봤다.

"뭐라도 가져가야 분이 좀 풀릴 게 아니야!"

재봉틀을 든 남자가 다시 방안을 둘러보며 눈을 흘겼다. 일찍 서두르지 않은 게 화가 나 못 견디겠다는 얼굴이었다.

"안 돼요, 그것만은…… 뭐든지 다 할게요. 그러니까……."

그때까지도 넋 놓고 있던 엄마가 사내의 다리를 움켜잡았다. 남자는 발을 멈추고 엄마를 바라봤다.

"뭐든지 다 한다는데?"

재봉틀을 든 남자가 곁에 선 남자를 보며 웃음을 흘렸다. 재미있어 죽겠다는 듯 곁에 있던 남자도 자세를 낮춰 엄마 얼굴에 제 얼굴을 바싹 들이댔다.

"뭐든지 다가 뭘까…… 그런데 아줌마 가만 보니 참 예쁘네……."

사내의 음흉한 웃음이 엄마의 얼굴로 쏟아졌다.

"뭐 말만 잘 들으면 이깟 거야 놓고 가지, 그럼."

사내의 두툼하고 시커먼 손이 엄마 얼굴을 쓸었다. 손은 곧 얼굴에서 어깨로 옮겨졌다. 그때였다. 갑자기 사내가 비명과 함께 엄마 몸에서 손을 뗐다. 사내는 그제야 팔에 매달린 머리통을 알아챘다. 겨우 머리통을 떼낸 사내는 눈을 부라리며 물어뜯긴 손을 감싸 쥐었다.

"이 쬐끄만 새끼가 어딜!"

분에 못 이긴 사내의 손이 현우의 뺨에 그대로 내리꽂혔다. 현우의 몸은 곧 검불처럼 날아가 방구석에 쑤셔 박혔다. 일어나려 버둥댔지만 몸이 말을 듣지 않았다. 현우는 사내들이 재봉틀을 들고 가는 걸 지켜보기만 했다. 겨우 몸을 일으키자 분노로 가득한 엄마의 눈이 현우를 내려다보고 있었다. 하지만 엄마의 눈은 이내 분노마저 식어 차가워졌다. 현우는 겨우 몸을 움직여 엄마에게 다가갔다. 뭐라고 말을 해야 할 것 같았다. 하지만 현우가 할 말을 생각하기도 전이었다. 엄마의 손이 현우의 뺨에 차갑게 내리꽂혔다. 그는 자기도 모르게 얼굴을 두 손으로 감싸 쥐었다. 하지만 찢긴 듯 아픈 건 얼굴이 아닌 가슴 깊은 곳 어디쯤이었다.

엄마는 종일 넋 놓고 재봉틀이 있던 자리에 앉아 있었다. 자신이 있던 자리가 전부터 그곳인 것처럼. 엄마는 한 발짝도 움직이려 들지 않았다.

*

재봉틀이 있던 자리에서 윤희는 먹지도 않고 자지도 않았다. 아니 가끔은 잠들기도 했다. 시간이 지나자 자는 시간이 더 많아졌다. 그러다가는 깨어 있을 때도 자는 것 같았다. 점점 자고 있을 때의 의식이 더 또렷해졌다. 그런데 그 또렷한 의식이 자꾸 잊었던 어린 시절로 내달렸다. 붙잡으려 했지만 무기력한 그녀에게 잠 속에서의 의식을 붙잡는 것은 능력 밖의 일이었다.

그녀의 의식은 빠르게 소녀 시절로 내달렸다. 감나무가 있던 넓은 마당이 있는 집에서 그녀는 아버지가 만든 그네를 타고 놀았다. 혼자 놀기가 심심할 때면 집안사람들 몰래 대문을 열고 밖으로 나갔다. 친구들을 찾아봤지만 아무도 그녀와 놀려고 하지 않았다.

그날도 윤희를 본 아이들은 얼른 구석으로 피해 버렸다. 저희끼리 뭉쳐 앉아 절대 같이 놀 생각이 없다는 듯 고개도 들지 않았다. 그러면서도 아이들은 곁눈으로 끊임없이 힐끔거렸다.

동네에서 가장 큰 집에 사는 아이는 늘 공주 같은 옷을 입고 있었다. 그날도 어린 윤희는 레이스와 리본이 달린 원피스 차림이었다. 손에 흙이 잔뜩 묻은 아이들이 다가가기에는 도저히 엄두가 나지 않았다.

어린 윤희는 그렇게 아이들의 주변만 빙빙 돌다가 집으로 돌아왔다. 집안사람들 몰래 나간 보람도 없이 또 아이들하고는 말 한마디 못한 채였다. 풀이 죽은 채 방에 들어와 그녀는 거울 앞에 섰다. 고개를 들고 거울 속 자신의 얼굴을 찬찬히 들여다봤다. 딱히 못되게 생긴 것도 아닌데. 그렇다고 어디가 모자란 것도 아닌데 아이들이 왜 자신을 피하는지 알 수 없었다. 도무지 알 수 없어 화가 치밀

다가 그녀는 곧 입가에 웃음이 번졌다. 거울 속 자신의 모습이 너무나 마음에 들었다. 나비 모양의 리본이 달린 원피스는 곧 아버지의 회사에서 출시될 예정이었다. 아버지는 공장에서 새 옷이 만들어지면 꼭 그녀에게 먼저 입혔다.

"아이고 예뻐라……."

딸에게 새 옷을 입히는 건 늘 바쁜 아버지의 낙이었다. 그녀도 아버지 공장에서 만든 옷을 좋아했다. 그녀도 옷을 좋아했고 아버지는 자신의 회사를 언젠가 그녀에게 물려줄 거라고 말했다.

아버지는 다감한 분이었다. 사업이 날로 번창해 늘 바빴지만 엄마 없이 자라는 딸이 외롭지 않게 일찍 들어와 함께 시간을 보내고는 했다. 며칠 동안 일찍 집에 들어오지 못할 때면 딸을 공장으로 불러 노는 걸 곁에서 지켜보기도 했다.

그녀는 아버지가 공장에 데려가는 날이 가장 좋았다. 아버지가 일하는 동안 그녀는 공장에 널린 옷감을 갖고 놀았다. 그러다 보면 시간 가는 줄 몰랐다. 바느질을 할 줄 모르는 그녀는 옷핀을 꽂아 인형 옷도 만들었다. 어린아이가 만든 것 치고는 꽤 근사했다. 아버지는 백화점에서 사온 것 같다며 머리를 쓰다듬었다. 하지만 뭔가 아쉬웠다. 곰곰이 생각한 끝에 그녀는 옷이 만들어지려면 천만 있어서는 안 된다는 걸 깨달았다. 옷감과 옷감을 붙이고 잇기 위해 그녀는 바느질을 배웠다. 그렇다고 바느질을 따로 배우지는 않았다. 집에서 밥해주는 아줌마가 하는 걸 보고 어깨너머로 익혔다. 바느질을 할 줄 알게 되자 그녀는 옷도 더 자주 만들었다. 어린 딸이 고사리 손으로 만든 인형 옷을 보며 아버지는 늘 흐뭇해했다. 외국에 출장을 갈 때면 잊지 않고 인형과 인형 옷을 선물로 사왔다.

그녀의 생일날 아버지는 역시나 커다란 상자를 들고 왔다. 상자가 너무 커 인형이나 인형 옷은 아닐 것 같았다. 아버지가 이번에는 또 어떤 인형을 선물할까 상상하며 기다리던 생일날인데. 하지만 상자를 들고 오느라 땀에 흠뻑 젖은 아버지의 얼굴을 보며 그녀는 함박웃음을 웃었다. 실망하는 마음을 들킬까 봐 할 수 있는 한 입을 크게 벌렸다.

상자를 열 때도 그녀는 한껏 기대에 부푼 얼굴로 조심조심 포장을 벗겼다. 하지만 정말 기대를 한 건 아니었다. 아무리 마음을 먹어도 인형 상자를 열 때의 느낌은 들지 않았다. 왠지 눈물까지 나려 했다. 그녀는 깨달았다. 옷에 관한 것 외에는 어떤 것도 자신을 떨리게 할 수 없다는 걸.

상자를 열고 한동안 말없이 안을 들여다봤다. 그만 왈칵 눈물이 쏟아졌다. 상자 안에는 재봉틀이 들어 있었다. 놀라 휘둥그런 눈으로 달려온 아버지 품에 그녀는 와락 안겼다.

"고맙습니다. 아빠!"

아버지는 그녀가 흘리는 눈물의 의미를 그제야 알았다.

"좋은 옷을 만드는 사람이 돼야 한다."

아버지는 어린 딸을 토닥이며 기쁨의 눈물을 흘렸다.

그녀는 재봉틀도 빠르게 배웠다. 밥해주는 아줌마는 그녀가 재봉틀 돌리는 솜씨가 자신보다 낫다고 했다. 그녀는 머지않아 옷을 만들 수 있게 됐다. 여러 번의 시행착오 끝에 아버지의 잠옷을 만들어 선물했다. 서툴지만 첫 솜씨치고는 나름 훌륭했다. 딸이 만든 잠옷을 입은 아버지는 좋아 어쩔 줄 몰랐다. 좋아하는 아버지를 보며 그녀 또한 많이 행복했다.

윤희가 고등학교에 들어갈 때쯤 그녀에게 새로운 가족이 생겼다. 아버지 곁에서 오래 함께 일하던 비서가 그녀의 새엄마가 됐다. 자상한 아버지는 늘 속마음을 드러내지 않았다. 하지만 언뜻언뜻 비치는 외로움은 아직 어린 윤희도 느낄 수 있었다. 그녀는 아버지의 재혼을 진심으로 축하했다. 어릴 때부터 봐온 사람이라 새엄마가 어렵지는 않았다. 물론 그녀를 친엄마처럼 살갑게 대할 수는 없었다. 새엄마도 그랬다. 전에도 그랬듯이 그저 아버지의 딸로 친절하게 대할 뿐이었다.

새엄마에게는 윤희보다 두세 살 많은 아들들이 있었다. 아버지는 갑자기 아들이 둘이나 생겨 든든한 모양이었다. 아버지가 든든하다고 하니 윤희도 그런 것 같았다. 하지만 오빠들과는 영 어색했다. 그래도 윤희는 오빠들과 잘 지내고 싶었다. 틈틈이 먼저 다가

128

가 말을 걸었다. 아는 것도 모르는 척 오빠들에게 물어봤다. 하지만 오빠들은 그녀를 피하기만 했다. 자신을 피하던 동네아이들처럼 그녀를 자신들과 다른 부류라고 생각하는 모양이었다.

그런데 어느 날 학교에서 돌아오니 아버지와 새엄마가 심각한 얼굴로 얘기를 나누고 있었다. 무슨 일일까 눈치를 살피던 윤희는 큰오빠 문제라는 걸 알았다. 한눈에도 창백하고 음울해 보이는 큰오빠는 어디가 많이 아픈 모양이었다. 의사의 말을 전하던 새엄마는 더 이상 말을 잇지 못한 채 울음을 터트렸다. 그러고 보니 큰오빠는 자주 학교에도 가지 않았다.

새엄마의 눈물이 내내 마음에 걸려 윤희는 천천히 계단을 올랐다. 막상 방문 앞에 서니 선뜻 들어갈 용기가 나지 않았다. 문 앞에서 한참을 망설인 끝에 손을 들어 조심스럽게 노크를 했다. 아무 기척이 없었다. 조금 망설이다 손잡이를 비틀었다. 문을 열자 매캐한 담배연기가 윤희의 얼굴로 훅 날아들었다.

"몸에 안 좋아요…… 아픈 사람이……."

담배연기를 손으로 밀며 윤희는 눈을 흘겼다. 큰오빠는 담배를 천천히 재떨이에 비벼 껐다. 얘기치 않은 방문에 놀랐는지 어느새 방안에 들어와 있는 윤희를 물끄러미 바라봤다.

"그냥, 부모님들이 걱정하셔서……."

왜일까. 큰오빠의 눈빛에 순간 몸이 움츠러들었다. 큰오빠와 얘기를 나눌 기회라고 생각했는데. 하지만 윤희는 어색한 상황을 피하고 싶어 얼른 몸을 돌렸다.

"그 스커트 니가 만든 거니? 샤넬라인이네?"

윤희는 문 앞으로 다가가던 걸음을 멈추고 다시 큰오빠를 바라봤다.

"그 블라우스도 니가 만들었니? 솜씨가 좋구나."

윤희는 자신의 몸을 내려다봤다. 블라우스와 스커트 모두 그녀가 만든 옷이었다. 하지만 이번에는 어쩐지 마음에 들지 않았다. 나름 샤넬에 관한 책을 읽고 감동받아 만든 옷인데 아무래도 흉내만 낸 것 같았다. 부끄럽고 민망해 집에서만 입고 넣어둘 참이었다. 그런데 옷을 본 큰오빠가 예쁘다며 칭찬했다. 뿐만 아니었다. 그는 옷이 어떤 생각으로 만들어졌는지 단박에 알아본 모양이었다. 오빠의 입에서 샤넬의 이름이 나왔을 때 윤희는 그만 팔뚝에 잔소름이 훅 돋았다.

윤희는 그제야 방안을 둘러봤다. 벽에 붙은 책장에는 옷에 관한 책들이 많았다. 윤희는 문 앞으로 향하던 발을 멈추고 몸을 돌렸다.

"아세요? 샤넬?"

그녀는 오랫동안 오빠와 얘기를 나눴다. 큰오빠는 옷에 대해 아는 게 많았다. 샤넬의 이야기, 디올과 엠마누엘 웅가로의 이야기, 그 밖의 많은 디자이너들의 이야기와 옷이 만들어지는 이야기들을

130

듣다 보니 시간 가는 줄 몰랐다. 그제야 윤희는 큰오빠가 의상학과에 다닌다는 걸 알았다. 그래서 아버지가 오빠들을 보면 든든하다고 하는 모양이었다. 그 후 윤희는 종종 큰오빠 방에서 오빠와 옷에 대해 얘기를 나눴다.

어느 날은 큰오빠가 속옷에 대해서도 말했다. 속옷을 어떻게 입느냐에 따라 여자들의 옷맵시가 많이 달라진다는 말을 하며 큰오빠는 윤희의 눈을 피했다. 큰오빠가 어색해하자 그녀도 얼굴이 화끈거렸다. 하지만 윤희는 그것도 옷 이야기라서 괜찮았다. 윤희는 큰오빠와 친해질 수 있을 것 같았다. 큰오빠와 친해지기 위해 아줌마가 빨랫감을 들고 갈 때면 자신이 가져가겠다고 했다. 아버지가 심부름을 시킬 때도 새엄마가 큰오빠를 찾을 때도 자청해 큰오빠 방으로 갔다. 큰오빠를 잘 따르는 것 같다며 아버지는 흐뭇해했다. 새엄마도 좋아하는 것 같았다. 내내 친절하기만 해 그녀의 속마음이 어떤지 알 수 없었지만 그녀 또한 싫어할 이유가 없을 것 같았다.

윤희는 그렇게 가족이 되고 있다고 생각했다. 진정한 가족이 되려면 시간이 더 필요해 보였지만 조금이라도 앞당기기 위해 최선을 다하고 싶었다. 그런 노력 덕에 오빠들과의 어색함도 나름 옅어질 때였다. 아버지와 새엄마가 며칠 동안 함께 출장을 가야 한다고 했다. 아이들만 남겨두는 걸 걱정하는 부부에게 아줌마도 있는데, 윤희는 웃으며 걱정 마시라 안심시켰다. 부부도 아줌마를 믿고 떠났다. 하지만 갑자기 아줌마 시댁에 상을 당했다는 연락이 왔다. 다른 일도 아니고 시댁 상이라 아줌마도 어쩔 수 없이 지방에 내려가야 했다.

집에는 오빠들과 윤희뿐이었다. 윤희는 학교가 끝나면 곧장 집으로 달려갈 생각이었다. 오빠들 밥이라도 차려줘야 할 것 같았다. 윤희는 늘 왠지 상처가 깊어 보이는 큰오빠가 마음에 걸렸다. 교문을 나와 얼마쯤 갔을까. 갑자기 비가 쏟아졌다. 다행히 버스를 곧탈 수 있었다. 하지만 내려서 집까지 가려면 또 비를 맞아야 했다. 평소 같으면 아줌마가 우산을 들고 나왔을 텐데. 윤희는 버스에서 내려 잠시 비가 그치기를 기다렸다. 하지만 쉽게 그칠 비가 아닌 것 같았다. 집에 혼자 있을 큰오빠가 걱정이었다. 아파서 학교도 못 간 큰오빠가 종일 아무것도 먹지 못한 채 누워 있을 걸 생각하니 마냥 비 그치기만 기다릴 수는 없었다. 윤희는 내리꽂히는 빗줄기 속으로 뛰어들어 힘껏 달리기 시작했다.

집에 돌아온 윤희는 욕실로 들어가 젖은 옷부터 벗었다. 간단히 씻고 머리를 대충 말렸다. 욕실부터 뛰어드느라 미처 갈아입을 옷을 챙기지 못해 수건으로 몸을 감쌌다. 몸을 날리듯 방안에 들어와 속옷을 서랍에서 꺼내 입었다. 왠지 불안했던 마음이 그제야 안심이 됐다. 하지만 막 머리를 말리려 거울 앞에 선 순간이었다. 그녀는 외마디 소리와 함께 그대로 주저앉았다. 희미한 어둠 속에 큰오빠가 있었다. 큰오빠가 왜 있을까. 윤희는 혹시 방을 잘못 들어온 건 아닐까 주위를 두리번거렸다. 하지만 분명 자신의 방이었다.

"놀랐니? 그냥…… 옷 좀 보려고……."

어둠 속에서 튀어나온 목소리에 윤희의 몸에 후드득 소름이 끼쳐 올랐다. 그제야 윤희는 침대에 널브러진 자신의 옷을 봤다. 흐트러진 옷이 눈에 들어오자 온몸이 바들바들 떨렸다.

"젖었네?"

어느 틈에 다가온 손이 그녀의 머리칼을 쓸었다. 단지 큰오빠가 방에 왔을 뿐이라고 생각하려 했다. 오빠 말대로 옷을 보러 왔을 뿐이라고. 그동안 가족이 되려 노력했으니 정말 가족이 된 거라고. 그렇게 자꾸 달려드는 공포를 밀어내고 또 밀어냈다. 하지만 윤희는 이내 고개를 저었다. 빨리 방을 빠져나가야 해, 마음 깊은 곳에서 누군가 다급하게 소리쳤다. 그런데 겨우 주저앉았던 몸을 일으키는 순간이었다. 돌같이 단단한 힘이 윤희의 팔을 낚아챘다. 중심을 잡으려 팔과 다리에 힘을 줘 뻗쳐오는 그림자를 막았다. 하지만 윤희의 몸은 허망하게 그대로 침대로 쓰러졌다. 윤희는 순간 큰오빠의 눈과 마주쳤다. 공포로 숨이 막힐 것 같은 순간에도 옷 이야기를 하던 큰오빠를 생각하려 애썼다. 하지만 그는 옷 이야기를 하던 그때의 오빠가 아니었다. 공포에 더해져 무력감이 몸을 덮쳤다. 새엄마가 그동안 왜 그렇게 불안한 눈으로 자신을 바라봤는지 그제야 알 것 같았다. 작은오빠가 늘 똘아이새끼라며 경멸하던 것도 그제야 이해가 됐다. 그저 외로운 사람이라고 생각했는데, 엄마와 동생에게도 사랑받지 못하는 게 가여워 자신이라도 손을 내밀고 싶었을 뿐이었는데. 하지만 그녀는 자신이 너무나 늦게 깨달은 걸 알았다. 옷이 벗겨지고 소름끼치는 손이 몸을 파고들 때야 비로소 깨달은 자신이 원망스러워 미칠 것 같았다. 하지만 몸을 버둥거리면 버둥거릴수록 짐승의 손아귀에서 벗어나는 일은 요원해 보였다.

버둥거리는 것조차 할 수 없을 때쯤 살이 찢겨 피가 흘렀다. 만신창이가 된 몸이 시체처럼 굳어졌을 때야 비로소 방문이 열렸다. 그제야 짐승의 손아귀에서 벗어난 윤희의 귀에 누군가의 목소리가 들렸다.

"똘아이새끼! 결국 일을 냈구나!"

어둠 속에서 윤희는 그것이 예상된 일이었음을 알고는 온몸을 부르르 떨었다. 자신만 몰랐다는 걸 깨닫자 그녀는 자신이 혐오스럽고 진저리치게 싫었다. 그대로 죽고 싶었다.

그 후 윤희는 집이 낯설었다. 가장 아늑해야 할 집에는 늘 공포만이 가득했다. 집안사람들의 눈빛이 하나하나 가시가 돼 그녀의 온몸을 후벼 파는 것 같았다. 그날 이후 세상은 달라졌다. 큰오빠는 더 이상 집안에서 볼 수 없었다. 작은오빠는 그녀를 늘 경멸에 찬 눈으로 바라봤다. 누구나 예상했던 일을 몰랐던 백치에 대한 혐

오였다. 새엄마의 눈빛 또한 싸늘했다. 그러고 보니 오래전부터 그녀는 위험을 경고했을지도 몰랐다. 늘 불안하게 바라보는 눈빛이 그제야 무슨 뜻이었는지 윤희는 알 것 같았다. 그리고 그녀의 싸늘한 눈빛은 모든 책임이 자신에게 있다고 말하고 있었다.

그녀는 도움을 청할 사람이 아무도 없었다. 아버지를 떠올리다 이내 고개를 저었다. 그녀가 할 수 있는 최선은 아버지가 모르게 하는 일뿐이었다. 하지만 누구나 그녀가 달라진 걸 알아봤다. 그녀는 학교에도 갈 수 없었다. 아버지 얼굴도 똑바로 볼 수 없었다. 그렇게 멀어져 가는 그녀를 대신해 새엄마와 작은오빠가 아버지의 기쁨이 됐다. 한동안 정신 못 차리던 큰오빠도 공부를 하고 싶다고 해 아버지를 기쁘게 했다. 아버지는 큰오빠를 유학 보내는 데 흔쾌히 동의했다. 큰 세상에서 본격적으로 공부하면 회사에도 많은 도움이 될 거라며 아버지는 기쁨을 감추지 않았다.

점점 이상해지는 윤희를 위해 아버지는 병원에도 데려갔다. 하지만 입을 굳게 다문 그녀에게 의사가 알아낸 건 심신이 불안하고 위태롭다는 것 정도였다. 사람들은 그녀를 미쳤다고 했다. 눈빛도 달라졌다고 했다. 밥해주는 아줌마는 굿을 해보라며 아버지에게 조용히 제안했다. 내키지 않았지만 손 놓고 있을 수 없었던 아버지는 용한 무당을 불러 굿도 했다. 하지만 윤희는 나아지지 않았다. 그녀가 하는 일이라고는 그저 방안에 틀어박혀 재봉틀을 돌리는 것뿐이었다.

그런데 어느 날이었다. 어둠 속에서 다시 음흉한 눈빛이 다가오고 있었다. 다시 살아난 그날의 기억에 윤희는 온몸이 부들부들 떨렸다. 하지만 마음을 다잡았다. 더 이상 그 눈이 자신을 향하지 않게 하리라. 바닥을 더듬어 가위를 손에 쥐었다. 부들부들 떨리는 손을 윤희는 자신을 보는 눈빛을 향해 힘껏 뻗었다. 가위 끝에 물컹한 뭔가가 닿는 느낌이 든 순간이었다. 어둠을 뚫고 찌를 듯한 비명이 터져 나왔다. 곧 눈앞이 환해졌다. 눈이 빛에 적응됐을 때야 윤희는 자신의 손을 봤다. 아니 자신의 손에 들린 가위와 가위 끝에 묻은 피를.

누군가의 비명이 방안을 끊임없이 메아리쳤다. 또 누군가가 다가와 그녀의 뺨을 쳤다. 새엄마였다. 그녀는 그제야 자신의 방에 쓰러진 작은오빠를 봤다. 새엄마의 매질은 한번에서 그치지 않았다. 작은오빠는 피가 흐르는 목을 잡은 채 끊임없이 소리쳤다.

"미친년! 미친년!"

매질을 멈춘 새엄마가 작은오빠의 어깨를 안아 일으켜 세웠다. 새엄마도 작은오빠도 그녀를 경멸에 찬 눈으로 바라봤다. 윤희는 그런 눈빛을 이해할 수 없었다. 그때는 당연했지만 지금은 아니었다. 그녀 자신이 이번에는 위험을 먼저 막았으니 그런 눈빛을 받을 이유가 없었다.

"그렇게 날 보지 마요. 이번엔 안 당해!"

윤희는 자신을 향한 모자의 눈을 향해 소리쳤다.

"저 미친년이 똘아이한테 당하곤 나한테 지랄이야!"

피를 흘려 흥분한 작은오빠는 분에 못 이겨 짐승처럼 날뛰었다.

"내 방에 들어왔잖아! 이번엔 안 당해! 안 당한다고!"

윤희는 자신이 이번에는 순순히 당하지 않은 것이 대견했다. 두 사람에게 다시 한 번 소리치고 싶었다. 이번에는 순순히 당하지 않았다고. 하지만 방문턱을 넘었을 때였다. 그녀는 아버지의 슬픈 눈과 맞닥뜨렸다. 순간 지구가 머리로 떨어진 느낌이었다. 아버지가 모든 걸 알았다는 걸 알 수 있었다. 그녀는 이번에도 자신이 당했다는 걸 알았다. 그녀의 눈을 슬프게 바라보던 아버지가 그대로 주저앉았다. 그녀가 손을 뻗었지만 아버지는 그대로 허물어졌다. 하지만 집안에는 그녀를 도와줄 사람이 아무도 없었다. 새엄마는 작은오빠를 데리고 병원에 가고 없었다. 윤희는 그렇게 아버지의 몸이 굳는 걸 속수무책 지켜봐야 했다.

갑작스러운 아버지의 죽음에도 회사는 차질 없이 돌아갔다. 모두 새엄마 덕분이라고 했다. 그녀가 아니었으면, 갑자기 주인을 잃은 회사가 휘청거리기라도 하면, 그래서 그 많은 직원들이 일자리라도 잃었으면 큰일이었다며 모두 다행이라고 했다. 그 다행이라는 말로 아버지의 갑작스러운 죽음이 잊혀진다는 걸 사람들은 알아채지 못했다. 그리고 어릴 때부터 옷을 좋아하는 딸에게 회사를 물려줄 거라던 아버지의 바람 또한 그렇게 잊혀졌다. 회사는 자연스럽게 새엄마 것이 됐다. 사람들은 당연히 그녀의 아들들이 물려받을 거라고 생각했다. 한때 말썽을 피우던 큰아들이 유학을 마치고 돌아오면, 그래서 디자인 전공을 살려 회사에 기여한다면 회사는 한층 탄탄해질 거라며 모두 기대에 부풀었다.

윤희는 이 모든 게 자신 때문에 벌어진 일이라는 데 순간순간이 지옥 같았다. 죽고 싶었다. 매일 죽을 결심으로 집을 나가 거리를 헤맸다. 그렇게 헤매다가도 정신이 들면 다시 돌아와 재봉틀 앞에 앉아 있었다. 거리를 헤매며 떠오른 영감을 재료삼아 여러 가지 옷을 만들었다.

그날도 꼭 죽으리라 다짐하며 집을 나섰다. 그런데 달려오는 커다란 트럭을 향해 걸음을 내딛던 순간이었다.

"사람 좀 살려주세요!"

풀썩 무릎을 꿇은 남자를 윤희는 물끄러미 바라봤다. 죽으러 나온 자신에게 살려달라니. 남자의 간절한 눈빛에 그녀는 자신도 모르게 피식 웃음을 터트렸다.

윤희는 남자를 따라갔다. 촬영을 준비 중인 현장은 어수선하기 짝이 없었다. 윤희는 어수선한 촬영장을 반짝이는 눈으로 둘러봤다. 곧 입가에 미소가 번졌다. 그녀의 눈을 사로잡는 옷이 있었다.

여배우의 드레스도 예뻤고 남자배우의 양복도 멋있었다. 아니 옷걸이에 걸려 주인을 기다리는 다른 옷들도 모두 아름다웠다.

남자는 그녀가 옷을 좋아한다는 걸 단박에 알아차렸다. 그리고 그녀가 만드는 옷들의 가치를 알아봤다. 그녀는 집을 나와 죽는 대신 남자와 결혼을 하기로 했다. 그녀가 만든 옷을 좋아하는 남자와 함께라면 적어도 지옥 같은 집에서보다는 행복할 것 같았다.

9. 꿈속의 여인

"나는 옷을 디자인하지 않는다. 꿈을 디자인한다."

─랠프 로런

    빚쟁이들이 모든 걸 가져가자 그동안 인연을 끊다시피 했던 할머니가 와 엄마 대신 밥을 해줬다. 하지만 할머니가 해주는 밥은 맛이 없었다. 그래도 투정하지 않았다. 현우는 엄마가 재봉틀을 잃은 충격에서 벗어날 때까지 기다릴 생각이었다. 속옷까지 정성스레 다려 주던 엄마가 바짓단이 뜯어져 너덜거리는 것도 몰랐지만 괜찮았다. 그저 시간이 지나면 엄마는 다시 자신을 위해 밥을 하고 옷을 만들 테니까.

    어느 날 학교에서 돌아오니 엄마가 보이지 않았다. 현우는 드디어 엄마가 재봉틀을 잃은 충격에서 벗어난 거라 생각했다. 빨리 커서 엄마에게 더 좋은 재봉틀을 사줘야지. 재봉틀을 받고 기뻐하는 모습을 상상하자 엄마를 찾으러 다니는 발걸음이 날아갈 것 같았다. 하지만 집안 어디서도 엄마의 모습은 볼 수 없었다.

모진 년, 할머니의 혼잣말에 현우는 날아갈 것 같던 발을 멈췄다. 눈물이 흐를 것 같아 얼른 고개를 돌렸다. 자꾸 흐릿해지는 두 눈에 텅 빈 방이 아프게 파고들었다. 엄마는 아무래도 재봉틀이 없는 곳에서는 한시도 살 수 없었던 모양이었다.

엄마가 떠난 후 현우는 사진관 앞에만 서 있었다. 몇 시간이고 엄마가 만든 옷을 입은 여인만 바라봤다. 너무 많이 본 탓일까. 언젠가부터 꿈에서도 봤다. 꿈에 그녀를 보면 기분이 좋았다. 엄마의 옷을 보기 위해, 아니 그녀를 보기 위해 졸리지 않을 때도 그는 잠만 잤다. 꿈에서 그녀는 그의 몸을 만져주고 안아주고 입맞춰줬다. 기분이 좋았다. 자신을 버리고 떠난 엄마에게 복수하는 것 같아 통쾌하기까지 했다. 하지만 잠에서 깨면 기분이 별로였다. 알 수 없는 죄책감이 한낮의 졸음처럼 끈적끈적 들러붙었다. 엄마가 이름을 새겨준 팬티가 축축하게 젖어 있었기 때문이었다.

또 빚쟁이들이 온 걸까. 어느 날 학교에서 돌아오니 대문 앞에 커다란 자동차가 서 있었다. 한발 한발 내키지 않는 걸음을 대문 안으로 밀어 넣었다. 빚쟁이들이 만드는 소란과 그때마다 몸을 옥죄는 수치심과 무력감. 그대로 도망가고 싶었지만 혼자 빚쟁이들

141

을 상대할 할머니 생각에 차마 발이 떨어지지 않았다.

현우는 주먹을 쥔 채 방문을 노려봤다. 한쪽 귀퉁이가 떨어져나간 방문에서는 금방이라도 빚쟁이들의 고함이 뚫고 나올 것 같았다. 어쩌면 그나마 남은 살림들이 모조리 내동댕이쳐질지도 몰랐다. 하지만 어쩐지 안은 조용하기만 했다. 큰소리는커녕 숨소리조차 들리지 않았다. 또 무슨 일일까. 집안의 고요에 더 불안해진 현우가 안방 쪽으로 발을 옮길 때였다.

문이 열렸다. 곧 할머니의 치맛자락이 문턱을 넘었다. 뒤이어 나슬나슬한 바짓단이 할머니의 뒤를 따랐다. 검은 투피스의 여인이었다. 둘은 문 앞에서 잠시 몇 마디를 더 주고받았다. 빚쟁이들 앞에서도 꼿꼿했던 할머니는 어쩐지 연방 굽실거렸다. 서로 목인사를 나눌 때까지도 저자세 그대로였다.

인사를 마친 여인이 몸을 돌렸다. 검은 투피스가 대문 쪽으로 천천히 다가왔다. 현우는 그만 숨이 멎는 것 같았다. 뭔가에 얻어맞은 듯 정신이 멍했다. 낯설지만 낯익은 얼굴이었다. 현우는 그녀가 누군지 단박에 알아봤다. 사진관 진열장에 있던, 아니 꿈속에서 그를 안아주던 바로 그 여인이었다. 그녀도 그를 봤을까. 다가온 그녀는 끔벅이는 눈을 한동안 들여다봤다.

"좋은 눈을 가졌네."

그녀는 희고 가는 팔로 나무토막 같은 몸을 가만히 끌어안았다.

"힘내."

순간 여인의 향기가 훅 끼쳤다. 어지러웠다. 하지만 현우는 그녀의 품에 한동안 안겨 있었다. 몸을 빼지도 못했다. 누군가가 그렇게 안아준 적이 있을까. 아버지도, 할머니도, 그리고 엄마도 하지 않은 일이었다. 그녀의 품은 꿈속처럼 따뜻했다. 아니 꿈속보다 훨씬 더 따뜻했다.

그날 이후 현우는 학교에서 돌아오면 늘 대문 앞에 검은 자동차가 보이기를 기대했다. 하지만 그녀는 다시 오지 않았다. 다시 오지 않을 거라는 건 처음부터 알고 있었다. 엄마도 아버지도 없는 집에, 더구나 그녀는 빚쟁이 같지도 않았으니까.

오지 않을 거라는 걸 알면서도 그렇게 막연한 기대를 버리지 못하던 어느 날이었다. 한동안 아무도 찾지 않던 대문으로 우체부가 들어섰다. 손에는 커다란 상자가 들려 있었다. 상자를 열어본 현우는 자신도 모르게 소리 내 침을 삼켰다. 커다란 상자에는 가방과 신발 그리고 공책과 필통 같은 학용품이 빼곡히 들어 있었다. 모두 아이들 사이에서 유행하는 것들이었다. 누가 보낸 건지 발신인도 적혀 있지 않았다. 하지만 그는 알 수 있었다. 아니 느껴졌다. 그는 천천히 팔을 둘러 상자를 꼭 끌어안았다.

그 후로도 우체부는 종종 상자를 들고 왔다. 상자에는 주로 학용품이나 계절에 맞춘 옷가지가 들어 있었다. 어떤 때는 할머니 옷도 있었다. 상자는 모든 걸 잃은 현우에게 적지 않은 도움이 됐다. 잊을 만하면 찾아오는 빚쟁이들은 늙은 할머니와 어린 현우의 한 가닥 남은 자존심마저 짓밟은 후에야 돌아갔다. 상자는 현우의 유일한 낙이었다. 그의 얼굴에 웃음이 번질 때마다 할머니는 상자와 현우를 번갈아 보며 무슨 생각인지에 빠져 있었다.

그날도 할머니는 며칠 전 배달된 상자를 오전 내내 들여다봤다. 상자의 물건들을 하나하나 꼼꼼히 살피던 할머니는 점심때가 지나 한복을 차려 입고 나왔다. 할머니는 어딜 가냐고 묻는 말에 대꾸도 하지 않았다. 그저 현우의 눈을 피하기만 했다. 무슨 일인지 궁금해 현우는 곁으로 다가갔다. 하지만 할머니는 바닥에 끌리지 않게 치맛자락을 움켜쥐고는 서둘러 대문을 나섰다. 손에는 바리바리 싼 보따리를 들고서였다. 치렁거리는 한복을 주체하는 것도 힘겨워 보였지만 할머니는 보따리를 보물처럼 끌어안고 있었다. 현우는 그것이 아버지의 물건이라고 짐작했다. 빚쟁이들도 안 가져간 쓸모없는 물건으로 대체 뭘 하려는 걸까. 할머니의 뒷모습을 현우는 안타까운 듯 한동안 바라봤다.

할머니는 어둑해서야 돌아왔다. 역시 현우의 눈을 외면하고 방안에 들어가더니 무슨 일인지 옷도 벗지 않은 채 널브러져 통곡하기 시작했다. 현우는 그제야 알았다. 이제 집안에 아버지의 물건은 어느 것도 남지 않았다는 걸.

그 후 더 이상 빚쟁이들은 오지 않았다. 빚쟁이들이 오지 않자 할 일이 없다고 생각했을까. 할머니는 급속도로 쇠약해졌다.

죽음을 앞둔 할머니는 현우를 불러 앉혔다. 할머니를 좋아한다고 느낀 적은 한 번도 없었는데. 하지만 가는 숨을 몰아쉬는 할머니가 가여워 현우는 늘어진 손을 꼭 잡았다. 늘 차갑던 할머니 눈에서 연방 눈물이 흘렀다. 현우는 손으로 할머니의 젖은 볼을 쓸고 또 쓸었다. 다가오는 현우의 손을 잡은 할머니는 명함 한 장을 쥐어줬다. 명함에는 금박으로 '로제의상실'이라는 글자가 박혀 있었다. 정 힘들 때 찾아가보라고 했다. 현우는 그 말이 굶어죽는 한이 있어도 엄마는 찾지 말라는 뜻이라는 걸 알았다. 명함 속의 장소를 가면 상자를 보내주는 여인을 만날 수 있을 거라는 것도 짐작했다.

현우는 여전히 그녀의 꿈을 꿨다. 그녀를 만나는 것만으로도 기쁠 것 같았다. 아니 먼발치에서라도 보고 싶었다. 하지만 현우는 여인을 찾아가지 않았다. 대신 여기저기를 떠돌았다. 가야 할 길을 찾고 싶었지만 눈앞에는 빛 한줄기 보이지 않았다. 엄마에게도 버림받고 아버지에게는 가난과 수치만을 물려받은 그가 할 수 있는 일은 어디에도 없는 것 같았다.

무엇을 찾는지도 모르면서 끊임없이 거리를 헤맸다. 며칠째 온몸에 열이 끊이지 않았다. 트림을 할 때마다 위액의 쓴맛이 올라왔다. 생각해 보니 오랫동안 먹은 게 없었다. 눈앞에 뭔가를 집어 입에도 넣어봤지만 입안이 헐어 맛을 몰랐다. 삼킬 수도 없었다.

그런데 그때였다. 쓰러지기 직전의 몸에 불꽃이 솟아올랐다. 뿌옇게 흐린 눈앞에 낯선 여인의 옷자락이 나풀거렸다. 꽃봉오리 같은 소매에 잘록한 허리선. 치마 끝까지 주름이 잡혀 걸을 때마다 찰랑거리는 리본들. 언제였을까. 엄마가 같은 스타일의 옷을 만든 걸 본 적이 있었다. 세월이 흘렀지만 그건 분명 엄마가 만든 옷이었다.

현우는 천천히 손을 뻗었다. 어른거리는 옷자락은 닿을 듯 잡히지 않았다. 한 발짝 다시 한 발짝, 발을 디딜 때마다 허방인 듯 몸이 푹푹 가라앉았다. 땅으로 꺼질 것 같은 몸을 겨우 추슬렀다. 간신히 뻗은 손을 얼른 움켜쥐었다. 역시 그저 바람이 잡힐 뿐이었다. 그는 잡히지 않는 옷자락을 붙잡으려 안간힘을 썼다. 옷자락이 다가올수록 불꽃 같던 열기가 용광로가 돼 끓어올랐다. 몸이 녹아내리는 느낌이었다. 하지만 자꾸 입에서는 신음 같은 웃음이 삐죽삐죽 빠져나왔다. 엄마가 만든 옷을 거리에서 보다니. 그는 불이 집어 삼켜 재가 돼도 좋을 것 같았다. 그런데 갑자기 옷자락이 움직임을 멈췄다. 드디어 손끝에 옷의 감촉이 느껴졌다, 하지만 순간 암전된 무대처럼 눈앞이 깜깜했다. 그는 그만 중심을 잃은 채 눈앞의 어둠 속으로 쓰러지고 말았다.

현우는 오랫동안 꿈을 꿨다. 꿈에서 엄마를 만났다. 엄마는 여전히 옷을 만들고 있었다. 재봉틀을 돌리느라 그에게는 눈길조차 주지 않았다. 화가 나 재봉틀 앞으로 달려갔다. 엄마가 만드는 옷을 낚아채 갈기갈기 찢었다. 그제야 엄마가 고개를 들었다. 하지만 옷을 내놓으라고 소리치며 울기만 할 뿐이었다. 찢겨진 옷을 보고는 다가와 그의 뺨을 쳤다. 그때 여인이 나타났다. 여인은 그날처럼 현우를 따뜻하게 안아줬다. 엄마에게 보란 듯 현우는 팔에 힘을 줘 그녀를 꼭 안았다. 그런데도 엄마는 여인의 옷만 봤다. 현우는 여인의 옷도 갈기갈기 찢었다. 넝마가 된 옷을 여인의 몸에서 걷어냈다. 알몸이 된 여인의 몸을 타고 올랐다. 엄마는 하지만 그에게는 관심도 없었다. 돌아서 재봉틀이 있는 곳으로 걸음을 옮길 뿐이었다.

10. 분홍빛 원피스

"몇 년 동안 나는 옷입기에서 중요한 것은
그것을 입고 있는 여자라는 것을 배웠다."
—이브 생 로랑

눈을 떴다. 낯선 방안이었다. 콧속에 들이부은 듯 진동하는 화장품 냄새. 천천히 고개를 들자 냄새가 물러나며 방안의 풍경이 눈에 들어왔다. 꽃무늬 벽지, 벽을 가득 채운 현란한 옷들. 그 옷들 틈에서 언뜻 잡힐 듯하던 치맛자락도 보이는 것 같았다. 현우는 그제야 서서히 몸을 일으켰다. 가슴까지 올라온 이불이 걷히자 땀으로 젖었던 몸에 오소소 한기가 끼쳤다. 알록달록한 옷들과 화장대를 가득 채운 화장품, 방안을 둘러보며 현우는 여염집은 아니라는 생각을 했다.

그때였다. 왁자한 여인의 웃음소리와 함께 스르륵 방문이 열렸다.

"깼니?"

갑작스레 밀어닥친 바깥공기, 오래전부터 아는 사이인 듯한 반말. 현우는 자기도 모르게 질끈 눈을 감았다. 다시 눈을 떴을 때 여인은 반색을 하던 얼굴을 돌려 누군가에게 손짓을 했다.

곧 그녀의 두 손에 쟁반이 들려졌다. 여인은 쟁반에 두 개의 대접을 담아들고 방으로 들어왔다. 우윳빛이 도는 사기그릇에는 물과 묽게 쑨 미음이 담겨 있었다.

"아직도 정신을 못 차리겠니? 하긴 그렇게 앓았는데. 아무튼 일단 먹어."

곁에 다가앉은 여인은 숟가락을 집어 내밀었다. 하지만 곧 미간을 찌푸렸다.

"정신이 없을 거야. 그래도 일단 먹고 봐. 그렇게 눈만 끔벅이지 말고. 죽을래? 싫으면 얼른 먹어!"

여인은 이불 위에 늘어진 손을 끌어와 숟가락을 쥐어줬다. 손끝에 찬 금속체가 닿자 팔뚝으로 잔소름이 번져 올랐다. 현우는 미음 대신 물을 몇 숟가락 떠먹었다. 타는 것 같던 입이 그제야 촉촉해지는 느낌이었다.

"여기는 어디……."

물을 그릇째 마시고야 겨우 입을 뗐다.

"차차 알게 될 테니까 일단 먹어. 너 많이 굶었어."

149

여인은 그릇을 눈으로 가리켰다. 물끄러미 대접을 바라보던 현우는 그제야 허기가 걷잡을 수 없이 밀려왔다. 숟가락을 들다 말고 현우는 여인을 다시 한 번 바라봤다. 팔짱을 끼고 앉은 여인은 사납게 눈을 뜨며 빨리 먹으라는 시늉을 했다. 그는 미음을 단숨에 들이켰다. 그러고도 허기가 가시지 않았다.

"밥 좀……."

여인의 입에서 피식 웃음이 터졌다. 한동안 깔깔대던 그녀는 일어나 조용히 문을 열고 나갔다. 잠시 후 다시 문이 열렸다. 방안에 들어선 여인의 손에는 조그만 상이 들려 있었다. 여인은 성큼성큼 다가와 들고 온 상을 현우의 눈앞에 내려놨다. 현우는 그만 눈을 꾹 감았다. 허리를 굽히느라 드러난 옷 속에서 브래지어도 안 한 여인의 가슴이 그대로 쏟아져 나올 것 같았다.

"먹어……."

여인은 흐트러진 상 위의 반찬들을 그 앞으로 끌어와 가지런히 모았다. 김치와 장아찌류의 마른 반찬과 함께 조기 한 마리가 노랗게 구워져 누워 있었다. 그저 보기만 하는 현우에게 여인은 숟가락을 가리켰다. 그는 여인의 눈을 잠시 바라봤다. 어딘가 슬픔이 밴 눈이었다. 동그란 저 눈에는 무슨 사연이 담겼을까. 다가오는 생각을 밀어내며 숟가락을 소복한 밥그릇 안으로 푹 찔러 넣었다. 입속으로 눈덩이 같은 밥을 밀어 넣자 헌 입안이 따끔거렸다. 그는 씹지도 못하고 밥덩이를 꿀꺽 삼켰다. 입안의 통증과 달리 먹을 것이 들어가자 그제야 살 것 같았다. 그는 다시 숟가락에 가득 밥을 퍼 입으로 가져갔다. 역시 입안이 따끔거려 제대로 씹지 못한 채 삼켜야 했다.

"천천히 먹어. 굶었다가 갑자기 그렇게 먹으면 탈난다."

여인은 밥이 수북한 숟가락에 손으로 조기 살을 찢어 올렸다. 그는 그제야 젓가락을 들고 반찬도 함께 먹었다. 결국 그는 두 공기의 밥을 먹어치웠다. 밥을 먹고 나니 금방 들어간 눈이 나오고 피부에 윤기도 흐르는 것 같았다. 그가 밥을 먹는 동안 여인은 조기 한 마리를 살뜰하게 발라 밥숟가락에 올렸다. 그의 숟가락이 비워질 때마다 붉게 칠한 입술에서 피식피식 웃음이 빠져나왔다.

그런데 밥공기가 거의 다 비워질 때였다. 갑자기 방문이 열리며 와르르 여인들의 머리통이 쏟아져 들어왔다.

"누구야? 마담 언니 애인?"

"어리네……."

갑자기 나타난 눈들이 따갑게 그에게로 쏟아졌다.

"그래, 내 애인이다. 내가 길에서 주워 왔다. 이년들아!"

여인은 장난기 묻은 호통을 치며 쏟아져 들어온 머리통들을 다시 밖으로 밀어냈다. 얼마간의 실랑이 끝에 겨우 문밖으로 밀어내고는 한숨을 쏟았다. 닫힌 문밖에서 여자들의 아우성이 들리다가 멀어졌다.

"이제 말해 봐. 너 나 쫓아왔지? 왜?"

쏘는 듯한 여인의 눈이 호기심으로 반짝였다. 그는 마치 취조를 당하는 범죄자처럼 고개를 숙여 그녀의 눈을 피했다.

"말하기 싫어? 알았어. 자 이제 밥도 먹었고, 몸도 나아진 것 같으니까. 일어나서 가봐."

잠시 대답을 기다리던 여인은 역시나 쏘는 눈빛으로 문을 가리켰다. 가시 하나 없이 생선을 살뜰하게 발라줄 때의 눈빛은 오간데 없이 차갑기 짝이 없었다.

"뭘 꾸물대? 얼른 일어나 나가지 않고."

여인은 방 한쪽에 놓인 가방과 잠바를 눈으로 가리켰다. 그새 빨았는지 잠바는 나름 깨끗해 보였다. 잘 개켜진 잠바를 보자 그는 분홍빛 원피스가 생각났다.

"그거요. 입고 계셨던 옷."

그의 말에 여인의 눈이 다시 빛났다.

"옷? 무슨 옷?"

그는 방안을 두리번거렸다. 하지만 벽에 걸렸다고 생각했던 여인의 옷은 보이지 않았다.

"옷을 쫓아왔어요. 그냥…… 예뻐서……."

여인은 잠시 현우의 눈을 바라봤다. 왠지 낯설지 않은 눈이었다.

152

잊고 있었는데 첫 마음을 준 남자와 닮았다고 생각했다. 사고로 죽지 않았다면 자신의 아들도 그런 눈을 갖고 있을지도 몰랐다. 호기심으로 빛나던 눈에 곧 연민이 차올랐다. 이내 슬픔으로 바뀌어 번들거렸다. 그녀는 마음속에서 떠오른 얼굴을 밀어내며 애써 웃음을 터트렸다.

"너 선수구나? 옷이라니. 너 갈 데가 없지?"

그녀는 재미있다는 듯 한동안 웃음을 멈추지 않았다.

"자, 밥도 먹여줬으니까 그럼 여기서 밥값 좀 해."

웃음을 겨우 추스른 여인은 마치 그럴 줄 알았다는 듯 슬쩍 눈을 흘겼다.

"짐작했겠지만 여긴 술을 파는 데야. 안 그래도 심부름하던 남자애가 나가서 아쉬웠는데 잘 됐어."

여인은 하려던 일이 생각난 듯 일어나 서둘러 문을 열고 나갔다. 현우는 방안을 둘러봤다. 벽에 가지런히 박힌 못에 여자들의 원피스가 걸려 있었다. 혹시 그중에서도 엄마가 만든 옷이 있지는 않을까. 어쩌면 이곳에서 엄마를 만날 수도 있을지 모른다는 생각이 들었다. 그렇다고 꼭 엄마를 만나야겠다 생각한 건 아니었다. 꼭 만나고 싶지도 않았다. 하지만 그는 여인의 곁에 남기로 했다.

*

여인의 말대로 그곳은 술을 파는 곳이었다. 소주와 맥주, 양주에 국적을 알 수 없는 술도 있었다. 번화가는 아니지만 주위에 버젓한 술집이라고는 없어 늘 동네 유지들이 룸을 꽉 채우고는 했다.

르네상스, 가게 앞에는 그렇게 고색창연한 이름의 간판이 걸려 있었다. 어쩌다 외지 사람들은 우연히 본 간판에 끌려 문을 열고 들어서기도 했다. 하지만 곧 아직 영업 안 해요, 하는 누군가의 목소리에 화들짝 발길을 돌렸다.

르네상스 식구들은 단출하다면 단출했고 많다면 많았다. 아가씨가 다섯, 웨이터가 셋. 그리고 주방 아줌마 두 명. 저녁때가 돼야 손님을 맞는 르네상스는 새벽에야 끝이 났고 장사가 끝나면 마담만 남고 모두 퇴근을 했다.

일이 끝나면 마담은 술에 취해 인사불성이 되고는 했다. 직원들이 모두 퇴근을 하면 현우는 문을 닫고 뒷정리를 했다. 르네상스의 하루는 오후에야 시작됐다. 늦잠을 자는 건 아니지만 현우도 점심때가 지나야 청소를 시작했다. 가장 먼저 출근을 하는 사람은 주방 아줌마들이었다. 얼추 그날 장사 준비를 마치면 그녀들은 르네상스 식구들이 모이기를 기다려 조촐한 밥상을 차렸다. 손님을 맞기 전 밥상머리 앞에 둘러앉은 식구들은 나름 하루를 잘 보내자는 다짐을 하기도 했다.

아가씨들 중에는 조 양이 늘 먼저였다. 그녀는 늘 화장을 꼼꼼히 하고 출근을 했다. 전날에는 술에 절어 들어갔다가도 다음날에는 생생한 얼굴로 샴푸와 향수, 화장품이 섞인 향내를 폴폴 풍기며 들어섰다. 출근을 하면 조 양은 늘 바쁘게 움직였다. 일단 손님들에게 전화를 걸어 안부를 묻거나 저녁때 꼭 들르라며 콧소리를 섞어 애교를 떨었다. 매상도 그렇고 팁도 받을 수 있어 아가씨들은 단골을 반겼다. 싹싹하고 애교가 넘쳐 조 양은 손님들에게 인기가 많았다. 조 양이 얼추 손님들에게 전화를 돌리고 나면 그제야 아가씨들이 하나둘 출근을 했다.

가장 늦게 나오는 김 양은 조 양이나 다른 아가씨들처럼 손님들에게 전화를 하지 않았다. 그녀를 찾는 손님들이 차고 넘치기 때문이었다. 그녀는 조 양처럼 싹싹하지도 친절하지도 않았다. 르네상스 식구들과도 잘 어울리지 않았다. 어울려 수다를 떨지도, 함께 밥을 먹지도 않았다. 손님들이 없을 때 그녀는 손님 방 한구석에 다리를 뻗고 앉아 헤드폰을 끼고 음악을 들으며 책을 읽었다. 책의 종류는 다양했다. 아가씨들 말로는 그녀가 서울에 있는 여대에 다니다 휴학 중이라고 했다. 그런데 부모의 어마어마한 빚을 떠안은 모양이었다. 유학을 위해 돈을 모으는 중이라는 말도 있었다.

술에 취하면 아가씨들은 김 양에게 다가가 괜한 시비를 걸었다.

하지만 그러다가도 그녀가 말없이 쏘아보면 그 도도한 눈빛에 압도당한 듯 곧 풀이 죽었다.

"유학 좋아하네, 부모 없고 돈 없는 건 너나 나나 마찬가진데, 그러면 뭐 나을 줄 알아?"

가끔씩 소리치고는 아가씨들은 시작이 어딘지 모를 서러움이 폭발해 주저앉아 눈물을 터트렸다. 하지만 시비도 서러움도 다음 날이면 언제 그랬냐는 듯 그녀들은 한결같은 얼굴로 출근해 김 양에게 애교를 떨었다.

"잘생겼다 오빠, 나이가 몇이야?"

손님 중에는 여자들도 꽤 있었다. 소문이 났는지 현우가 온 후에는 여자들은 새로 왔다는 잘생긴 남자부터 찾았다. 헛소리 말라며 마담은 음흉한 눈들을 험악하게 쏘아봤다. 그러면 뿌루퉁한 얼굴로 여자들은 말없이 자리에 앉았다. 하지만 술이 한두 잔 들어가면 여자들은 기어코 현우를 찾아내 치근대고는 했다. 그러다가 싸움이 붙기도 했다. 여자들은 현우에게 꼬리치지 말라며 서로 머리채를 잡았다. 싸움을 말리다가 현우는 되레 봉변을 당하기도 했다. 여자들을 데리러 온 남자들은 다짜고짜 현우의 멱살을 잡고 주먹을 날렸다. 한바탕 소동이 끝나면 아가씨들은 제 일인 양 현우의 부은 얼굴을 보며 울상을 했다.

소란에는 아랑곳없이 김 양은 그저 자기 손님들을 받았다. 그녀

156

는 지역 유지 중에서도 높은 사람들을 상대했다. 애교도 없었고 싹싹하지도 않았지만 그녀는 외국어가 가능했다. 가끔씩 일본 바이어들과 함께 오는 유지들은 김 양에게 미리 예약을 하고 왔다. 밖에서 통역이 필요할 때면 웃돈을 주고 모셔가기도 했다. 통역을 할 사람이야 많았지만 그녀만의 역할이 있는 모양이었다. 조 양이 주로 공장 인부들을 상대한다면, 김 양은 안쪽에 있는 가장 크고 좋은 룸에서 양주를 먹는 손님을 상대했다.

"저기요……."

그날도 김 양은 현우의 눈인사를 외면하고 지나쳤다. 그런데 그녀의 뒷모습을 무심코 따라갈 때였다. 풀려 늘어진 리본이 눈에 거슬린다 싶은 순간 현우는 자신도 모르게 그녀를 불러 세웠다.

흠칫 멈춰선 김 양은 그녀답지 않게 동그란 눈이 됐다.

"옷이…… 리본이 풀려서……."

말을 하고는 현우는 얼른 몸을 돌렸다.

"그냥 가면 어떡해요?"

이번에는 그녀가 현우를 멈춰 세웠다.

"풀렸다면서요. 시간 없으니까 빨리 묶어요."

그녀는 다가와 등을 내밀었다. 현우는 얼른 주위를 둘러봤다. 깊게 파진 원피스에 훤히 드러난 뽀얀 속살. 갑자기 식은땀이 쭉 솟았다.

"빨리!"

그녀는 등을 더 바싹 들이댔다. 현우는 천천히 손을 뻗었다. 허리께까지 늘어진 두 갈래 끈을 양손으로 잡고 매듭을 묶었다. 리본 모양이 살아나게 정성껏 모양도 잡았다.

그렇게 리본이 제 모양을 갖춰 갈 때였다. 갑자기 현우의 머리가 꺾이며 몸이 뒤로 넘어갔다. 이어서 중심을 잃고 흔들리는 얼굴로 주먹이 날아왔다. 현우는 속수무책으로 바닥에 나동그라졌다.

"무슨 짓이야!"

김 양의 비명을 듣고야 현우는 씩씩대는 덩치가 눈에 들어왔다. 그제야 감이 잡혔다.

"너 미쳤어?"

김 양은 가는 손에 힘을 줘 덩치의 뺨을 쳤다.

"너야말로 이 새끼랑 멉히는 기야?"

한바탕 소란에 마담과 조 양이 뛰어왔다. 나동그라진 현우를 본 마담은 이맛살을 찌푸렸다.

"무식한 새끼!"

김 양의 차가운 눈이 덩치에게로 날아갔다. 시간이 없어 그녀는 쓰러진 현우를 일으켜 세우고는 서둘러 손님 방으로 들어갔다. 덩치는 그녀가 전보다 훨씬 더 자신을 멀리할 거라는 걸 안 것 같았다. 마담의 손에 끌려가며 그는 모든 게 그의 탓이라는 듯 현우를 쏘아봤다.

"소현이 오라고 해!"

덩치는 평소보다 빨리 취했다. 취기가 더해질수록 김 양의 이름을 애타게 불렀다. 현우는 그제야 김 양의 이름이 소현이라는 걸 알았다. 하지만 그녀는 그가 있는 방에 가지 않았다. 예약된 손님이 있다는 핑계였다. 잠깐 얼굴만 보여 달라는 덩치의 부탁도 그녀는 들어주지 않았다.

김 양 대신 방으로 들어간 마담은 다짜고짜 덩치의 뺨을 쳤다. 놀란 현우가 방안으로 뛰어들려는 순간이었다. 덩치가 갑자기 눈물을 터트렸다.

"정신 차려! 그애는 니 상대가 아니야!"

마담은 눈물을 흘리는 덩치를 어린애 달래듯 했다.

"난 그 애밖에 없어요."

덩치의 눈물에 진심이 보여 마담은 가슴이 짠했다.

＊

현우는 옥상에 올라가 밤하늘을 봤다. 달빛이 밝았다. 덩치에게 맞아 아직도 얼얼한 얼굴 때문일까. 자신과는 너무 먼 빛 같아 눈물이 날 것 같았다. 현우는 다시 아래를 내려다봤다. 불이 들어온

시가지의 풍경 또한 밝았다. 역시 자신과는 다른 곳의 빛인 것 같았다.

"떠나고 싶니?"

고개를 돌리자 술기에 젖은 마담이 서 있었다. 현우는 웃으며 고개를 저었다.

"이리 와서 앉아봐."

마담은 어정쩡하게 서 있는 현우를 끌어다 평상 위에 앉혔다. 마담은 현우의 눈을 잠시 들여다봤다. 어색해 고개를 돌리려는 순간이었다. 그녀는 들고 온 연고를 현우의 부푼 얼굴에 정성껏 바르기 시작했다.

"떠나고 싶으면 떠나도 돼."

연고로 반들거리는 얼굴에서 손을 떼며 마담은 무심히 말했다. 하지만 현우는 절대 떠나지 않았으면 좋겠다는 뜻으로 들렸다. 그녀는 그가 생각했던 술집 여자들과는 달랐다. 술집 여자들이 어떤지 잘 모르지만 아무튼 그는 그녀가 좋았다. 할 수 있다면 그녀를 돕고 싶었다. 그래서 가게 일을 더 열심히 했다. 하지만 그러면 그럴수록 현우에게 시비를 거는 사람들은 늘어났다. 억울하게 매를 맞는 일도 잦았다. 그때마다 마담은 현우를 더욱 안타깝게 바라봤다.

처음 잘생긴 현우를 두고 아가씨들은 싸우고 치근대고 희롱도 했다. 하지만 얼마 안 가 그녀들도 현우가 봉변을 당할 때면 자신들의 일인 양 흥분해 길길이 뛰었다.

"그 인간 또 왔어. 그 이상한 놈!"

아가씨 하나가 손으로 팔의 소름을 털며 내실로 들어섰다.

술에 취하면 누구든 이상해졌지만 취하지 않고도 이상한 놈으로 불리는 남자가 있었다. 얼굴이 하얀 남자는 늘 혼자 와 술을 마셨다. 보기에는 소심하고 점잖아 보였지만 남자의 방에서 나오는 아가씨들은 하나같이 진저리를 쳤다. 나름 산전수전 다 겪은 아가씨들을 진저리치게 할 만큼 남자는 변태적 성향이 있었다. 아가씨들이 털어놓는 그의 이상한 행동은 듣기만 해도 소름이 끼쳤다. 전에 있던 아가씨 하나는 그를 따라 2차를 나갔다가 그날로 르네상스를 나갔다고도 했다. 그래도 팁은 두둑이 줘 돈을 보고 참는 아가씨도 있었다. 하지만 그녀들도 끝내는 소리를 지르며 방을 도망치듯 빠져나왔다.

"제발 저 인간 좀 못 오게 해. 마담 언니."

하지만 그녀들도 어쩔 수 없다는 걸 알았다. 워낙 좁은 동네라 가게에 드나들 수 있는 사람들은 뻔했다. 게다가 그 지역에서는 꽤 큰 공장의 상무이자 회장의 아들이었다.

"아니 저런 놈이 왜 여길 와. 서울 같은 데로 가면 더 좋은 데 많은데……."

"그런 데서 저런 변태를 상대해 주겠니? 그런 데 가서 무시당한 거 여기 와서 화풀이 하는 거 아니겠어. 만만한 게 우리지."

그런데 어느 날 남자가 들어섰다. 이미 약간의 취기가 묻어 있었다. 그는 주문을 받으러 온 웨이터에게 아가씨 말고 현우를 불러달라고 했다.

먼젓번 남자의 방에서는 또 소란이 있었다. 아가씨 하나가 들어가고 얼마나 지났을까, 남자의 방에서는 여지없이 찌를 듯한 비명이 터져 나왔다. 창고 정리를 하던 현우는 놀라 소리가 나는 방으로 뛰어들었다.

현우는 그만 정신이 멍할 지경이었다. 르네상스 아가씨들 중에는 가장 무던해 까다로운 손님을 상대하는 문 양이 속옷 바람으로 테이블을 뒹굴고 있었다. 옷을 벗을 때마다 팁이 올라간 모양이었다. 속옷까지 벗을 수 없어 그만 하자며 돌아서는데 남자가 힘으로 속옷을 내리고는 음부에 돈을 꽂아 넣었다고 했다. 거금에 혹해 변태에 희롱당한 자신이 한심했을까. 그녀는 옷을 움켜쥔 채 몸부림치고 있었다. 현우는 자신의 옷을 벗어 문 양의 몸에 걸쳐주고는 방을 빠져나왔다. 여자에게 옷을 벗어주느라 드러난 현우의 몸을 남자는 한동안 바라봤다.

혹시 지난번 문 양을 데리고 나온 일 때문일까. 마침 마담이 없어 아가씨들은 머리를 맞대고 어떻게 할지를 궁리했다. 하지만 아무리 생각해도 현우를 들여보내는 수밖에 없었다.

162

"설마 자기한테까지 이상한 짓을 하겠어?"

현우는 자신이 들어가지 않으면 아가씨들이 봉변을 당할 거라는 걸 알았다. 아니 마담이 해를 입을 것 같았다. 현우는 얼굴이 하얀 남자가 있는 방으로 들어갔다. 남자가 보이자 고개를 숙여 정중히 인사했다. 소파에 앉은 남자는 손짓으로 가까이 오라고 했다. 꽃무늬 카펫이 깔린 바닥을 가로지르자 이번에는 눈으로 앉으라고 했다.

"지난번 일도 있고, 술 한 잔 합시다."

남자가 쥐어준 술잔에는 곧 술이 담겼다. 남자는 자신의 잔에도 술을 따랐다.

"나 그렇게 나쁜 사람 아니야."

술이 몇 잔 들어가자 남자는 말이 많아졌다. 현우는 잠자코 남자의 말을 들었다. 처음에는 여기서 무슨 일을 하는지, 어떻게 오게 됐는지, 별것 아닌 질문을 했다. 술이 별로 세지 않았지만 현우는 주는 대로 마셨다. 자신이 시간을 때우면 아가씨들이 들어오지 않아도 될 것 같았다. 그러면 아무 일도 일어나지 않을 것 같아 현우는 남자가 따라주는 독한 술을 찡그리지도 않고 받아 마셨다.

그렇게 술에 취해 갈 때였다. 어느 순간 보니 남자의 하얀 손이 그의 허벅지에 얹혀 있었다. 처음에는 별로 신경 쓰지 않았다. 하지만 시간이 지나자 어느새 사타구니까지 올라와 있었다. 화들짝

163

현우는 남자의 손을 뿌리쳤다. 몸을 일으키려 엉덩이를 들었다. 하지만 현우의 몸은 그대로 붉은색 소파로 쓰러졌다. 남자는 그의 몸을 순식간에 타고 올랐다. 얼굴 위로 물큰한 혀가 닿았다. 현우는 진저리치며 남자에게서 벗어나려 버둥거렸다. 취해서일까. 몸이 말을 듣지 않았다. 수치심과 무력감이 더욱 몸을 옥죄었다. 그렇게 얼굴이 하얗고 약해 보이는 몸에 깔려 몸부림칠 때였다.

문이 열렸다. 문틈을 비집고 들어오는 상기된 얼굴. 현우는 정신이 없는데도 그렇게 화가 난 마담은 처음이라는 생각을 했다. 동시에 안도감이 들었다. 아니나다를까. 마담은 남자를 현우의 몸에서 떼어냈다. 아무리 발버둥쳐도 떨어지지 않던 몸이 마담의 손에 검불처럼 날아갔다. 뒤이어 웨이터와 아가씨들이 몰려왔다. 웨이터들은 바닥에 널브러진 남자를 밖으로 끌어냈다.

"다신 발길도 얼씬 하지 마, 이 변태 새끼야!"

조 양이 소리쳤고 뒤이어 다른 아가씨들도 같은 말을 했다.

"오기만 해봐, 가만히 안 둘 줄 알아!"

말끝에 아가씨들은 저희들끼리 마주보며 한바탕 웃음을 쏟았다. 아까까지의 서슬은 어딜 가고 마담은 아무 말도 하지 않았다. 현우의 얼굴을 똑바로 보지도 않았다. 마담이 방을 나가자 아가씨들의 웃음도 사라졌다. 이내 앞으로 닥칠지 모를 일에 대한 두려움으로 곧 얼굴이 굳었다.

"오늘부터 심부름 좀 해."

마담은 외상값을 받아오라고 했다.

"귀찮고, 힘들어서……."

오랫동안 자신이 해오던 일을 맡기는 이유는 간단했다.

그 후 외상값을 받으러 갈 때가 현우가 외출하는 유일한 시간이 됐다. 르네상스에 온 후 현우는 딱히 외출할 일이 없었다. 하고 싶어 하지도 않았다. 처음에는 길도 모르는 현우에게 일을 맡긴다며 못마땅해하는 사람들도 있었다.

"나간 김에 바람 좀 쐬고 와."

사람들의 눈총에도 마담은 심부름을 시킬 때마다 현우의 손에 지폐를 쥐어줬다.

"오늘은 손님이 많으니까 곧장 와."

하지만 평소와 달리 그날은 지폐를 쥐어주지 않았다. 현우는 얼른 갔다 와 일을 도울 생각이었다. 밖에 나가 딱히 할 일도 없었다. 르네상스의 웨이터들은 안에만 틀어박힌 그를 세상물정도 모른다며 비웃기도 했다. 하지만 세상 돌아가는 건 굳이 밖에 나가지 않아도 알 수 있었다. 아가씨들의 이야기만으로도, 어깨너머로 손님들이 주고받는 이야기만 들어도 충분했다.

165

바쁜 마음으로 버스에서 내려 주위를 두리번거렸다. 처음 온 곳이지만 곧 길 건너편에 약도에 적힌 건물 간판이 보였다. 파란불로 바뀌자 재빨리 길을 건넜다. 그런데 막 모퉁이를 돌 때였다. 무심코 고개를 돌린 순간 길 한편에 있던 극장 간판이 불쑥 눈으로 뛰어들었다. 뭔가에 부딪힌 듯 우뚝 걸음을 멈췄다. 허름한 삼류극장에는 알 파치노의 영화「스카페이스」가 재상영 중이었다. 현우는 잠시 동안 극장 간판을 올려다봤다.

언제였을까. 아버지는 싫다는 현우를 끌고 극장으로 갔다. 어린이날이었다. 그날 현우의 책상 위에는 전날 학부형들이 나눠준 공책과 연필이 쌓여 있었다. 어디서 났는지 묻던 아버지는 그제야 어린이날이라는 걸 안 것 같았다. 잠시 무안한 표정이더니, 아버지는 특별한 선물이라도 하겠다는 듯 그를 데리고 극장에 갔다. 호기롭게 끌고 갔지만 정작 안으로 들어갈 수는 없었다.

"이거 미성년자 관람불가예요!"

매표원은 까까머리의 현우와 아버지를 번갈아 보며 어이없는 표정을 지었다.

"보호자랑 같이 들어가는데 어때? 내가 얘 아버지고 난 영화감독이야!"

아버지는 매표원과 한동안 실랑이를 벌였다. 극장에서 일하며 영화감독 정인호도 모른다며 아직 어린 티를 벗지 못한 매표원을 다그쳤다. 결국 그녀는 두 손을 들고 말았다. 그렇게 아버지는 어두컴컴한 극장 안에 어린 현우를 앉혔다.

"어린이날에는 이런 영화를 봐야 하는 거야. 이건 내가 본 최고의 가족영화다. 너도 잘 봐둬."

하지만 아버지 말과 달리 영화는 초반부터 피가 튀고 총질이 난무했다. 피범벅이 된 사람들이 쉬지 않고 뛰어다니는 통에 머리가 어지럽고 속이 메스꺼웠다. 결국 극장을 나와 화장실에 달려간 현우는 먹은 걸 모두 게워내야 했다.

현우는 알 파치노가 그려진 간판을 잠시 바라봤다. 그림 속에서도 그의 눈에서는 여전히 불꽃이 튀었다. 현우는 무언가에 홀린 듯 가진 돈을 털어 표를 사고 안으로 들어갔다. 눅눅하고 퀴퀴한 냄새가 나는 의자에 앉자 곧 영화가 시작됐다. 아버지의 손에 끌려, 아니면 학교에서 단체관람을 할 때 말고는 온 일 없는 극장이었다. 현우는 어두컴컴한 극장 안에 있는 자신을 이해할 수 없었다.

그런데 이해할 수 없는 건 그뿐이 아니었다. 영화는 역시나 처음부터 피가 튀고 총질이 난무했다. 이런 영화를 가족영화라며 어린이날 아들에게 보여주다니. 죽어도 아버지를 이해 못할 것 같았는데. 하지만 그는 영화가 달리 보였다. 아버지가 왜 최고의 가족영화라고 말했는지 알 것 같았다. 그렇게 아버지가 이해되려는 자신이 너무 어이없어 화가 날 지경이었다. 그 옛날 그저 깡패일 뿐이던 알 파치노의 동생에 대한 사랑이 가슴에 사무쳤다. 어린아이를 죽일 수 없어 몰락을 자초하는 알 파치노의 눈빛에 온몸에 전율이 끼쳤다. 그리고 현우는 어느 순간부터 자신도 모르게 울고 있었다.

그곳에는 늘 붉은 배경 속에서 알몸을 드러낸 채 누군가를 유혹하는 여자들이 있었다. 영화뿐이 아닌 극장 간판만 봐도 역겨워 속이 울렁거렸다. 그런데 그 낯 뜨거운 세계를 보며 눈물을 흘리다니.

그날 극장에서 현우는 세상에는 자신이 모르는 숨은 그림들이 많다는 것을 깨달았다. 어쩌면 그 숨은 그림이 세상의 진짜 모습이고 여태 그가 본 세상은 가식과 허위로 싸인 가짜가 아니었을까. 어느 날 아버지가 말했다.

"영화에서 여자들이 옷을 벗을 때처럼 옷이 돋보일 때가 없지. 뭘 입었는지 관심도 없다가도 사람들은 그제야 숨죽이고 옷만 보거든."

현우가 아버지를 좋아할 수 없었던 것은 엄마 옷을 하찮게 여기기 때문이었다. 그런데 실은 아버지가 엄마 옷을 가장 소중히 여기는 사람은 아니었을까. 현우는 순간 온몸에 피가 끓어올랐다. 세상에서 엄마를 사랑하는 사람은 자신뿐이었다. 엄마를 사랑하지 않고 엄마의 옷을 하찮게 여기는 아버지는 그에게 늘 경멸의 대상이었다. 그래서 아버지가 소중히 여기는 그 영화라는 것조차 현우에게는 경멸할 수밖에 없는 세계였다. 그런데 갑자기 아버지에게 늘

지고 있었다는 생각이 들었다. 지는 것도 모르게 철저한 패배자였던 자신이 수치스러워 견딜 수 없었다. 화가 났다. 치미는 분노로 주먹을 꼭 쥐었다. 가난과 그동안의 수치도 모자라 이런 패배감마저 들게 하다니. 아버지를 도저히 용서할 수 없었다.

현우는 마음을 다잡았다. 여자들이 배우 해보라고 할 때마다 얼굴에 침이라도 맞은 기분이었다. 하지만 배우라는 말이 떠오른 순간이었다. 현우는 온몸에 불같은 열이 끓어올랐다. 왜 여태 그 생각을 못했을까. 그것이야말로 가난과 수치만을 물려준 아버지에 대한 진정한 복수라는 걸.

"무슨 일이야?"

한참 만에 나타난 그를 본 마담은 깊은 한숨을 쏟았다. 다른 사람들도 안도하는 얼굴이었다. 몇몇은 의심하던 자신의 예상이 빗나가 조금 아쉬운 표정을 짓기도 했다. 둘만 남자, 마담은 애써 현우를 쏘아봤다.

"죄송해요. 돈은 못 받아 왔어요……."

현우는 미안한 얼굴로 그녀의 눈을 피했다. 눈에 총기가 없이 넋이 나간 사람 같았다.

"내일 다시 가."

현우는 종일 허깨비 같았다. 하는 일은 모두 실수투성이였다. 그가 맥주를 쏟고 병을 깨트릴 때마다 덩치들은 주먹을 날릴 듯한 얼굴로 달려들었다.

"영화를 봤어요."

처음부터 영화 이야기를 할 생각은 아니었다. 그저 뭔가 말을 해야 할 것 같았다. 그런데 자신도 모르게 그렇게 말하고 말았다. 마담은 현우의 얼굴을 가만히 올려다봤다. 종일 초점 없던 눈에 그제야 빛이 보였다.

"실은 아버지가 영화감독이었어요……, 하지만 영화 따위는 꼴도 보기 싫었는데……."

현우는 아버지 얘기도 해버렸다. 왜 그런 말을 하는지 자신도 이해할 수 없었다.

"네가 정인호 감독 아들이었니? 나 너희 아버지 영화 알아."

마담은 영화에 대해 많은 걸 알고 있었다. 마담은 어떻게 그렇게 잘 아냐고 묻는 듯한 현우의 눈을 잠시 들여다봤다.

"나도 한때는 배우가 꿈이었어. 이렇게 이런 일을 하게 된 것도 그것 때문이었지."

마담은 괜한 말을 했다는 듯 씁쓸히 웃었다.

"어울렸을 것 같아요. 배우를 하셨어도."

그날 이후 현우의 입에서는 영화 이야기가 자주 나왔다. 가게가 문을 열기 전에 슬그머니 사라졌다가 돌아오는 일도 잦았다. 영화를 보고 온다는 걸 알았지만 마담은 모른 척했다.

170

그날도 현우는 영화를 보고 돌아왔다. 그저 그런 멜로였지만 남자 주인공의 눈빛은 인상적이었다. 극장을 나와 현우는 쇼윈도에 자신의 모습을 비춰 봤다. 영화에서 본 우수에 젖은 눈빛을 흉내 내기도 했다.

현우는 슬그머니 뒷문으로 들어갔다. 아직 마담과 몇몇 웨이터들 말고는 없을 시간이었다. 아가씨들이 벌써 출근해 거울 앞에서 분을 바르고 있었다. 웨이터들도 쓸고 닦느라 분주했다. 중요한 손님들이 오는 모양이었다. 마담의 얼굴 또한 긴장으로 굳어 있었다.

"오늘 잘들 해야 한다. 니들."

마담은 전에 없이 잔소리도 했다. 그녀가 막 청소를 하는 웨이터들을 다그칠 때였다.

"너 왜 인제 와? 일찍 오라니까."

하지만 소현은 말없이 마담을 지나 내실로 들어가 버렸다.

"저게 진짜……."

평소에도 콧대가 높았지만 그날은 다른 때와도 사뭇 달랐다. 다른 아가씨들이 준비를 끝냈을 때까지도 그녀는 화장도 안 하고 얼굴을 찌푸린 채 소파에 앉아 있었다. 배를 움켜쥔 채 가끔 인상을 찌푸리는 걸 보면 아무래도 몸이 안 좋은 모양이었다. 겨우겨우 그녀가 단장을 마칠 때쯤 손님들이 들이닥쳤다.

"아픈 거야? 그럼 쉬든지."

마담이 손님 방으로 들어가려는 그녀를 붙잡았다. 진한 화장에도 얼굴이 몹시 창백했다.

"됐어요. 오늘이 어떤 날인데……."

소현이 들어가자 손님들의 환호성이 터져 나왔다. 물론 중요한 손님이지만 그래서 아가씨들은 힘든 날이었다. 비행기를 타야 하는 손님들의 시간에 맞춰 이른 시간부터 술판이 벌어졌다. 다른 아가씨들은 들락날락할 수도 있었지만 통역을 해야 하는 소현은 한시도 방에서 나올 수 없었다. 화장실을 핑계로 겨우 빠져나와서는 속이 안 좋은지 속엣것을 모두 게워내는 것 같았다.

그런데 어느 때쯤이었다. 룸 쪽이 소란했다. 흐트러진 빈병을 박스에 정리하던 현우는 불길한 마음에 얼른 소리가 나는 쪽으로 달려갔다. 벌써 웨이터들이 모두 문밖에 모여 있었다.

"이거 문 닫으라고 해! 서비스가 왜 이래? 내가 누군 줄 알고!"

남자는 취기와 화가 겹쳐 폭발 직전이었다. 마담은 남자를 두 팔로 감싸 안았다. 그제야 웨이터들이 안으로 들어가 소현을 들쳐업고 나왔다. 아가씨들은 다른 남자들을 진정시키느라 안절부절못했다. 소현이 게워낸 걸까. 주방 아줌마도 나와 바닥의 토사물을 수습하고 있었다. 결국 손님들이 주는 술을 이기지 못한 모양이었다.

하지만 소란은 거기서 그치지 않았다. 방을 나와서도 소현은 정신을 차리지 못했다. 결국 그녀는 병원으로 실려 갔다. 소란은 마담이 손이 발이 되도록 빌며 겨우 남자들을 돌려보낸 후에야 마무리됐다.

"어쩔 거야?"

며칠 후 다시 나타난 소현을 마담이 불러 앉혔다. 소현은 그새 얼굴이 반쪽이 돼 있었다. 마담이 하는 말을 누군가 엿들은 모양이었다. 소현이 임신했다는 소문이 삽시간에 퍼졌다.

"아빠가 누구야?"

아가씨들이 소현을 둘러쌌다.

"그 사람이니?"

누군가 쏘아붙이는 말에 꼿꼿하던 소현이 갑자기 눈물을 터트렸다. 동시에 아가씨들의 입에서는 일제히 탄식이 터졌다.

하지만 소현은 다음날부터 아무 일 없다는 듯 제시간에 나와 단장을 하고는 손님을 맞았다. 그렇게 한동안 잘 버틴다 싶었는데. 예약 손님이 밀어닥치는데도 소현이 나타나지 않았다. 마담과 아가씨들은 그녀를 찾는 손님을 달래느라 진땀을 뺐다.

몸이 아파 며칠 쉬는 거라 짐작했는데, 하지만 며칠 후 덩치들이 들이닥쳤다. 영업 시작도 전에 몰려온 덩치들은 소현을 찾아내라며 마담에게 험악하게 뜬 눈을 부라렸다. 소현이 아이를 낳겠다며 남자를 찾아간 모양이었다. 일본인 부인이 있는 사람이라고 했다. 부인 덕에 사업을 하는 남자는 아이를 원하지 않았다. 혹 일본에 있는 부인이 알기라도 하면 큰일이었다. 일본에 데려가겠다던 남자는 아이를 지우라며 달래다가 듣지 않자 협박을 했고 그렇게 소현은 몸을 숨긴 모양이었다. 일본에 있는 부인을 찾아가겠다는 말을 남긴 채였다.

"미친년! 그냥 돈 준다고 할 때 끝내지. 왜 숨고 지랄이야!"

아가씨들은 진을 친 덩치들을 보며 불안한 눈을 주고받았다.

"그 기집애 어디다 숨겼어?"

덩치들은 소현이 나타나지 않으면 장사는 끝이라며 으름장을 났다. 하지만 시간이 지나도 소현은 나타나지 않았다. 덩치들이 들락거리자 손님은 끊겼고 외상값도 받을 수 없었다. 그러다가 말겠거니 했지만 생각보다 덩치들은 끈질겼다. 하루하루 돈이 들어와야 하는 르네상스 사람들은 그만큼 버티기가 힘들었다. 시간이 지나자 사채업자들은 이자를 독촉했고 아가씨들도 각자의 빚에 시달렸다.

"니들 다른 데 알아봐."

더 이상 버티지 못한 마담의 말에 누군가는 눈물을 터트렸다. 누군가는 올 것이 왔다는 듯 한숨을 쉬기도 했다. 누군가는 벌써 옮길 곳을 알아본 상태였고 누군가는 갈 곳을 이미 정하기도 한 것 같았다.

"빙신 같은 년 하나 때문에 이게 뭔 꼴이야!"

누군가는 그렇게 소리치기도 했다.

그래도 지역 유지들이 꽤 북적이던 곳이었는데. 르네상스가 정리되는 건 그리 오래 걸리지 않았다. 사람들이 떠나고 텅 빈 룸과 홀을 보며 현우는 자꾸 뭔가 무너져 내리는 느낌이었다. 그것이 아가씨 하나의 고집으로 생긴 일이라는 것이 믿기지 않았다. 하지만 현우는 새 주인이 들이닥치고야 알았다. 가게가 넘어간 건 아가씨 하나 때문이 아니란 걸.

"여기 내가 좋은 바로 만들 생각이야. 심심해서. 이렇게 목이 좋은 데 후진 술집이 있는 게 안 그래도 눈에 거슬렸어."

새 주인이라는 사람이 들어선 순간이었다. 몰려든 어지럼증에 현우는 얼른 손으로 벽을 짚었다. 마담도 충격을 받은 듯 한동안 말을 하지 못했다. 모든 게 자신의 잘못인 것만 같아 현우는 마담 얼굴을 똑바로 볼 수 없었다. 남자의 하얀 얼굴에 주먹을 날리는 상상을 하며 그저 주먹을 꼭 쥘 뿐이었다.

사람들은 그렇게 떠났다. 이제 덩치들도 드나들지 않는 르네상스에는 현우와 마담 둘뿐이었다.

"어쩌실 거예요?"

현우는 울음이라도 터트릴 것 같은 얼굴이었다. 마담은 애써 웃어보였다. 화장기 없는 얼굴이 처음인 듯 낯설었다. 아이라인이 사라진 눈과 말갛게 드러난 피부가 평소보다 훨씬 어려 보였다. 현우는 새삼 그녀의 나이를 잘못 짐작하고 있었을지 모른다고 생각했다.

"떠날 거야. 정리되는 대로. 잘 됐지 뭐. 이 짓도 지긋지긋했는데. 이제 너만 가면 되네."

떠나는 사람들은 대부분 눈물을 흘렸다. 하지만 마담은 눈물을 보이지 않았다. 그저 돈 계산만 했다. 챙겨줄 게 있는 사람에게는 정확히 챙겨줬고, 받을 게 있는 사람에게는 악착같이 돈을 받았다.

"떠나. 너도. 영화판으로 가. 그거 하고 싶잖아."

현우는 고개를 돌려 마담을 바라봤다. 영화, 갑자기 몸 깊숙한 곳에서 알 수 없는 통증이 밀어닥쳤다. 통증은 곧 온몸으로 번져올랐다. 한동안 흔들리던 눈동자가 멈춰 선 곳은 마담의 카디건 속 원피스였다. 분홍빛 원피스. 그녀를 처음 봤을 때 입었던 옷이었다. 햇살같이 쏟아지는 눈빛에 마담은 왠지 얼굴이 붉어져 얼른 몸을 일으켰다. 하지만 현우는 마담의 원피스 자락을 와락 움켜잡았다. 그녀는 허물어지듯 주저앉았다. 흔들리던 눈에 곧 눈물이 차올랐다.

"넌 왜 그런 눈을 가졌니? 널 보면 누군가가 자꾸 생각나. 그래서 미치겠어."

현우는 소리 없이 흐르는 눈물을 손으로 쓸었다. 얼굴에서 손을 내려 그녀를 가만히 안았다. 손에 감긴 원피스 자락을 조심히 떨리는 몸에서 벗겨내는 동안 그녀는 현우의 입과 몸에 따뜻하게 입을 맞췄다.

176

현우는 그 새벽에 안개 속에 묻힌 르네상스를 나왔다. 마담은 잠든 채였다. 엄마의 원피스가 그녀의 머리맡에 흐트러져 있었다. 현우는 나서기 전 잠든 여인과 원피스를 한동안 바라봤다.

현우는 이곳저곳을 떠돌았다. 햇빛이 눈부신 어느 날이었다. 바다가 보이는 도로에서 그는 가방 깊숙하게 넣어둔 명함을 꺼내들었다. 부신 눈을 부비며 현우는 할머니가 쥐어준 그것을 한동안 들여다봤다. 파도에 떠밀려온 바닷바람이 시린 등을 자꾸 떠밀었다.

11. 기억 속의 소년

"모델의 사진은 이젠 질렸다고 생각하고 있었다. 영화 스타 쪽이 살아 있는 인간으로 보였다. 스타에게는 친근감을 느끼게 된다."

— 루빈스타인(패션 기자)

줄리아는 오전 내내 지하 스튜디오에서 촬영 장비가 세팅되는 걸 지켜봤다. 새 브랜드 모델의 오디션이 있는 날이었다. 오랫동안 준비해 온 브랜드라 모델을 뽑는 데도 신중을 기했다. 광고는 지면으로만 할 계획이었다. 브랜드를 알리기 위해서는 유명 모델을 쓰는 게 도움이 될 거라는 의견이 많았다. 하지만 새 브랜드이니만큼 신선한 얼굴이 필요했다. 신비감을 주고 싶었다. 몇 컷의 사진이지만 모델은 브랜드 이미지 구축에 중요했다. 오디션을 패션센터에서 하는 것도 자신이 직접 꼭 맞는 모델을 찾기 위해서였다.

시간이 되자 조각 같은 청년들이 하나둘 패션센터 안으로 들어섰다. 유명배우나 모델은 아니지만 장래가 촉망되는 청년들이었다. 줄리아는 그동안 오디션에 초대할 대상을 물색하는 데도 많은 시간을 들였다. 영화를 보고 연극과 패션쇼를 보고 무수한 추천도 받았다. 그런데 막상 들어서는 청년들을 보니 마음이 편치 않았다. 물론 하나같이 흠잡을 데 없는 미남들이었다. 하지만 실제로 보니 생각했던 이미지와는 딴판이었다.

그녀는 실망스러운 마음을 추스르며 모니터에서 잠시 눈을 뗐다. 손가락으로 관자놀이를 누르며 창밖을 잠시 바라봤다. 그런데 다시 모니터를 본 순간이었다. 그녀는 그만 자리를 박차고 일어났다. 허리를 굽혀 모니터에 눈을 바싹 들이댔다. 뻣뻣하게 말랐던 눈동자에 순간 빛이 반짝였다. 온몸에 전율이 끼쳤다.

*

문 앞에서 현우는 잠시 패션센터 외벽의 벽화 장식을 바라봤다. 알몸인 채 부조된 흰 신상들. 다양한 표정과 몸짓이었지만 눈은 한곳으로 향해 있었다. 줄리아의 대표작 모란꽃이 그려진 드레스. 가끔씩 꿈에서 보던 벽화와 마주 서자 그는 목에서 뜨거운 것이 솟구치는 느낌이었다.

몇 년 전 벽화 아래서 패션쇼가 열렸다. 창립기념 패션쇼에는 최고의 모델들이 음악에 맞춰 무대를 거닐었다. 유명인사들도 런어웨이 양 옆에 서서 쇼를 지켜봤다. 성황리에 쇼가 마무리될 즈음 마지막으로 줄리아가 무대에 올랐다. 블루진과 니트가 레이어드된 재킷. 느슨하게 내려 묶은 웨이브 머리. 박수를 받으며 무대에 선 그녀는 하나의 작품 같았다.

현우는 자신도 모르게 사람들을 헤치고 앞으로 나갔다. 그녀가 옷을 만드는 사람이었다니. 운명이란 말이 번개처럼 머리를 스쳤다. 하지만 곧 다가가던 발을 멈췄다. 그녀와 눈이라도 마주칠까 얼른 몸을 돌렸다. 도망치듯 무대 곁을 빠져나오는 동안 사람들과 부딪치며 몸이 자주 흔들렸다. 하지만 걸음을 멈출 수 없었다. 화려한 그녀 앞에 서기에는 자신이 너무 초라했다.

영화판에 뛰어든 현우는 단역을 전전했다. 주어지는 역은 뭐든 마다하지 않았다. 그러다가 곧 비중 있는 역할도 맡았다. 어느 순간부터 역을 고를 수도 있었다. 하지만 현우는 돈이나 명성을 좇지는 않았다. 일단 작품성을 최우선으로 생각했다. 작품성을 우선시하다 보니 상업 영화와는 멀어질 때도 있었다. 하지만 불안하거나 초조하지 않았다. 다양한 캐릭터를 맡을 수 있는 저예산 영화에서 배우로서의 연기력을 다질 생각이었다. 역할만 좋다면 노개런티도 마다하지 않았다. 돈과 인기를 보장받을 수 있는 청춘물의 꽃미남 역할을 마다한 채 저예산 영화에서 그는 주로 하류 인생들을 연기했다. 사람들은 그의 영화에 대한 열정을 높이 평가했다. 물론 조연이었지만 그는 해외영화제에서 연기에 대한 호평을 받기도 했다. 귀국 후 에이전시라는 곳에서도 전화가 왔다.

"정현우 씨죠? 오디션 한번 볼래요?"

에이전시측에서는 배우 활동에 득이 될 거라고 했다. 전화기 너머의 목소리는 시큰둥한 현우를 설득하느라 열심이었다.

"대체 어떤 곳인데 제게 그런 제안을 하는 거죠?"

현우는 갑자기 호기심이 밀려들었다. 가슴에 조용한 파문을 느끼며 대답을 기다렸다.

*

줄리아는 한 영화의 포스터를 한동안 말없이 바라봤다. 사진 속 청년은 눈빛이 참 좋았다. 그날 이후 인터넷에서 틈틈이 청년의 정보를 검색했다. 많은 정보를 얻을 수는 없었다. 연기에 대한 열정이 대단한 배우라는 평이 가끔씩 보일 뿐이었다. 아마도 유명하지 않은 영화에서 인상적인 연기로 관심을 받기 시작한 모양이었다. 그런 무명이라면 오히려 섭외하기가 쉬울 것 같았다. 하지만 에이전시측 반응은 미지근했다. 그가 제안을 받아들이지 않을 거라며 다른 모델을 추천했다.

"왜죠? 인지도를 높여야 하는 입장에선 나쁘지 않은 기회일 텐데요."

의아함과 호기심이 섞인 줄리아의 목소리가 조용하던 실내를 울렸다.

"이 친구, 고집이 센 걸로 유명해요. 아무리 인지도를 높일 기회라고 해도 영화일 외엔 안 한다니까요. 영화도 저 좋은 것만 하고."

심드렁한 말투에 줄리아의 눈은 오히려 반짝였다.

"꼭 데려와요. 오디션에."

*

"알겠습니다. 그러죠."

현우의 대답에 전화기 너머에서는 잠시 침묵이 흘렀다. 적잖이 당황한 모양이었다. 한참 후에야 다시 입을 연 목소리는 오디션 장소와 시간을 알려주며 서둘러 전화를 끊었다.

현우는 소년처럼 부풀어 하얀 신상들이 내려다보는 패션센터의 유리문을 열었다. 동시에 수많은 옷들이 파도처럼 눈으로 밀려들었다. 하지만 옷을 제대로 보려는 순간이었다. 시간이 없다며 누군가 그의 팔을 낚아챘다.

현우는 우선 메이크업을 받고 머리를 만진 후 옷을 갈아입었다.

줄리아의 옷이라는 생각 때문일까. 옷을 입는 내내 심장소리가 귀에까지 둥둥 울렸다. 현우는 곧 카메라 앞에 섰다. 포토그래퍼가 시키는 대로 포즈를 취했다. 현우의 움직임을 따라 여기저기서 플래시가 터졌다. 빛과 함께 셔터 소리가 스튜디오 안에 동굴 속처럼 울렸다. 플래시 불빛에 눈이 부셔 앞이 보이지 않았다. 하지만 현우는 스태프들을 하나하나 꼼꼼히 살폈다. 쏘는 듯한 조명 불빛 너머의 어둠까지 보고 또 봤다. 하지만 끝까지 줄리아의 모습은 볼 수 없었다. 그렇게 몇 컷의 사진을 찍은 후 오디션은 싱겁게 끝났다.

현우는 허탈한 마음으로 패션센터를 나섰다. 자꾸 몰려드는 실망감에 발길이 떨어지지 않았다. 물론 오디션에 기대를 한 건 아니었다. 그저 저예산 영화에서 이제 겨우 조연을 벗어난 그가 초대받은 것부터가 어울리지 않는 일이었다. 그는 그때까지 변변한 화보 촬영 한번 해보지 않았다. 그가 찍은 사진이라고는 영화 홍보용 팸플릿에 넣을 사진 정도였다. 막상 카메라 앞에 서니 여간 어색하지 않았다. 그저 그녀를 만날 수 있을 거란 기대뿐이었다. 하지만 먼 발치에서라도 보고 싶었던 얼굴은 끝내 볼 수 없었다.

하지만 얼마 후 현우는 다시 패션센터 앞에 서 있었다. 문을 열고 안으로 들어가자 역시나 수많은 옷들이 눈으로 쏟아져 들어왔다. 거침없던 그의 발이 순간 걸음을 멈췄다. 그 옷들 속에 그녀가 있었다. 여러 사람들에 섞여 있었지만 현우는 그녀를 단박에 알아

183

봤다. 옷을 보는 눈빛. 부드러운 웃음. 블라우스와 스키니진, 형형색색의 옷 속에서도 빛나는 모습이었다.

옷 속의 그녀가 고개를 돌렸다. 그를 알아봤을까. 옷들을 헤치고 나온 그녀가 천천히 다가왔다. 환한 웃음과 함께 검고 깊은 눈동자가 다가올 때마다 현우는 그만 숨이 멎는 것 같았다. 세월이 비켜간 듯 그녀는 여전히 아름다웠다.

"반가워요. 사진보다 더 좋네요. 인상이."

줄리아는 그를 사무실로 안내했다. 앞으로의 계획을 직접 설명할 생각이었다. 처음에는 다른 스태프에게 맡길 계획이었다. 하지만 그의 얼굴을 본 순간이었다. 그녀는 다가오는 매니저를 돌려보냈다.

그녀는 우선 촬영에 필요한 콘셉트와 의상의 패턴 스케치를 보여줬다. 그리고 가끔 그의 의견을 묻기도 했다. 그는 웃거나 좋다고 말할 뿐이었다. 까다롭고 고집이 세다는 소문과 달리 얼굴에 가시지 않는 선한 웃음이 말 잘 듣는 소년 같았다.

현우는 스케치를 보면서도 줄리아의 얼굴을 힐끔거렸다. 줄리아는 자신의 말에 집중하지 않는 그가 거슬려 신경이 곤두섰다. 하지만 어느 때쯤부터 자신도 모르게 가슴이 뛰었다. 목소리까지 떨려 나왔다. 그녀는 겨우 설명을 마무리하고 현우를 돌려보냈다. 뒷일은 다른 스태프들에게 맡겼다. 혼자가 되자 그녀는 조금 전 떨림이

어이가 없어 웃음을 터트렸다. 생각할수록 당황스러워 얼굴이 점점 달아올랐다. 그런 어린애에게 가슴이 뛰다니. 붉어진 얼굴을 감추려 줄리아는 퍼프에 파우더를 묻혀 광대뼈 주위를 세게 두드렸다.

현우의 모델 발탁은 성공적이었다. 새로운 의상 콘셉트와 그의 이미지가 잘 맞아떨어졌다. 상업적인 때가 묻지 않은 젊은 배우의 모델 기용을 사람들은 신선해했다.

줄리아는 현우를 계속 모델로 하고 싶었다. 하지만 현우 쪽에서 더 이상 할 수 없음을 알려왔다. 그저 영화에 전념하고 싶다는 게 이유였다. 저예산이지만 나름 대형 영화사에서 제작하는 영화에 그는 처음으로 주연을 맡았다. 영화의 이미지가 모델과 맞지 않는다고 했다.

"그 영화 의상은 누가 맡았는지 알아봐."

줄리아는 현우가 한다는 영화 관계자에게 직접 전화를 걸었다.

"이번 영화 의상, 제가 맡죠."

저예산 영화에 톱디자이너가 직접 의상을 맡겠다니. 소문을 듣고 찾아온 기자에게 줄리아는 시나리오도 좋고 젊은 영화인들을 돕고 싶은 마음이라고 했다.

처음 재단이 끝난 옷을 봤을 때 그녀는 옷에 대한 믿음이 가지 않았다. 색은 파격적이지만, 그럼에도 디자인은 고루한 감이 있었다. 그런 옷을 소화할 모델이 있을까. 하지만 현우가 옷을 입은 순간, 줄리아는 파격적인 색과 고루한 선이 현우의 몸에서 어떻게 어우러지는지 눈으로 확인하고는 자신도 모르게 감탄을 터트렸다. 현우는 옷에 꼭 맞는 모델이었다. 그렇게 느낀 건 그녀뿐이 아니었다. 그가 옷을 입고 나오자 스태프와 디자이너들의 박수가 쏟아졌다.

"너무 훌륭하세요, 선생님."

디자이너들은 의상에 찬사를 쏟아냈다. 줄리아는 두 손을 꼭 맞잡았다. 앞으로도 자신의 옷을 그렇게 뛰어나게 소화할 모델은 없을 것 같았다. 골격과 근육, 우수에 젖은 눈빛까지. 그는 다른 모델들이 갖지 못한 뭔가를 갖고 있었다.

영화 의상을 위해 현우는 오랜만에 다시 패션센터의 문을 열었다.

"내가 할게."

줄리아는 줄자를 들고 다가오는 스태프를 막아섰다. 줄자를 건네받은 그녀는 의아해하는 눈들을 향해 씽긋 미소를 지어보였다.

현우는 전보다 약간 말라 있었다. 가슴에 줄자를 두르자 민트향의 스킨 냄새가 줄리아의 몸에 훅 끼쳤다. 순간 그녀는 줄자의 한 끝을 힘없이 놓치고 말았다.

"여긴 내가 할게. 다들 일들 봐요."

줄리아는 주변의 스태프들을 서둘러 내보냈다. 현우와 둘만 남자 가슴이 한층 더 요동쳤다. 도무지 모를 일이었다. 그녀는 결국 다시 줄자를 두르려던 손을 내렸다.

"이상해요. 현우 씨를 보면 왠지 낯이 익어요. 오래전부터 알고 있었던 것 같다고나 할까."

갑자기 속엣말을 하고는 줄리아는 얼굴이 달아올랐다. 당황한 그녀와는 달리 현우의 입가에는 알 수 없는 웃음이 번졌다.

"뭐야? 그 웃음은?"

줄리아는 더욱 붉어진 얼굴을 감추기 위해 자신도 모르게 화를 냈다. 현우는 그녀의 붉어진 얼굴에 자신의 얼굴을 바싹 들이댔다. 당황한 그녀는 한발 물러서며 등을 뒤로 젖혔다.

"잘 보세요. 우리 어디서 만났을까요?"

줄리아는 젖혔던 등을 펴고 현우의 얼굴을 가만히 들여다봤다. 다시 한 번 참 아름다운 얼굴이라는 생각이 들었다. 특히 우수에 젖은 눈이 참 좋았다. 타고난 배우의 눈이었다.

"눈이 참 좋죠?"

말하는 얼굴에서 쏟아지는 미소가 눈부셨다. 줄리아는 그제야 어렴풋한 기억 속의 한 소년을 떠올렸다.

＊

"네가 그때 그 아이라니 믿을 수 없다."

두 사람은 한 레스토랑의 테이블 앞에 마주앉았다. 오랜 세월의 어색함을 느끼지 못한 건 오렌지 빛 조명이 주는 안정감 때문이었다.

"네 아버지. 영화에 대한 열정은 대단한 분이셨어. 그렇게 내 가치를 알아주는 감독은 없었지. 물론 함께 작업은 못했지만."

줄리아는 잔을 들어 붉은 와인을 조금 마셨다. 시큼떨떠름한 와인이 목으로 넘어가자 입이 그새 마르는 느낌이었다.

현우는 줄리아가 말을 끊을 때마다 자신도 잔을 내려놓았다. 그녀는 뭔가 적절한 단어를 떠올리려 애쓰는 듯했다. 현우는 단어 하나에도 신경 쓰는 그녀가 온전히 자신을 바라볼 때까지 기다렸다. 줄리아는 와인과 물을 번갈아 자주 마셨다. 하지만 현우는 그녀의 긴장이 싫지 않았다. 누구 앞에서라도 거침없을 것 같던 그녀가 자신 앞에서 떨고 있었다.

생각할수록 꿈같은 일이었다. 그녀와 마주앉다니. 현우는 앞에 있는 잔을 들어 목을 축이려던 그녀의 잔에 부딪쳤다. 투명한 유리가 부딪치는 소리가 청량하게 테이블 위를 울렸다. 그도 잔을 입으로 가져갔다. 웨이터가 새로 가져온 와인의 맛이 조금 전과는 달랐다. 혀끝으로 달착지근한 맛이 스며들었다. 목안으로 넘어가자 온몸에 달콤함이 번졌다. 나른한 기분 때문일까. 꿈에 한발 다가간 느낌이었다.

"아버지와는 다른 영화를 할 거예요. 세상에 휩쓸리지 않는 그런 배우가 되고 싶어요."

그녀가 아는 아버지는 어떤 모습일까. 현우는 갑자기 궁금했다. 그게 어떤 모습이든 그는 그녀 앞에서 보란듯 아버지를 떼내고 싶었다. 하지만 한 번도 입밖으로 꺼내보지 못한 꿈. 영화를 꿈의 공간으로 만들겠다는 다짐을 말했을 때는 너무 벅차 가슴이 터질 것 같았다.

"여기는 부대낌이 많은 곳이야."

현우의 이야기를 들은 줄리아의 얼굴은 어두워졌다.

"내 모델을 계속 하는 게 어때? 세상에 휩쓸리지 않고 하고 싶은 일을 하려면 어느 정도 경제적 안정이 필요한데."

줄리아는 진심으로 걱정스러운 얼굴이었다.

"아직 영화로서 입지를 다진 게 아니라. 지금은 정말 영화에만 전념하고 싶어요……."

현우는 조금 미안해하는 것 같았다. 하지만 얼굴은 단호했다.

"좋아. 내가 도울게."

말하고는 그녀는 또 얼굴을 붉혔다. 왜일까. 처음에는 예상치 못한 만남 때문이라 생각했다. 하지만 시간이 흐를수록 어디서부터 시작됐는지 알 수 없는 떨림이 걷잡을 수 없이 가슴을 흔들었다. 그의 입에서 꿈이라는 말이 나왔을 때 그녀는 머리를 세게 얻어맞은 기분이었다. 아직도 그런 말을 하는 사람이 있다니. 아니 그런 말을 하는 사람은 많았다. 하지만 현우가 말한 꿈은 그 단어가 가진 뜻이 온전히 내포된 꿈인 것 같았다. 그리고 자신도 모르게 그녀는 다짐했다. 그의 꿈을 지켜주겠다고.

처음 줄리아는 현우가 출연하는 영화의 의상을 도맡았다. 아무리 작품이 좋다고 해도 흥행을 목적으로 하지도 않아, 돈이 되지도 홍보 효과도 없었다. 직원들의 반대가 심했다. 하지만 그녀는 단호했다. 시간이 지나자 그녀는 현우가 하고 싶어 하는 영화를 위해 투자자들을 끌어들였다. 여의치 않을 때는 자신이 직접 투자를 하기도 했다. 그녀는 현우를 위해서라면 금전적 손실도 마다하지 않았다.

"정말 이해할 수 없네요. 선생님."

줄리아는 타고난 사업가였다. 그녀가 손해를 마다않고 옷도 아닌 영화에 투자하다니. 못마땅한 얼굴로 매니저는 종종 고개를 저었다.

줄리아도 그런 자신을 이해할 수 없었다. 현우가 나타난 후 그녀는 때때로 몰려드는 불안감에 잠을 설치기도 했다. 하지만 그를 곁에 두고 싶었다. 정인호의 아들을 곁에 두다니. 가끔씩 그녀는 자신의 행동을 이해할 수 없어 매니저처럼 머리를 절레절레 흔들었다.

12. 줄리아의 옷

"패션은 구속이 아닌 현실 도피의 형태이어야 한다."

—알렉산더 맥퀸

줄리아는 그날도 배우를 시켜준다는 말에 남자들을 따라갔다. 술집이라 의심스러웠지만 그날 만난 감독은 나름 유명인이었다. 그를 만날 수 있는 것만도 영광이라며 소개한 사람은 배우가 되는 건 시간문제라고 했다. 그녀는 뛰는 가슴을 달래며 꿈에 부풀어 감독이 있다는 룸으로 들어갔다.

유명 감독이기 때문일까. 정말 전에 만났던 사기꾼들과는 달랐다. 감독도 그녀가 마음에 든 모양이었다.

"어디서 이런 신선한 얼굴이 나타났지."

배역에 꼭 맞는 얼굴이라며 감독의 얼굴에는 웃음이 끊이지 않았다.

감독은 시나리오를 보며 좀 더 자세한 이야기를 하고 싶다고 했다. 시나리오를 들고 술집을 나설 때는 그녀는 세상을 다 얻은 기분이었다. 그렇게 그녀는 감독을 따라 여관방으로 들어갔다.

어색해 자꾸 몸이 움츠러들었다. 하지만 줄리아는 감독이 시키는 대로 시나리오를 읽었다. 시나리오 속 인물의 감정을 표현하려 집중하고 또 집중했다. 그런데 시나리오 속 인물이 사랑에 배반당해 눈물을 흘리던 순간이었다. 덥석 남자의 몸이 그녀의 몸을 덮쳤다. 혹시 연기의 일부분일까. 하지만 곧 치마 속으로 남자의 손이 밀고 들어왔다. 그녀는 그제야 또 자신이 속은 걸 깨달았다.

자신의 어리석음에 진저리치며 여관방을 뛰쳐나왔다. 거리에는 네온사인이 눈부셨다. 대조적으로 초라한 자신의 모습에 왈칵 눈물이 쏟아졌다. 그렇게 거리를 헤맬 때였다. 초점 없이 떠도는 눈동자를 뭔가가 세게 잡아끌었다. 쇼윈도의 옷. 어디선가 본 듯한 옷이었다. 어디서 봤을까 기억을 더듬었다. 그리고 알았다. 바로 언젠가 본 영화에서 여배우가 입었던 옷이라는 걸.

그녀는 무엇에 홀린 듯 안으로 들어갔다. 늦은 시각인데도 의상실 안에는 손님들이 몇 명 있었다. 그녀는 쇼윈도에 걸린 옷을 뚫어져라 바라봤다. 옷에서 눈을 떼지 않는 그녀를 본 직원 하나가 다가왔다.

192

"무엇을 도와드릴까요, 손님?"

그녀는 천천히 손가락을 들어 쇼윈도를 가리켰다.

"저 옷, 입어 봐도 될까요?"

그녀와 쇼윈도를 번갈아 바라보던 직원은 이내 고개를 저었다.

"저건 그냥 걸어놓은 거예요. 파는 게 아니라……."

그녀는 금방이라도 울음을 터트릴 것 같았다. 직원은 난감한 표정이었다. 때마침 손님이 부르는 소리에 그녀는 얼른 자리를 피했다.

"한번 입어볼래요?"

그렇게 터질 것 같은 얼굴로 쇼윈도를 바라볼 때였다. 누군가의 목소리에 화들짝 고개를 돌렸다. 머리가 희끗한 신사가 인자하게 웃고 있었다. 그녀는 더 이상 남자의 웃음에 속지 않을 거라 다짐했다. 빨리 문을 열고 밖으로 나가야지. 하지만 그녀는 그만 고개를 끄덕이고 말았다. 그러면서도 또 속는 자신이 싫어 참았던 눈물이 터져버렸다.

쇼윈도에서 옷을 손수 가져온 신사는 직원을 불렀다.

"이 아가씨, 이 옷 좀 입혀드려요."

그녀는 직원을 따라 탈의실로 가 옷을 갈아입었다. 옷을 입고 밖으로 나오자 여기저기서 탄성이 쏟아졌다. 이상하게 보던 직원들도 눈빛이 달라졌다. 어리둥절인 그녀를 남자는 거울 앞으로 데려갔다. 거울 속 자신의 모습을 본 순간이었다. 그녀는 그날의 수치심이 씻겨나가는 기분이었다.

"혹시 저 여기서 일하면 안 될까요? 아무거나 시키시면 다 할게요."

그녀는 옷을 갈아입고 돌아서다 말고 다시 남자 앞에 섰다. 남자는 절박한 눈의 그녀를 한동안 바라봤다. 곧 그의 입가에 인자한 웃음이 번졌다.

"그래요, 그럽시다."

다음날로 출근한 그녀는 시키는 일은 뭐든지 다했다. 청소부터 옷 나르는 일, 손님을 상대하는 일까지 가리지 않았다. 의상실에는 한눈에도 귀티가 흐르는 여자들이 자주 들락거렸다. 자신은 함부로 만져볼 수도 없는 옷들을 여자들은 올 때마다 몇 벌씩 사들고 갔다. 줄리아는 그녀들이 부러웠다. 그러다가 화가 났다. 아무리 봐도 뚱뚱하고 볼품없는 여자들은 그런 옷을 입을 자격이 없었다.

"아야!"

비명소리에 지퍼를 올리던 손을 멈췄다.

"똑바로 못해? 왜 이렇게 손이 거칠어?"

벌써 몇 벌째인지도 모르게 여자는 옷을 갈아입었다. 그러면서도 옷을 입히고 벗길 때마다 짜증을 냈다. 옷이 자신에게 어울리지 않는 게 줄리아의 탓이라는 듯 눈이 마주칠 때마다 이맛살을 찌푸렸다. 하지만 정작 디자이너에게는 아무 말도 못했다.

별 트집을 다 잡던 여자는 옷 한 벌을 겨우 골랐다. 문을 나서려던 여자가 몸을 돌려 줄리아를 가리켰다.

"직원 교육 좀 똑바로 시켜요. 저렇게 뻣뻣한 직원은 의상실에서도 별로 도움이 안 될걸!"

여자가 돌아가고 줄리아는 벗어놓은 옷 정리를 위해 탈의실로 들어갔다. 혼자 있으니 간신히 누르고 있던 화가 넝쿨처럼 뻗쳐올랐다. 눈물도 터져버렸다. 여자들의 시중이나 들려고 온 서울이 아니었다. 그동안 있었던 이런저런 일을 생각하자 자꾸 아귀에 힘이 들어갔다. 하지만 정신을 차린 순간이었다. 줄리아는 그제야 손에 얇은 옷자락을 쥐고 있는 걸 깨달았다. 손에 힘을 풀고 옷자락을 조심조심 펼쳐보았다. 설마 했는데, 십자형으로 꼼꼼히 박아놓은 솔기가 터져 있었다.

줄리아는 들고 있던 옷을 얼른 가방에 구겨 넣었다. 의상실은 마무리 준비가 한창이었다. 곧 사람들은 내일을 기약하며 의상실을 빠져나갔다. 미처 못한 뒷정리는 평소처럼 그녀 몫이었다.

사람들이 모두 나가자 줄리아는 가방 속에 자신의 짐을 대충 챙겼다. 옷을 망쳤다며 내일이면 또 의상실이 발칵 뒤집힐 터였다. 그러면 온갖 수모를 겪고 결국 쫓겨나야 할지 몰랐다. 아니 쫓겨나지 않아도 손이 발이 되게 빌고 또 빌어야 할 것 같았다. 만약 선생이 용서해도 다른 직원들이 그녀를 가만둘 리 없었다. 자신에게 쏟아질 차가운 눈초리들을 떠올리며 그녀는 머리를 세게 흔들었다.

195

그녀는 마음을 다잡고 의상실을 뛰쳐나왔다. 그런데 문 앞의 쇼 윈도를 본 순간이었다. 그녀는 그만 뛰듯이 걷던 걸음을 멈췄다. 손수 옷을 내려 건네던 선생의 웃음이 떠올랐다. 그녀의 눈에서 눈물이 흘러내렸다. 곧 손에 든 가방을 힘없이 떨어트렸다. 선생을 실망시키고 싶지 않았다. 그녀는 안으로 들어가 가방을 도로 풀고 바늘을 꺼냈다. 실을 꿰 찢긴 옷을 꿰매기 시작했다. 한 땀 한 땀 정성을 다해 옷을 꿰매며 그녀는 하얗게 밤을 새웠다.

아침에 출근한 직원들은 소파에 널브러진 옷들을 옷걸이에 걸고 내부 정리를 시작했다. 뒷정리가 안 됐다며 줄리아에게 하나같이 잔소리를 퍼부었다. 세수를 하고 돌아온 줄리아는 그제야 자신이 꿰맨 옷이 사라진 걸 알았다. 하지만 오픈 준비로 한창인 다른 직원들은 그녀를 보자마자 일을 시켰다. 시키는 일을 하느라 그녀는 옷을 찾아야 한다는 생각을 어느 순간 까맣게 잊고 말았다.

그날따라 예약 손님이 많았다. 예약이 없던 손님들도 있었다. 그런데 정신없이 이리 뛰고 저리 뛸 때였다. 흐트러진 옷을 정리하던 줄리아의 눈에 탈의실에서 나오는 손님이 보였다. 손님은 옷이 마음에 드는 모양이었다. 흐뭇하게 거울을 보던 그녀는 옷을 사겠다고 했다. 줄리아의 손에 들렸던 쇼핑백이 순간 바닥에 떨어졌다. 그건 자신이 찢어 밤새 꿰맨 옷이었다. 그런 옷을 팔았다가는 뒤늦게 하자가 발견돼 무슨 일이 벌어질지 몰랐다. 하지만 그렇다고 나서서 말할 용기가 나지 않았다. 그때 뒤늦게 출근한 선생이 방으로 들어가는 게 보였다. 줄리아는 미친 듯이 선생의 방으로 뛰어들었다.

"어떡해요, 선생님……."

허둥대는 줄리아를 선생은 휘둥그런 눈으로 바라봤다.

"무슨 일이지?"

"제가 옷을 망쳤는데……."

말 대신 그녀의 입에서 참았던 울음이 터져버렸다.

자초지종을 들은 선생은 줄리아를 달래 밖으로 데리고 나왔다. 막 손님은 계산을 마치고 의상실을 나서려는 참이었다. 그녀가 든 쇼핑백에는 줄리아가 바느질한 옷이 담겨 있었다.

"저 손님, 잠시만……."

선생은 얼른 손님을 붙잡았다. 이야기를 들은 그녀는 옷을 꺼내 눈으로 가져갔다. 겉보기에는 아무런 흠이 없어 보였다. 그때까지도 벌벌 떠는 줄리아와 선생을 그녀는 번갈아 바라봤다. 그러고는 눈에 바싹 들이대고 다시 한 번 더 꼼꼼히 살피기 시작했다. 디자이너도 직원들도 여자의 눈을 따랐다.

"잘 모르겠는데요. 저녁에 모임이 있는데, 이 옷을 꼭 입고 싶어요. 그냥 가져갈래요."

그녀의 말에 직원 하나가 옷을 받아 눈에 바싹 들이댔다. 하지만 흠을 찾지는 못했다.

"그럼 혹시 마음이 바뀌시면 언제든 다시 가져오세요."

디자이너의 말에 손님은 웃음과 함께 의상실을 나섰다.

손님이 나가자 줄리아는 다시 눈물을 터트렸다. 못마땅한 직원들의 눈빛이 따가웠지만 눈물을 멈출 수 없었다.

그 후 줄리아는 하루하루가 가시방석이었다. 그래서일까. 열심히 하려면 할수록 일이 꼬였다. 옷이 바뀌어 배달되거나 손님이 예약한 시간을 깜박해 허탕치게 만드는 일이 잦았다. 더불어 그녀를 향한 다른 직원들의 불만이 빗발쳤다. 어떤 누군가는 선생에게 직접 말하기도 했다. 그럴 때마다 선생은 온화한 미소로 직원들을 다독였다. 하지만 더 이상 어쩔 수 없었을까. 선생의 방에서 나온 매니저가 줄리아를 불렀다. 선생이 찾는다고 했다. 무슨 일이냐고 묻는 그녀를 보며 매니저는 알 수 없는 웃음을 흘렸다. 올 것이 왔구나, 줄리아는 선생의 방문 앞에서 잠시 심호흡을 했다. 노크를 하자 안에서 들어오라는 말이 들렸다. 문을 열자 평소처럼 온화한 미소가 그녀를 맞았다. 그 미소를 다시 못 볼지도 모른다고 생각하자 눈물이 날 것 같았다.

"자네 말이야. 옷을 만들어보는 게 어때?"

줄리아는 무심한 듯한 선생의 얼굴을 물끄러미 올려다봤다.

"제가요? 제가 어떻게……."

오직 배우가 되겠다고 생각했는데, 옷이라는 말을 듣는 순간이었다. 머리끝에서 솟은 얼음 같은 소름이 우르르 그녀의 몸을 내달렸다.

"앞으로를 위해서라도 그게 좋을 것 같아. 재능도 있는 것 같고. 남들이 만든 옷을 입는 게 아니라 자네가 만든 옷을 직접 입는 거야."

방을 나온 후 줄리아는 한동안 아무것도 손에 잡히지 않았다. 평소와 다르지 않은 일상이었다. 하지만 며칠 동안 넋이 나간 채 거죽만 남은 사람 같았다. 그러면서도 머릿속에는 옷이라는 말을 듣는 순간의 전율이 내내 가시지 않았다.

"저 해볼래요. 선생님. 도와주세요."

줄리아는 노크도 없이 선생의 방에 뛰어들었다. 그러고는 다짜고짜 무릎을 꿇었다.

그날 이후 줄리아는 옷을 배우기 시작했다. 옷에 대한 기본 상식부터 시작해 바느질도 익혔다. 옷을 만들며 그녀는 자신이 바느질 솜씨가 좋다는 것도 그제야 알았다. 손이 꽤 꼼꼼하다는 것도. 그녀는 그렇게 옷 만드는 일을 하나하나 익혀 갔다. 밤에는 복장학원에도 다녔다. 그녀는 복장학원에서 처음 만든 블라우스를 들고 디자이너 선생에게 달려갔다.

"이거 제가 만든 거예요."

막상 선생 앞에 서니 목소리가 심하게 떨려나왔다. 선생은 찬찬히 옷을 들여다봤다. 소매와 칼라 끝단을 살필 때마다 그의 표정이 수시로 변했다.

오랫동안 옷을 들여다보던 선생의 눈이 드디어 줄리아를 바라 봤다.

"내가 사람을 참 잘 봤군. 처음 만든 것 치곤 좋아. 더 열심히 하면 내 제자로 받아주지."

선생의 말에 그녀는 왈칵 눈물을 터트렸다.

그녀는 그렇게 옷을 만드는 사람이 돼 갔다. 옷을 만들기 시작하자 의상실 일이 점점 재미있어졌다. 그녀가 의상실에서 하는 일은 그때까지도 그저 손님 시중을 드는 일 정도였다. 하지만 괜찮았다. 그녀는 그러면서도 자신이 하고 싶은 영화 일을 한다는 느낌이 들어 좋았다.

선생은 일찍이 영화 일을 하고 있었다. 많은 배우들이 그의 옷을 입었다. 그녀는 의상실에서 옷을 만드는 걸 돕는 것도 좋았지만 가끔씩 들르는 배우들을 구경하는 것도 좋았다. 만들어진 과정을 본 옷들을 스크린에서 보는 것도 신기했다. 가난 때문에 대학을 가지 못한 아쉬운 마음도 점점 사라졌다. 배우를 시켜준다는 남자들에 속았던 기억도 하나씩 잊혀갔다.

때로는 촬영장에 가기도 했다. 카메라 앞에서 배우들이 연기하는 걸 보며 줄리아는 자신이 카메라 앞에 있는 환상에 사로잡힐 때도 있었다. 그러다가 잊었던 꿈이 되살아나기도 했다. 왠지 가슴

뭉클해 혼자 눈물을 훔칠 때도 있었다.

선생의 방에는 늘 여러 영화의 대본이 쌓여 있었다. 선생은 틈틈이 대본을 들여다봤다. 대본을 봐야 필요한 의상을 잘 만들 수 있는 모양이었다. 줄리아는 사람들이 모두 나가면 선생의 방에 들어갔다. 보기만 할 생각이었는데 어느 순간부터 자신도 모르게 대본을 소리 내 읽었다.

처음에는 몰래 읽었지만 시간이 지나자 새 대본이 들어오면 선생은 줄리아를 찾았다. 대본을 읽고 옷에 대해 의견을 말하라고 했다. 혹시 자신이 몰래 훔쳐보는 걸 눈치 챘을까. 조마조마하던 줄리아는 대본을 기쁘게 받았다. 한 장 한 장 넘길 때마다 역에 맞는 배우들의 옷을 상상했다.

"이 장면에선 흰 원피스가 어울릴 것 같아요. 그래야 버림받은 여자의 마음이 잘 드러나지 않을까요."

옷에 대해 말할 때면 줄리아는 늘 생기가 넘쳤다. 선생은 그녀의 말을 귀기울여 들었다. 때로는 정말 그녀가 말한 대로 옷을 만들기도 했다.

"저도 이런 옷 입고 카메라 앞에 서봤으면 좋겠어요."

어느 날 줄리아는 자신도 모르게 말하고는 도망치듯 방을 빠져나왔다. 자신이 한 말이 너무 창피해 주먹으로 머리를 쥐어박았다. 그 후로 그녀는 영화에 대해서는 모른 척했다. 선생이 물어봐도 대답하지 않았다. 촬영장에 따라갈 때도 그저 외면하고는 먼발치에서 곁눈으로만 바라봤다.

"어디가 안 좋으세요?"

중요한 촬영이 있는 날이었다. 시대배경에 맞춰 디자이너는 오래전부터 공들여 의상을 준비했다. 그는 직접 촬영장으로 가 배우들에게 의상을 입힐 계획이었다. 공들인 옷이 돋보이게 하기 위해서였다. 의상실의 스태프들도 일찍부터 서둘렀다.

하지만 선생은 시간이 지나도 촬영장에 도착하지 않았다. 며칠 전부터 안색이 좋지 않더니. 뒤늦게 나타난 선생은 역시나 많이 아파 보였다. 촬영 스태프들은 준비를 서둘렀다. 의상팀도 분주했다. 복고풍의 의상을 최대한 돋보이게 하려면 주름 하나도 정성을 다해 만져야 했다. 하지만 선생은 옷의 주름을 잡는 것도 힘들어 보였다. 이를 악물며 참는 것 같더니 촬영이 시작될 때쯤 더 이상 버티지 못하고 주저앉았다.

"자네가 해봐."

선생은 줄리아의 눈을 힘주어 바라봤다. 그녀는 세게 고개를 저었다. 선생이 이번 영화에 갖는 애정이 얼마나 큰지 그녀는 누구보다 잘 알았다. 그런데 선생을 대신해 직접 배우들 하나하나 옷을 입히고 촬영 중 망가진 옷들을 수선해야 하는 일이었다.

"제가 어떻게요."

하지만 그녀도 자신밖에 없다는 걸 알았다. 선생의 옷이 아무렇게나 치부되게 할 수는 없었다. 그녀는 마음을 다잡고는 고개를 끄덕였다. 의상을 갈아입는 배우들을 쫓아다니며 옷을 입히고 매무새를 만졌다. 선생이 시키는 대로 안 맞는 옷은 다시 수선을 했다. 카메라에 잘 비치도록 소맷부리, 치맛자락 하나도 꼼꼼하게 체크했다. 이리저리 뛰느라 정신이 없었다. 하지만 가끔씩 눈이라도 마주치면 선생은 흐뭇한 얼굴로 그녀를 바라봤다.

"거기! 너!"

왠지 화가 난 감독이 누군가를 가리켰다. 눈만 멀뚱거리던 줄리아는 사람들의 눈이 자신에게 모이는 걸 느꼈다.

"저…… 저요?"

줄리아는 그제야 감독이 가리키는 게 자신이라는 걸 알았다.

"그래, 너!"

쭈뼛대며 다가가자 감독은 천천히 줄리아를 눈으로 훑었다. 그러고는 돌아보라는 듯 눈앞에 손가락을 빙글 돌렸다. 줄리아는 시키는 대로 몸을 돌려 천천히 발로 원을 그렸다.

"됐어! 애 데려다 옷 갈아입혀!"

감독의 말이 떨어지기 무섭게 스태프 중 하나가 그녀를 선생에게로 데려갔다. 선생은 그녀가 오기를 기다렸다는 듯 공들여 만든 옷을 손에 들고 있었다.

"선생님."

영문을 몰라 어리둥절인 그녀를 선생은 따뜻하게 맞았다.

"이 옷의 주인은 이제 너야……."

그녀는 물끄러미 선생의 손에 들린 옷을 바라봤다. 그건 영화에 출연할 여배우의 옷이었다. 몇 컷 안 되는 분량이지만 욕심이 난다며 막 떠오르기 시작한 여배우는 감독을 찾아왔었다. 그런데 당일이 되자 그녀는 나타나지 않았다. 겨우 연락이 된 매니저는 촬영을 할 수 없다고 했다. 이유는 밝히지 않았지만 압력이 있었다는 말이 촬영장에 떠돌았다. 비싼 차를 대여하고 호텔을 대여하고 오랫동안 많은 준비 끝에 세팅된 촬영 계획을 바꿀 수는 없었다. 그렇게 발을 동동 구를 때였다. 촬영장을 분주히 오가던 줄리아가 감독의 눈에 띄었다.

줄리아는 천천히 옷을 갈아입었다. 선생이 만들 때부터 욕심이 났던 옷이었다. 저런 옷을 입을 수 있다면 얼마나 행복할까. 하지만 의상실 보조인 그녀에게는 다가갈 수 없는 옷이었다.

"정말 예쁘다……."

초조하게 기다리던 선생의 입가에는 어느 때보다 환한 웃음이 번졌다.

그렇게 줄리아는 카메라 앞에 섰다. 처음에는 뭐가 뭔지 알 수 없었다. 움직일 때마다 눈치가 보이고 주눅이 들었다. 하지만 자신을 지켜보는 선생의 눈과 마주칠 때면 그녀는 다시 마음을 다잡았다. 시간이 지나자 감독의 지적이 줄었다. 어느 장면에서는 박수가 나오기도 했다. 그동안 촬영장을 기웃대며 눈여겨본 덕에 카메라 동선 같은 것도 빠르게 익혔다. 그날의 일정이 마무리될 때는 처음부터 그녀의 배역인 것 같은 생각마저 들었다. 촬영은 박수와 함께 마무리됐다. 그녀는 자신의 꿈이 드디어 이루어진 것 같아 가슴이 벅차올랐다.

"이것 좀 입어봐."

선생은 그녀가 영화에서 돋보이도록 정성을 다했다. 몇 컷 안 되는 역할임에도 그녀를 위해 몇 벌의 의상을 새로 만들었다. 뿐만 아니었다. 그녀를 영화 관계자들의 모임에도 데리고 다녔다. 역시 모임에서 입을 옷도 따로 준비했다. 모임에 나갈 때마다 사람들은 그녀를 배우로 대해 줬다. 이렇게 배우가 되는구나. 그녀는 주책없이 혼자 웃기도 했다.

촬영이나 행사가 없을 때 줄리아는 의상실에 나갔다. 여전히 손님들의 시중을 들고 심부름을 했다.

"여배우님이 이런 일이나 하셔서 되겠어요?"

의상실 사람들의 빈정거림에도 그녀는 하루하루가 행복했다.

"곧 다른 영화를 하게 될 거야."

이제 이런 의상실에서 일하는 것도 얼마 안 남았어. 선생의 말에 그녀는 아무리 손님을 상대하기 힘들어도, 직원들의 눈초리가 차가워도 참을 수 있었다.

영화가 개봉하는 날 그녀는 혼자 조용히 극장에 갔다. 사람들의 눈이 두려워 머리를 내리고 옷을 끌어올려 입을 가렸다. 가장 구석 자리를 골라 앉자 불안과 흥분으로 심장이 요동쳤다. 기쁨에 벅차오르는 감정을 억누를 수 없다가도 왠지 눈물이 날 것 같았다. 그렇게 시간이 얼마쯤 흘렀을까. 줄리아는 커다란 스크린 속의 자신을 봤다. 만약 스크린에서 자신을 본다면 어떤 기분일까. 하루에도 수십 번씩 상상한 일이었다. 하지만 그녀는 그만 눈물이 터져버렸다.

그녀는 그때까지 자신은 누구보다 아름답다고 생각했다. 한 번도 그런 말을 한 적은 없었다. 내색조차 하지 않았다. 누군가가 그녀의 아름다움에 찬사를 보낼 때도 말도 안 된다는 듯 고개를 저을 뿐이었다. 하지만 그녀는 누구보다 자신의 아름다움을 굳게 믿었다. 그런데 스크린 속 그녀는 전혀 아름답지 않았다. 아름답기는 커녕 주연배우를 돋보이게 할 만큼 평범하기 짝이 없었다. 연기 또한 부자연스러웠다. 그녀가 등장할 때마다 여기저기서 한숨이 쏟아졌다. 그녀는 더 이상 앉아 있을 수 없어 일어나 극장을 나왔다.

종일 거리를 헤맸다. 한참 만에야 의상실에 나타난 그녀에게 아무도 핀잔을 주지 않았다. 벌써 사람들은 아는 모양이었다. 스크린 속의 그녀가 어떤 꼴인지. 아니 처음부터 짐작한 일이었을지 몰랐다. 그저 그녀 자신만 몰랐을 수도. 늘 싸늘하게 대하던 사람들은 더 이상 차갑게 보지 않았다. 아니 오히려 안타까워했다. 평소에는 그녀에게 시키던 일도 자신들이 알아서 했다.

아무 생각 않으려 그녀는 한동안 일에 파묻혔다. 자기 일이 아닌데도 자청해 나섰다. 직원들은 그녀를 여전히 안타까운 듯 바라봤다. 그러면서도 뒤에서는 쑥덕거렸다. 선생이 의상비를 깎아주는 조건으로 그녀를 출연시킨 거라고 했다. 자존심이 상했지만 선생에게는 내색하지 않았다. 그녀는 그저 의상실 일에 매달릴 뿐이었다. 말없이 심부름을 하고 옷 만드는 걸 배웠다. 밤에는 다시 복장 학원에 다녔다.

그런데 어느 날이었다. 버스정류장 한편에 영화 공개 오디션 포스터가 붙어 있었다. 그녀는 얼른 고개를 돌렸다. 쳐다보지 않으려 안간힘을 썼다. 그녀가 몸부림치는 사이 몇 대의 버스가 지나갔다. 그리고 어느 순간 그녀는 자신도 모르게 포스터 앞에 서 있었다. 제작사와 감독의 이름을 본 순간이었다. 그녀는 뛰는 가슴을 움켜쥐었다. 머릿속에는 이미 감독과 제작자 앞에 선 자신의 모습이 선명하게 그려졌다. 얼마나 시간이 흘렀을까. 그녀는 마음을 다잡았다. 선생의 도움 없이 당당히 스크린에 서고 싶었다. 그래야 가슴속의 수치심을 조금이나마 씻어낼 수 있을 것 같았다.

줄리아는 조용히 오디션 준비를 할 계획이었다. 대본을 구해 인물을 분석하고 대사를 외웠다. 역할에 맞는 의상도 손수 만들어볼 생각이었다.

멋진 옷을 만들려면 뭔가 특별한 디자인이 필요할 것 같았다. 하지만 아무리 머리를 쥐어짜도 떠오르지 않았다. 의상실은 물론 복장학원의 책들은 모조리 들춰봤다. 하지만 그녀가 만들 수 있는 건 평범한 옷뿐이었다. 막막함에 복장학원 원장실 앞에서 기웃거릴 때였다. 안에서 한 남자가 원장과 얘기를 나누고 있었다. 전에도 본 적이 있었다. 언젠가 남자는 원장의 눈앞에 가져온 옷들을 다 짜고짜 늘어놨다. 옷을 보는 원장의 얼굴에는 기쁨과 좌절, 욕망과 분노가 끊임없이 교차했다. 원장은 남자의 옷을 후하게 값을 쳐 샀다. 남자가 가져온 옷은 다음날로 학원 여기저기 걸려 원장의 작품으로 둔갑했다. 물론 그 사실을 아는 건 우연히 본 줄리아뿐이었다.

역시나 남자는 이번에도 옷을 가져온 모양이었다. 옷을 보는 원장의 눈에는 역시나 여러 감정이 얽혀 반짝였다. 하지만 남자는 옷을 도로 가방에 넣었다. 무슨 일인지 화가 난 얼굴이었다. 한동안 둘의 흥정이 이어졌다. 결국 원장은 남자의 옷을 모두 사기로 했다. 하지만, 남자는 원장에게 넘기려던 옷들 틈에서 하나를 꺼내 도로 가방에 넣었다.

"그건 뭐죠?"

"이건 파는 게 아닙니다."

208

줄리아는 벽에 몸을 붙였다. 남자가 가방에 넣기 전 잠시 눈에 스친 원피스는 정말이지 너무나도 아름다웠다. 원피스가 탐나는지 원장은 가방에서 눈을 떼지 않았다. 하지만 아무리 값을 높이 불러도 남자는 자리에서 일어나 문을 나설 뿐이었다.

"다음에 또 가져와요. 좋은 걸로."

가방 속 원피스가 아쉬운 듯 원장은 남자의 등에 소리쳤다.

줄리아는 복장학원을 나와 남자를 따라갔다. 그녀는 남자를 본 적이 있었다. 배우가 되겠다며 감독이라는 사람들을 찾아다닐 때였다.

"이분은 정인호 감독이라고."

줄리아는 그의 이름을 듣는 순간 언젠가 봤던 영화를 떠올렸다.

"알아요. 영화 봤어요."

그녀는 그제야 안심이 됐다. 그때도 줄리아는 이번에는 어쩌면 정말 영화를 할 수 있을지 모른다고 생각했다. 뭐든 열심히 하겠다는 그녀의 말에 마주앉은 남자들도 기뻐하는 것 같았다.

남자들과 헤어진 후 정인호에 대해 알아봤다. 평이 좋지 않았다. 전에는 모르지만 지금은 비디오용 에로영화를 찍는다고 했다. 줄리아는 그때 남자와의 다음 약속에 나가지 않았다.

그랬던 그녀가 정인호를 따라가고 있었다. 아니 그녀는 그가 다시 가방에 넣은 옷을 따라갔다. 잠깐 스쳤지만 그렇게 아름다운 옷

은 처음이었다. 자신이 남자라도 못 팔 것 같았다. 택시를 타려는
걸까. 그가 차도 쪽으로 가 손을 들려 할 때였다. 그녀는 달려가 남
자 앞에 섰다.

"알아요. 나?"

줄리아는 고개를 끄덕였다. 그녀는 남자의 손에 들린 가방을 바
라봤다. 남자는 그제야 뭔가 알겠다는 얼굴이었다.

"우리 마누라가 만든 옷이야. 우리 마누라가 옷을 만들거든. 아
주 잘 만들어."

남자는 옷에 대한 자랑을 늘어놨다.

"이 옷에 관심 있어요?"

정인호의 말에 그녀는 다시 고개를 끄덕였다. 남자는 웃음을 터
트렸다.

"에이, 맨입으로는 안 되지. 이 옷은 내 영화의 여주인공이 입을
옷이거든."

정인호는 다시 발을 돌렸다.

"아쉽네. 이 옷이 어울릴 것 같긴 한데."

줄리아는 멀어지려는 정인호를 따라가 붙잡았다.

"값을 쳐드릴게요. 저 의상실에서 일해요. 로제의상실이라고. 저
희 선생님께 말씀드리면 그 옷값 잘……."

정인호는 하지만 그저 가던 길을 갈 뿐이었다.

"내 영화의 여주인공이 입을 옷이라니까!"

그날 이후 줄리아는 일이 손에 잡히지 않았다. 옷이 자꾸 눈에 밟혔다. 곧 오디션이 있었다. 만약 그 원피스를 입는다면 자신은 누구보다 돋보일 수 있을 것 같았다. 옷만 있으면 오디션에 합격할 거라는 막연한 확신이 그녀의 마음을 흔들었다.

그런데 어느 날이었다. 그녀 앞으로 소포 하나가 배달됐다. 포장을 뜯는 순간 줄리아는 자기도 모르게 비명을 질렀다. 상자 속에는 정인호의 옷이 담겨 있었다.

줄리아는 떨리는 손으로 옷을 들어 한참을 바라봤다. 그리고 무엇에 홀린 듯 옷을 입었다. 거울 속 자신의 모습을 본 순간이었다. 줄리아는 그만 눈물을 쏟고 말았다. 여태 자신이 빛나지 못했던 건 모두 옷 때문은 아니었을까. 그리고 이 옷을 입는다면 스크린 속에서도 누구보다 빛날 것 같았다.

옷을 갈아입지도 않은 채 줄리아는 직원들이 모두 퇴근한 의상실의 문을 닫고 나왔다. 걸음을 옮기면서도 그녀는 수시로 자신의 모습을 내려다봤다. 사람들도 그녀를 바라봤다. 걸음을 옮길 때마다 그녀는 옷의 힘이 얼마나 큰지 알 수 있었다. 발걸음이 날아갈 것 같았다.

그렇게 사람들 사이를 거침없이 날아오르던 걸음이 그만 뚝 멈췄다. 누군가가 그녀를 보고 있었다. 물론 그 거리에 그녀를 보는 사람들은 한둘이 아니었다. 하지만 그녀는 누군가의 눈빛에 그만 그대로 굳고 말았다.

"잘 지냈어?"

줄리아는 다가온 남자를 물끄러미 바라봤다. 눈앞에 서 있는 남자. 환영인 것만 같아 몇 번인가 눈을 깜박였다.

"좋아 보이네."

줄리아는 주먹을 꼭 쥐었다. 한동안 잊었던 분노가 다시 솟구쳤다. 하지만 곧 거품처럼 가라앉았다. 그의 눈빛. 그건 그녀를 버리고 갈 때의 눈빛이 아니었다. 그의 눈빛에 그녀는 다시 가슴이 뛰기 시작했다. 그런 자신이 싫었지만 자석처럼 끌려가는 마음을 어쩔 수 없었다.

"나 너 나오는 영화도 봤어. 예쁘더라."

모두 옷 때문이었다. 그가 그녀를 보고 달려온 것도. 그의 눈빛이 달라진 것도. 잊었다고 생각했는데. 아니 잊어야 한다고 생각했는데. 하지만 그의 눈빛을 본 순간이었다. 알 수 없는 자신감이 흔들리는 몸을 휘감았다. 이 옷이라면 그를 붙잡을 수 있을 것 같았다. 그녀는 그를 붙잡고 싶었다.

다시 그와의 만남이 시작됐다. 하루하루 행복한 나날이었다. 하지만 어쩐지 불안했다. 시간이 갈수록 변하는 남자의 눈빛이 느껴졌다. 처음 정인호의 옷을 입었을 때의 눈빛이 점점 빛을 잃고 있

212

었다. 그는 그녀와 마주앉고도 시큰둥한 얼굴로 딴 생각에 빠지고
는 했다. 선생의 허락도 없이 의상실에 있는 최고급 옷을 입어도
봤다. 하지만 의상실의 어떤 옷을 입어도 정인호가 가져온 옷을 보
던 남자의 눈빛은 느껴지지 않았다. 시간이 흐르자 다시 남자는 싸
늘해졌다. 몇 번의 약속을 어기더니 연락이 되지 않았다. 그에게
버림받는 건 한 번으로 족했다. 그녀는 그를 붙잡을 수 있는 건 옷
뿐이라는 걸 깨달았다.

"옷이 필요해요."

그녀는 수소문 끝에 정인호를 찾아갔다.

"에이, 내 옷이 어떤 옷인데 함부로. 그것도 아가씨가 하도 간절
해 보여 내가 선심 한번 쓴 건데."

절박한 줄리아와는 달리 정인호는 무심했다.

"다 할게요. 시키시는 건 뭐든."

줄리아는 겨우 옷을 얻을 수 있었다. 자수가 들어간 분홍색 원피
스였다. 언젠가 만들 영화에 출연하겠다는 조건이었다. 영화뿐이
아닌 그녀는 그가 부르면 언제든 달려가겠다고 약속했다.

역시나 남자는 그녀를 사랑스러운 눈으로 바라봤다. 그녀를 안
고 어느 때보다 행복해했다. 그녀는 남자를 붙잡을 수 있는 건 정
인호의 옷뿐이라고 굳게 믿었다.

옷을 얻기 위해 줄리아는 정인호가 부르면 어디든 달려갔다. 그

녀는 옷만 얻을 수 있다면 무엇이든 할 수 있었다. 옷이 있다면 그녀는 남자의 사랑뿐만 아니라 스크린에서도 누구보다 빛날 것 같았다. 옷만 있다면 뭐든지 다 할 수 있을 것 같았다.

그녀는 새 옷을 입고 남자를 찾아갔다. 하늘색 블라우스와 흰 스커트는 정말이지 마음에 꼭 들었다. 하지만 회사에 연락할 때마다 자리에 없다는 말뿐이었다. 퇴근 시간에 맞춰 남자의 방으로 갔다. 줄리아는 스커트에 주름이 가지 않게 앉아 남자를 기다렸다. 남자의 방에 다시 오던 날 그녀는 세상을 다 가진 기분이었다. 남자가 돌아와 지금의 모습을 보면 그때처럼 자신을 안고는 누구보다 행복해하겠지. 그녀는 이번에는 다시는 그를 놓치지 않을 거라 다짐했다. 하지만 그는 밤이 늦도록 오지 않았다. 몇 번 전화도 걸었지만 이미 퇴근을 했다는 말이 돌아왔다. 그녀는 밤을 꼬박 새워 빈 방에서 그를 기다렸다.

어느새 아침이었다. 방을 나서던 그녀는 인기척에 화들짝 뒤를 돌아봤다.

"이 방 총각, 이제 안 와. 좋은 집안 여자랑 결혼한다며 짐도 놔두고 몸만 갔지."

말을 하며 노파는 안타까운 듯 바라봤다. 그녀는 그만 풀썩 주저앉았다. 흰 스커트에 청소가 안 된 마당의 검불들이 들러붙었다. 그녀는 얼룩진 스커트자락을 움켜쥐었다. 그녀는 인생에게 번번이지는 자신이 싫었다. 헛된 희망을 품고 속기만 하는 자신이 정말이지 끔찍했다. 그녀는 밖으로 뛰쳐나가 거리를 헤맸다. 어느 때쯤부터 약국을 돌며 자신도 모르게 수면제를 모았다. 그녀는 어두워져서야 허름한 자취방으로 돌아왔다. 옷을 갈아입고 종일 모은 수면제를 모두 다 입속에 털어 넣었다. 점점 눈꺼풀이 무거웠다. 눈이 감길 때마다 나락으로 한없이 떨어지는 기분이었다. 하지만 이제 아무도 자신을 속일 수 없다는 데 기뻤다. 드디어 자신의 삶을 의지대로 할 수 있다고 생각하자 배실배실 웃음이 났다. 곧 잠이 쏟아졌다. 그녀는 그렇게 오랫동안 잠을 잤다. 자면서도 다시 깨어나지 않기를 바라고 또 바랐다.

하지만 어느 순간 머리가 부서지게 아팠다. 눈을 뜨니 무거운 눈꺼풀 사이로 낯익은 얼굴이 보였다. 걱정스러운 선생의 눈이 그녀를 바라보고 있었다. 그녀는 얼른 고개를 돌렸다. 그제야 또 한 번 인생이 자신을 속였다는 걸 알았다.

"울지 마. 별 일 아니야."

선생의 눈빛은 여전히 따뜻했다. 어떻게 그렇게 한결같을 수 있을까. 그녀는 도무지 이해가 되지 않았다.

"몸 좀 추스르면 의상실로 다시 나와."

다음날 병원을 나온 그녀는 곧장 목욕탕으로 갔다. 목욕을 마치고 자취방으로 돌아와 청소를 했다. 깨끗하게 빨아 말린 옷으로 갈아입었다. 화장을 하고 머리를 만지고 그녀는 아무 일 없었던 듯 의상실의 문을 열었다. 다시 나타난 그녀를 본 사람들은 그대로 얼어붙었다. 해쓱한 그녀는 어느 때보다 더 아름다웠다.

그녀는 말없이 탈의실로 가 흐트러진 옷을 정리하기 시작했다. 몸에 닿는 사람들의 눈빛이 문득문득 쓰리고 아팠다. 하지만 괜찮았다. 죽기로 작정하고 다시 살아났으니 두려울 게 없었다. 견디고 싶었다. 이렇게 일에 매달리는 것도 나쁘지 않을 것 같았다. 정신없이 일을 했다. 다른 사람들이 꺼리는 일도 자청해 달려들었다. 전에는 사람들이 심부름을 시킬 때마다 거슬렸지만 이젠 괜찮았다.

그리고 그녀는 어느 날부터 선생의 달라진 눈빛을 깨달았다. 세상에 대한 반항심에 그를 마음먹고 유혹할까 생각도 했다. 하지만 그건 할 수 없을 것 같았다. 아니 해서는 안 될 것 같았다. 여전히 세상에 복수하고 싶은 마음이었지만 그것만큼은 할 수 없었다.

그런데 어느 날부터 의상실이 술렁이기 시작했다. 의상실의 옷들이 해외 유명 디자이너 옷을 카피했다는 소문이 돌았다. 결국 비슷한 옷을 입고 망신을 당한 고위 관리의 부인이 의상실을 고발했다. 그동안 정계며 재계며 가리지 않고 줄이 닿았던 선생의 사업 수단이 부메랑이 돼 뇌물죄 등이 보태져 돌아왔다. 압수수색을 해야 한다며 의상실에 검찰들도 들이닥쳤다.

날마다 불려가 조사를 받던 선생은 몹시 지쳐 있었다. 사무실 한

구석에 잠든 몸은 아이처럼 한없이 작아 보였다. 어디가 안 좋은 걸까. 마른입에서 끙끙 앓는 소리가 났다. 식은땀이 흐르는 이마에 손을 얹자 열이 느껴졌다. 그녀는 물수건을 얹고 밤새 곁을 지켰다. 그렇게라도 그를 위해 뭔가 할 수 있다는 게 기뻤다. 애정이라고 할 수는 없었다. 하지만 빚을 갚고 싶었다.

"깨셨어요? 많이 편찮으신 것 같아요."

힘없는 눈으로 그는 그녀를 잠시 바라봤다.

"뭐 좀 드셔야죠?"

왠지 불편해 몸을 일으킬 때였다. 그의 마른 손이 그녀의 팔을 잡았다.

"나 파리로 갈 거야. 공부를 더 해보려고. 이대로는 한계야. 안 되겠어. 같이 가자. 너도. 다 잊고 옷을 만들어봐."

그녀는 며칠 동안 고민했다. 하지만 아무리 생각해도 그와 함께 떠날 수는 없을 것 같았다. 그를 사랑하지 않았다. 이제 그에게서 떠나야겠다고 생각할 때였다. 정인호가 다시 찾아왔다.

"이제 영화를 해야겠어. 그날의 일을 영화로 만들 거야"

정인호는 들떠 있었다. 그날의 일이라니. 줄리아는 순간 덮친 두려움에 자신도 모르게 무릎을 꿇었다.

"아니요, 못해요."

환희로 가득하던 정인호의 눈에 슬픔과 분노가 화르르 타올랐다.

"나 다시 시작할 거예요. 미안해요. 언젠가 꼭 신세는 갚을게요."

지나가는 사람들이 두 사람을 의심에 찬 눈으로 바라봤다. 그녀의 눈빛이 너무 간절해 정인호는 망연자실한 얼굴로 천천히 발을 돌렸다.

줄리아는 정인호의 뒷모습을 보며 울음을 멈추지 못했다. 돌아와 그녀는 선생에게 말했다.

"가겠어요. 파리로. 될 수 있는 한 빨리요."

그녀는 그와 함께 파리로 가기로 했다. 의상 공부를 하고 곁에서 그를 도울 생각이었다. 비록 나이 차이는 많지만 그녀는 그의 청혼도 받아들였다. 이제 그녀는 남자에게 다른 감정을 가질 수 없었다. 하지만 어떻게 해서든 이 땅을 떠나야 했다. 처음부터 다시 시작하고 싶었다.

13. 현우의 옷

"나에게 이런 슈트를 만들어 준 아르마니에게 감사한다."

—후지스 (가수)

시간이 되자 패션센터로 하나 둘 사람들이 모여들기 시작했다. 지하 스튜디오에 마련된 회견장에는 기자와 스태프들이 카메라와 마이크를 점검하며 줄리아와 현우가 나타나기를 기다렸다. 기자들 중에는 연예부와 문화부, 사회부 기자도 보였다.

드디어 정현우가 스튜디오에 들어섰다. 결혼식 하객을 연상케 하는 가는 줄무늬 네이비 컬러 슈트 차림이었다.

"본의 아니게 엉뚱한 일로 심려를 끼쳐 죄송합니다."

현우는 카메라를 향해 머리를 숙였다. 얼굴에는 팬들에 대한 송구함이 그대로 드러났다.

"줄리아 선생님은 어릴 때부터 아는 분이셨어요. 제게는 어머니 같은 분이죠."

차분하고도 단호하던 목소리가 어머니라는 단어에서 조금 흔들렸다.

"늘 고마운 분인데, 그런 분과 스캔들이라니요……."

현우의 말이 끝나기 무섭게 기자들의 질문이 쏟아졌다.

"어떻게 어머니 같은 분이죠?"

기자들은 한층 더 호기심 가득한 눈을 반짝였다.

"저는 어릴 때 그렇게 넉넉지 못한 환경에서 자랐습니다. 그런데 부모님과 친분이 있으셨던 선생님이 때마다 학용품 같은 걸 보내주셨어요. 지금 생각해도 참 고마운 일인데……."

말을 맺지 못한 현우는 이내 고개를 숙였다. 잠시 벗어났던 얼굴이 다시 카메라 앵글에 들어왔다. 그의 눈에는 어느새 눈물이 맺혀 있었다. 누가 봐도 기막힌 타임이었다. 역시 배우라는 느낌이 들 정도였다. 다른 사람이라면 기막힌 설정이라며 연기력에 감탄을 터트릴지 몰랐다. 아니 그것이 진심일까 설정일까 한동안 논쟁이 벌어졌을 수도 있었다. 하지만 눈가에 꾸역꾸역 매달렸던 눈물이 결국 어쩌지 못하고 반듯한 슈트로 툭 떨어졌다. 얼굴에 포커스를 맞춘 카메라는 그것을 정확히 잡아내지 못했다. 그저 누군가는 알아챘고 누군가는 전혀 알지 못했다. 그래서 사람들은 그것이 설정이 아님을 확신했다.

"저는 학교도 제대로 나오지 않았습니다. 그런데 어느 날부터 배우가 되고 싶었어요. 하지만 아무것도 모르는 제가 꿈을 꾸는 건 주제에 넘는 일 같았습니다. 어떻게 해서 배우가 되긴 했지만 제가 마음껏 연기할 수 있는 시스템이 아니었습니다. 그런 제가 온전히 제 길을 가게 해주신 분이 바로 줄리아 선생님이세요."

현우의 말이 이어질 때마다 기자들은 무심코 고개를 끄덕였다. 그동안 줄리아와의 관계를 부풀려 기사화했던 걸 미안해하고 후회하는 표정이었다. 하지만 몇몇 사람들은 아직도 의심의 눈을 거두지 않았다.

"실은 저는 사랑하는 사람이 있습니다."

순간 기자들 사이에서 일제히 탄성이 터졌다. 현우는 웅성거리는 사람들을 잠시 바라봤다. 그리고 침착히 말을 이어갔다.

"제가 사랑하는 그 사람도 줄리아 선생님 소개로 만났어요. 그녀에게도 줄리아 선생님은 혈육 같은 분이십니다."

다시 한 번 사람들 속에서 탄성이 터졌다. 현우는 아직도 의심에 찬 눈들을 바라보며 목소리를 가다듬었다.

"제가 오늘 여러분 앞에 선 건 결혼 소식을 알리기 위해서입니다."

여기저기서 다시 플래시가 터졌다. 각종 매체들은 실시간으로 일제히 현우의 결혼 사실을 알리기 시작했다. 기사에 실린 사진 속 현우는 어느 때보다 환한 웃음을 웃고 있었다. 세상은 더 이상 줄리아와의 스캔들을 말하지 않았다. 스캔들 기사를 경쟁하듯 쏟아내던 언론들은 머쓱해하며 결혼 소식을 전할 뿐이었다.

＊

그날 신애는 기분 전환으로 새 옷을 살 생각이었다. 어떤 스타일이 좋을까 패션센터 곳곳을 돌며 진열된 옷들을 둘러봤다. 막 물방울무늬 원피스에서 눈을 뗀 순간이었다. 그녀는 마치 낭떠러지라도 마주친 듯 급하게 발을 멈췄다.

누군가가 있었다. 역시 그도 옷을 보는 중이었다. 옷걸이 사이를 천천히 걷다가 어떤 옷 앞에서는 걸음을 멈추기도 했다. 그는 한동안 멀찍이 서서 팔짱을 낀 채 생각에 잠겼다. 마치 갤러리에서 전시된 그림을 보는 모습이었다. 옷을 그렇게 진지한 눈으로 보다니. 어떻게 옷을 저런 눈으로 볼까. 신기해 자신도 모르게 그가 서 있는 쪽으로 발을 옮겼다. 그런데 인기척을 느꼈을까. 그가 고개를 돌린 순간이었다. 신애는 터져 나오는 비명을 손으로 겨우 틀어막았다. 다리에 힘이 풀렸다. 중심을 잃은 몸이 파르르 떨렸다.

"괜찮아요?"

그가 다가와 흔들리는 그녀의 몸을 잡았다.

"네, 괜찮아요."

신애는 얼른 현우의 손에서 몸을 뺐다. 그녀가 너무 정색해 무안했을까. 현우는 미간을 조금 찌푸렸다.

"정현우 씨죠? 반가워요. 팬이에요."

미안한 마음에 신애는 얼른 손을 내밀었다. 현우의 얼굴에 곧 미소가 번졌다.

"뭐야, 두 사람, 벌써 인사한 거야? 내가 소개시키려고 했더니."

다가오는 줄리아는 못내 아쉬운 얼굴이었다.

"이제 둘 다 친하게 지내. 다 내 가족 같은 사람들이니까."

왜일까. 줄리아는 알 수 없는 불안감을 느꼈다. 먼빛으로 봐도 빛나던 두 사람. 늘 같이 있었던 듯 둘은 잘 어울렸다. 줄리아는 자꾸 날아드는 불안감을 털어내며 어느 때보다 밝게 웃었다.

그가 배우이기 때문일까. 신애는 걷잡을 수 없이 현우에게 빠져들었다. 누군가에게 깊이 정을 주지 못하는 그녀에게는 새롭다 못해 당황스러운 감정이었다. 그녀는 현우가 의상실에 들르는 시간을 알아냈다. 시간에 맞춰 의상실로 가서는 놀란 얼굴로 현우에게 우연인 척 말을 걸었다.

"저, 제가 오래전부터 영화에 관심이 많아요. 기회가 되면 제작을 해보려고요. 시간을 좀 내주시겠어요?"

영화 제작. 말을 뱉고는 신애는 그만 소스라치게 놀랐다. 어쩌자고 그런 말을 했을까. 하지만 그 말을 한 순간이었다. 정말 이제부터는 현우를 위해 살고 싶었다. 그녀는 그가 하고 싶은 영화를 만들겠다고 다짐했다.

"그런 얘기라면 제가 아니라 다른 관계자를 소개시켜 드릴까요? 저는 그저……."

현우는 그만 입을 다물었다. 미처 나오지 못한 말을 얼른 목안으로 욱여넣었다. 신애의 눈빛이 너무나도 간절했다. 둘은 약속을 잡고 다시 만났다. 처음에는 영화 이야기를 했다. 하지만 시간이 지나자 신애는 개인적인 이야기들을 늘어놨다. 말하면서도 신애는 그런 자신을 이해할 수 없었다.

"외로웠겠어요. 혼자."

왜 그랬을까. 그만큼 능력 있다고 말하고 싶었을까. 다른 사람들에게처럼 돈으로라도 환심을 사고 싶었던 걸까. 그러면 아무리 콧대 높은 남자도 늘 자신을 공주처럼 바라봤으니까. 하지만 현우는 달랐다. 그녀를 더욱 안타깝게 바라봤다. 상속받은 재산을 지키기 위해 그녀가 얼마나 많은 일을 겪었는지, 그는 마치 말 안 해도 다 안다는 듯한 얼굴이었다.

신애는 부끄러웠다. 그런 사람에게 돈으로 환심을 사려 하다니. 몰려드는 수치심에 일어나야겠다 생각한 순간이었다.

"저도 그 외로움 잘 알아요. 저도 혼자였거든요."

신애의 체크무늬 스커트로 투명한 눈물방울이 툭 떨어졌다. 그녀는 생각했다. 이 사람을 내 남자로 만들고 싶다고.

그런데 어느 날 줄리아와 현우가 함께 있는 사진이 신문에 실렸다. 세상은 곧 둘의 얘기로 떠들썩했다. 단지 함께 식사를 하는 사진일 뿐이었다. 그런데도 마치 큰 잘못이라도 한 듯 사람들은 현우를 몰아세웠다. 하지만 정작 사진 속 둘의 모습을 본 신애는 입술을 깨물었다. 그녀가 봐도 그 눈빛은 많은 걸 말하고 있었다. 그동안 신애는 줄리아를 두고 질투를 느낀 적이 한두 번이 아니었다. 그래도 혼자만의 피해의식이라 생각했다. 하지만 사진을 본 신애는 머리를 세게 흔들었다. 흐르는 눈물을 추스르고는 마음을 다잡았다. 스캔들이 퍼지는 걸 막아야 했다. 현우를 위해. 그리고 자신을 위해.

신애는 종일 현우를 찾아 헤맸다. 집 앞에는 이미 기자들과 팬들이 진을 친 상태였다. 그렇다고 의상실에 나타나지는 않을 터였다. 그가 간 곳이 어딘지 도저히 종잡을 수 없었다. 그녀는 그와 함께 갔던 단골집과 촬영장 등을 돌아다녔다. 거리를 헤매던 그녀의 눈에 한 버스정류장에 붙은 포스터가 들어왔다. 디올의 디자인전 포스터였다. 그녀는 곧 거리 한편에 세워둔 차에 올라 시동을 걸었다. 망설이지 않고 디자인전이 열리는 갤러리로 차를 몰았다. 겨우 주차를 시킨 그녀는 허겁지겁 건물 안으로 뛰어들었다. 늦은 시각의 갤러리에는 사람이 몇 보이지 않았다. 문 닫을 시간이 가까웠다. 실내를 둘러봤지만 몇 안 되는 사람들 중에 현우는 없었다. 혹시나 신애는 갤러리 안쪽으로 한발 한발 발을 옮겼다.

디올의 중기 드레스들이 전시된 방 앞에서 신애는 자신도 모르게 한숨을 뿜었다. 그가 있었다. 종일 찾아 헤맨 현우는 꽃장식이 달린 드레스 앞에 서 있었다. 야구 모자를 눌러 썼지만 신애는 단박에 알아봤다. 그녀는 천천히 발을 옮겼다. 한산한 갤러리에 또각또각 구둣발자국 소리가 공명이 돼 울렸다. 발소리를 들었을까. 그가 고개를 돌렸다. 처음에는 무심히 끔벅이던 눈이 곧 커다래졌다. 며칠 새 몰라보게 까칠해진 얼굴에 순간 그녀의 가슴이 저려왔다.

신애는 그를 위해 뭔가를 하고 싶었다. 아니 자신을 위해. 그를 뺏기고 싶지 않았다. 줄리아든 누구든. 그녀는 기회라고 생각했다. 그녀는 그의 인생을 자신이 만들고 싶었다.

"나랑 결혼할래요?"

왜일까. 그를 처음 봤을 때부터 그녀는 그를 지켜줄 수 있는 사람은 자신뿐이라고 생각했다. 현우의 얼굴에는 안도감과 무력감이 동시에 번졌다. 현우도 알고 있었다. 지금 그가 선택할 수 있는 길이 뭔지.

현우는 줄리아를 사랑했다. 그건 이상하거나 부정한 일이 아니었다. 어릴 때부터 사랑한 여인이었으니까. 하지만 그녀와 미래를

226

꿈꿀 수는 없었다. 나이 많은 미망인과의 사랑을 세상은 그저 스캔들로 치부할 테니까. 그건 영화를 꿈의 세계로 만들고자 하는 계획에 치명적 결함이 될 게 뻔했다. 그가 배우로서 입지를 굳혀 가자 안 그래도 그녀와의 사이를 의심하는 눈이 생기기 시작했다. 그리고 그렇게 결국 스캔들이 터지고 말았다. 현우는 신애의 얼굴을 다시 바라봤다. 그는 결단을 내려야 한다고 생각했다.

기자회견을 주선한 건 줄리아였다. 뭔가 해명이 필요하다고 말했을 때 현우는 고개를 끄덕였다. 하지만 어떤 말을 하지는 않았다. 줄리아도 묻지 않았다. 묻지 않아도 짐작할 수 있었다. 자신은 그저 어릴 때부터 돌봐준 사람이라고 말하겠지. 가슴이 아팠다. 순간순간 용암 같은 분노가 끓어올랐다. 혹시나 하는 알 수 없는 기대감에 솟았던 분노가 떨림으로 바뀌기도 했다.

"이모!"

하지만 문을 열고 들어서는 신애를 본 순간이었다. 기대감으로 부풀던 가슴이 흐물흐물 무너져 내렸다. 신애는 얼마 전 맞춘 투피스 차림이었다. 보색으로 매치된 재킷과 스커트는 그녀의 몸에서 어우러져 눈이 부셨다. 줄리아는 여태 신애가 예쁘다고 생각한 적은 한 번도 없었다. 그 정도면 어디서 빠지는 얼굴은 아니었는데도 그랬다. 하지만 문을 열고 들어선 신애는 아름다웠다. 줄리아는 고개를 돌려 거울 속 자신의 모습을 가만히 들여다봤다.

＊

줄리아는 모니터로 기자회견을 지켜봤다. 어느 순간 현우의 눈빛이 반짝였다. 뭔가 결심한 눈빛이었다.

"저는 사랑하는 사람이 있습니다."

말과 동시에 스튜디오의 문이 열렸다. 그리고 신애가 들어섰다. 현우는 다가가 긴장한 모습의 신애를 웃음으로 맞았다. 나란히 선 두 사람을 향해 플래시가 폭죽처럼 터졌다. 뭘 기대했을까. 줄리아는 그때까지 움켜잡았던 뭔가가 아귀에서 빠져나간 느낌이었다. 잠시 숨을 고른 그녀는 개인작업실의 문을 열고 밖으로 나갔다.

다시 스튜디오의 문이 열렸다. 그때까지 현우와 신애에게 향했던 카메라가 일제히 한 곳으로 쏠렸다. 줄리아는 두 사람에게 다가갔다. 한발 한발 줄리아가 다가오자 현우의 눈도 신애의 눈도 흔들렸다. 곁에 가까이 올 때까지 줄리아의 표정은 굳어 있었다. 곧 카메라가 셋을 한 앵글에 담았다. 순간 그때까지 굳었던 줄리아의 얼굴에 미소가 번졌다. 기쁨을 감추지 못하겠다는 얼굴로 그녀는 두 사람과 번갈아 포옹했다. 그동안 줄리아와 현우의 스캔들로 도배가 됐던 신문과 방송은 이후 현우의 결혼 소식을 알리며 셋의 사진을 싣기에 바빴다.

"우리 어때요? 잘 어울리죠?"

228

결혼 발표 후 신애는 현우와 늘 함께였다. 의상실에도 함께 왔다. 팔짱을 낀 다정한 둘의 모습에 스태프들이 보자마자 박수를 쳤다. 신애는 순간 일그러지는 줄리아의 얼굴을 봤다. 그렇게 종종 신애는 줄리아를 의도적으로 자극했다.

"어쩔 수 없었어요. 저는 아버지와는 다른 사람이고 싶어요. 스캔들로 제 꿈을 얼룩지게 할 순 없어요."

줄리아는 입술을 지그시 깨물었다. 하지만 그녀도 그가 영화판에서 성공하기를 바랐다. 줄리아는 그의 결혼 또한 자신이 기획하고 만든 일이라고 위안했다.

14. 위험한 영화

"아르마니를 입고 있으면 배역을 맡아 연기하고 있다는 느낌이 들지 않는다. 있는 그대로의 나를 가장 아름답게 보일 수 있었다. 그의 옷은 입는 사람을 돋보이게 해준다."

— 글렌 글로즈 (배우)

"잘 지냈어? 결혼하더니 더 좋아 보이네."

카페에 들어선 현우는 눈에 띄지 않는 구석자리를 찾아 앉았다. 김 감독은 한참 만에야 겨우 그를 찾을 수 있었다. 눌러 쓴 모자 속에서 빠끔히 드러난 얼굴을 보자 자기도 모르게 한숨이 뿜어져 나왔다.

"무슨 영환데 따로 보자고 해요?"

김 감독이 영화를 준비 중이라는 소문은 들어 알고 있었다. 전부터 현우에게 영화에 관해 할 이야기가 있다고 했다. 하지만 촬영 일정도 있고 여러 일들이 겹쳐 만나지 못했다. 그가 기획하는 영화라면 나름 진지하게 검토해 볼 필요가 있었다. 하지만 그때까지 연락이 없자 현우는 배역이 다른 사람에게 간 모양이라고 짐작했다.

"제작자가 몸을 좀 사려서. 배역을 욕심내는 사람들은 많아. 나는 물론 자네가 최선이라고 생각하지만."

대체 어떤 영화인데 김 감독이 하는 영화에 제작자가 나서지 않을까. 해외에서도 인지도가 높은 그는 흥행과 작품성을 동시에 인정받는 보기 드문 감독이었다. 현우와는 몇 편의 영화를 함께 했지만 그것도 김 감독이 신인일 때였다. 인기 감독이 된 후에는 함께 할 수 없었다. 흥행을 우선시 하는 메이저 영화사와의 의견조율은 번번이 쉽지 않았다.

"놓고 갈 테니 한번 읽어봐. 혹시 아나? 자네가 합류하면 나서는 제작자가 있을지."

김 감독은 허름한 가방 속에서 제목도 없는 책 한 권을 꺼내 현우의 손에 쥐어줬다.

집에 돌아와 현우는 서재에 들어앉아 시나리오를 읽기 시작했다. 그리고 곧 글자 속 이야기들에 빠져들었다.

80년대 벌어진 사건을 파헤치는 변호사. 처음에는 그저 그런 사건이라고 생각한 그는 그 속에는 권력자들의 추악한 민낯이 숨어 있음을 알고는 경악한다. 망설임 끝에 그는 거대한 권력에 맞서 의뢰인의 누명을 벗기기 위한 싸움을 시작한다. 정의롭지만 인간적이고 유머까지 있는 시나리오 속 인물은 너무나도 매력적이었다. 이야기도 탄탄하고 영화로 만든다면 작품성은 물론 흥행성도 어느 정도 보장될 만한 내용이었다. 아니 두 마리 토끼를 잡을 수 있는 확실한 스토리였다. 왜 제작자가 나서지 않을까. 하지만 곧 이유를 알 수 있었다.

"그거 아무래도 실화 같아. 딱 보면 누군지 짐작 가지 않냐? 너도 그 책 받았다며?"

오랜만의 술자리였다. 선배 배우는 말끝에 손가락으로 위를 가리켰다. 그도 시나리오 속 인물이 현실과 무관하지 않다고 짐작은 했다.

"원래 영화가 다 그렇잖아요. 다 현실이 반영된 거니까."

별것 아니라는 현우의 말에 선배는 허리를 낮췄다.

"다 알려진 걸 영화로 만드는 거랑, 꼭꼭 숨겨났던 걸 까발리는 게 같냐?"

그는 누가 듣기라도 하듯 주위를 두리번거리며 목소리를 한층 낮췄다.

"그거 위험해. 벌써 소문이 돌았나 봐. 난 시나리오만 받았는데 회사에서 난리가 난 거 있지? 겨우 찍은 광고에서 자르겠다고 협박이 온대. 앞으로 영화 일 그만하고 싶으면 그 영화 찍으라고. 아무래도 그 사건에 연루된 인간들이 한둘이 아닌 것 같아."

232

그런데 그뿐이 아니었다. 몇 명에게 더 시나리오가 갔고 그들 모두 협박을 받았다고 했다. 현우가 다른 배우들이 받았다는 이상한 전화를 받지 않은 건 소속된 기획사도 없었고 광고도 찍지 않기 때문이었다.

정말 실화일까. 선배를 만난 후 현우는 시나리오 속 사건에 대해 나름 조사를 해봤다. 사건에 관해 알면 알수록 영화에 욕심이 났다. 그때까지 있는지조차 몰랐던 일. 철저하게 묻힐 수 있었던 건 특별하지 않기 때문일 수도 있었다. 하지만 그럼에도 지금도 누군가는 묻혀 있길 바라 섭외 대상 배우들은 협박을 받고 제작자는 나서지 않는 이야기였다. 그것이 사실이라면 그가 생각해도 위험한 영화였다. 아마 해외에서 명성이 있는 김 감독이 아니라면 만들 생각조차 하지 못할지 몰랐다. 그런데 그렇게 위험한 영화를 어떤 위험에도 굴하지 않고 꿋꿋이 찍는다면. 현우는 갑자기 가슴이 뛰기 시작했다. 그렇게 되면 줄리아와의 스캔들과 돈 많은 상속녀와의 결혼으로 쑥덕대는 사람들의 입을 막을 수도 있지 않을까.

이런저런 생각에 김 감독을 만난 후 현우는 곧잘 생각에 잠겼다.

＊

"왜 그래? 무슨 고민 있어요?"

신애의 물음에 현우는 웃으며 고개를 저었다. 아직도 가끔씩 드는 거리감. 신애의 가슴을 순간 바람이 훑고 지나갔다. 하지만 신애도 애써 웃었다. 그녀는 서재의 문을 닫고 나오며 입술을 지그시 깨물었다.

그런데 어느 날이었다. 한동안 방에서 꼼짝 않던 현우가 머리를 식히겠다며 운동복을 입고 집을 나섰다. 함께 가겠냐고 묻는 남편을 보며 신애는 고개를 저었다.

"몸이 좀 그러네."

현우는 조금 아쉬운 얼굴로 현관문을 나섰다.

남편이 나간 후 신애는 얼른 서재로 들어갔다. 브라운 톤의 책상 위에는 양장본 『전쟁과 평화』가 놓여 있었다. 책을 읽을 기회가 없었던 현우는 틈틈이 고전을 읽었다. 어떤 때는 책을 읽고 감동으로 흥분해 함께 밤을 새우기도 했다. 그때의 행복감을 생각하자 신애의 얼굴에 조용히 미소가 번졌다.

책상 한 곳에는 영화사로부터 받은 몇 개의 시나리오도 쌓여 있었다. 하지만 현우는 다음 작품을 좀처럼 결정하지 못했다. 마음에 드는 시나리오가 없는 모양이었다. 책상 위의 시나리오는 신애도 거의 다 읽어봤다. 물론 최종 결정은 현우가 했지만 결정을 못할 때는 신애의 조언을 얻기도 했다. 그래서 현우에게 오는 시나리오는 신애 또한 꼼꼼히 체크하고 분석했다. 하지만 책상 위의 시나리오 중에는 그녀도 선뜻 내키는 작품이 없었다.

그런데 한쪽에 쌓인 시나리오를 눈으로 훑을 때였다. 가지런히 쌓인 책들 틈에서 하나가 삐죽이 튀어나와 있었다. 왠지 거슬려 튀어나온 귀퉁이를 밀어 넣던 순간이었다. 어떤 기운에 사로잡혀 신애는 자신도 모르게 책을 다시 뽑아들었다.

제목도 없는 앞장은 이미 손때가 묻어 얼룩덜룩했다. 신애는 고개를 갸우뚱거리며 책장을 넘기기 시작했다. 역시 처음 보는 책이었다. 신애는 의자를 빼 자리에 앉았다. 첫 장을 넘기자 알 수 없는 긴장감에 침이 소리를 내며 넘어갔다.

신애는 책을 단숨에 읽었다. 현우가 왜 그렇게 고민했는지 알 것 같았다. 영화가 욕심나는 게 분명했다. 그녀가 봐도 영화가 잘 만들어지기만 하면, 배역을 잘 소화하기만 하면, 현우의 배우로서의 입지가 더욱 확고해질 것 같았다. 아니 그렇게 만들어야 했다.

하지만 신애도 위험한 내용임을 직감했다. 시나리오를 읽으며 왠지 떠오르는 현실 속 인물들. 그 인물들과 정말 연결돼 있다면. 신애는 몰려드는 생각을 밀어내며 고개를 저었다. 이런 영화에 투자를 할 사람이 누가 있을까. 신애는 그제야 현우가 왜 그렇게 고민했는지 알 것 같았다. 하지만 어둡던 신애의 눈이 점점 빛나기 시작했다. 그녀는 덮었던 책을 다시 읽고 또 읽었다. 그리고 생각했다. 자신이 자본을 끌어와 영화가 만들어지면, 그러면 현우가 자신을 얼마나 빛나는 눈으로 볼까. 그녀의 가슴이 폭풍 속인 듯 요동쳤다.

신애는 며칠 동안 자신이 출자할 수 있는 자본과 끌어들일 수 있는 자본을 계산했다. 생각을 마친 그녀는 어딘가로 전화를 걸었다.

"일의 진행은 철저히 비밀로 하죠."

신애와 마주앉은 김 감독은 기쁨과 흥분 그리고 조금의 불안이 겹친 얼굴로 고개를 끄덕였다.

"이건 배우로서는 최상의 작품이지만 제작자에게는 너무 위험한 영화야. 상영이 어려울 수도 있어. 그러면 손해 볼 게 뻔한데……."

현우는 신애의 얼굴을 똑바로 보지 못했다. 화가 난 것 같으면서도 자괴감이 드는 얼굴이었다. 하지만 신애는 그의 마음을 읽을 수 있었다. 위험할 게 뻔해 말려야 했지만 말리지 못하는, 그만큼 현우는 그 배역이 간절했다. 신애는 현우에게 다가가 돌아선 그의 등을 가만히 안았다.

신애는 곧 팀을 꾸렸다. 기본적인 준비 작업과 기획은 김 감독이 마친 상태여서 캐스팅만 되면 곧장 촬영을 할 수 있었다. 자본은 신애의 개인적 친분을 통해 비밀리에 끌어들였고 캐스팅과 보충된 스태프들 또한 믿을 수 있고 능력 있는 사람들을 골랐다. 촬영 역시 극비리에 진행됐다. 노출을 피하기 위해 은밀한 세트를 지어 촬영을 했다. 제작비가 늘었지만 신애는 모든 걸 감당했다.

"뭐라고 해야 할지 모르겠어."

그때 현우는 어느 때보다 행복해 보였다. 힘든 배역을 소화하기 위해 강행군을 해야 했지만 눈은 늘 빛났다.

"당신의 꿈을 꼭 내가 이루게 해줄 거야."

신애는 다시 한 번 마음속으로 다짐했다. 언제나 현우가 자신을 그렇게 보게 하겠다고. 자신이 아니면 안 되게끔 만들겠다고.

영화는 무사히 촬영을 마쳤다. 편집을 해봐야겠지만 만족할 만한 작품이 나올 거라는 게 영화에 참여한 모든 이의 생각이었다. 하지만 아무리 좋은 작품이라도 평가를 받지 못하면 그간의 노력이 물거품이 될 수도 있었다. 국내 개봉이 확정되기 전 우선 해외 영화제에 출품했다. 해외영화제 관계자들은 실화를 바탕으로 만들어졌고 한국에서는 아직도 공식화하기에는 금기된 사건이라는데 관심을 보였다.

처음에는 작은 영화제에 출품했지만 거기서 화제가 되자 메이저 영화제에서도 초청이 잇따랐다. 영화가 완성되고 내용이 알려지자 영화제에 참석하기 전 협박 또한 시작됐다. 이미 화제가 되고 있었지만 영화를 극장에 걸겠다고 나서는 곳이 없었다. 몇몇의 영화관을 잡을 수 있었지만 그렇게 끝난다면 아쉬움이 많이 남을 것 같았다.

"이번 영화제에서 상 하나만 받으면 아무 말 못할 텐데⋯⋯."

출국하기 전 김 감독은 현우의 손을 힘주어 잡았다.

신애는 비행기 안에서 출품된 영화들의 면면을 살폈다. 할 수 있는 일은 다 했으니 이제 결과를 기다릴 수밖에 없었다. 그녀는 옆자리에서 잠든 현우를 바라봤다. 참 아름다운 얼굴이었다. 그녀는 그의 옆에 있을 수 있는 것에 새삼 감사했다. 자신이 그를 위해 할 수 있는 일이 있다는 것도 감사했다. 그녀는 다짐했다. 그를 위해서라면 자신이 할 수 있는 일은 무슨 일이든 하겠다고.

현우와 신애 부부는 화려한 영화제에서도 단연 돋보였다. 줄리아의 의상 덕분이었다. 줄리아는 신애를 위해 진줏빛이 도는 비즈 장식의 드레스를, 현우를 위해서는 클래식하지만 세련된 턱시도를 준비했다. 함께 선 그들은 마치 하나의 완전체처럼 보였다. 그들은 어딜 가나 카메라 플래시 세례를 받았다. 덕분에 자연스럽게 영화가 홍보됐다. 시간이 갈수록 수상작과 수상자를 예측하는 기사가 쏟아졌다. 그리고 공식 상영 후에 현우의 남우주연상을 점치는 기사가 등장했다. 현지에서의 반응은 실시간으로 국내에도 전해졌다. 사람들은 영화가 상영되기를 기대한다며 여기저기 글을 올렸다. 그러자 매스컴이 관심을 보이기 시작했다. 사람들은 그제야 영화 상영을 두고 압력이 있다는 것을 알게 됐다. 요즘이 어떤 세상인데 아직도 그런 일이 벌어진다니. 분노한 사람들을 중심으로 상영관을 늘리기 위한 운동이 벌어졌다.

결국 현우는 해외영화제의 남우주연상을 안고 귀국했다. 공항에서부터 그를 기다리는 취재진으로 장사진을 이뤘다. 갖은 협박에도 굴하지 않고 영화를 찍은 현우와 그런 현우를 위해 제작에 나선 신애. 현우 부부가 이뤄낸 쾌거에 찬사가 끊이지 않았다.

영화도 입소문을 타기 시작했다. 흥행은 물론 사회적 파장도 몰고 왔다. 여러 시사프로그램에서 경쟁하듯 그 사건을 다루기 위해 혈안이 됐다. 당시 상황을 알고 있다는 증언자들도 속속 등장했다.

하지만 뭐니 뭐니 해도 최고 화제는 현우의 신들린 연기였다. 사람들은 새삼 그의 영화 인생을 높이 샀다. 만약 그가 상업적 시스템에서 광고를 찍고 기획사에 소속됐다면 압력으로 찍을 수 없는 영화였다. 소신을 지키기 위해 오랫동안 홀로 외롭게 버틴 그의 스토리가 새삼 화제가 됐다. 그때까지도 그에게 종종 여자들 덕을 본다며 이죽대는 사람들도 있었다. 하지만 영화로 인해 반박하는 사람들이 많아졌다. 디자이너인 줄리아가 그를 위해 할 수 있는 일은 제한적이며, 결혼도 어느 정도 연기력을 인정받은 후의 일이라고 했다.

"이봐. 부럽네. 저렇게 돈 많은 부인이 모든 걸 다 해주니."

하지만 술자리에서는 여전히 그런 말로 시비를 거는 사람들이 있었다.

수상 축하 파티가 있던 날도 그랬다. 술이 거나한 목소리에 돌아보니 강윤석이었다. 나중에 안 사실이지만 그도 이번 영화에 욕심을 냈다고 했다. 감독도 평소 이미지상 윤석을 먼저 생각한 모양이었다. 하지만 강윤석은 자본을 끌어들일 수 없었다. 결국 배역은 현우에게 돌아갔다. 강윤석은 현우가 남우주연상을 받은 것도 모두 돈의 힘이라고 생각했다.

"쓰레기!"

강윤석은 그날 술에 많이 취했다. 현우를 향해 침을 뱉으려던 그를 곁에 있던 경호원들이 빠르게 제지했다. 하지만 그때까지도 그런 시선은 참을 수 있었다. 그의 연기는 누구도 인정할 수밖에 없었으니까.

남우주연상을 받은 후 파티가 있던 날까지도 현우는 자신이 이뤄낸 모든 것에 감격했다. 이렇게 이제는 정말 소신껏 연기만 하면 될 것 같았다.

그런데 흉터가 생긴 후 연기에 대한 평가 또한 달라졌다. 어느 순간 그는 그저 반반한 얼굴과 아내의 재력으로 연명하는 한심한 인간이 돼 있었다. 영화가 실패한 후 사람들은 연일 가십을 쏟아냈다. 그가 아내를 선택한 것도 돈 때문이라고 했다.

도저히 참을 수 없어 기사를 쓴 곳에 항의를 했다. 하지만 사고 후 출연한 모든 영화가 아내의 자금력에 의해 제작된 사실을 알았을 뿐이었다.

가십으로 만신창이가 된 그에게 신애는 결코 미안해하지 않았다. 흉터로 인한 배신감은 그녀가 더 크게 느끼고 있었기 때문이었다.

"말해 줘요. 제발…… 그날 무슨 일이 있었는지……."

15. 위험한 파티

"결국 유명인이 무엇을 입을지는 중요하지 않다. 자신에게 맞지 않는 옷이라면 누가 누군지 알지 못하는 패션 에디터와 디자이너 그리고 아무리 유명인이라 하더라도 사람들은 더 이상 그들에게 끌려다니지 않는다."

—마사 넬슨(《인 스타일》편집장)

윤석은 왠지 현우가 자신과 같다고 생각했다. 캐스팅된 배우들은 아무리 작은 단역이라도 기획사에 소속돼 있었다. 대부분의 단역들은 주연배우들이 속한 회사의 신인들이었다. 그도 겨우 작은 소속사에 들어갈 수 있었다. 이번 캐스팅도 회사가 아니라면 따지 못했을 배역이었다. 하지만 현우는 기획사가 없었다. 그만한 얼굴이라면 욕심 내는 회사가 많을 텐데 촬영장에서 만날 때마다 여전히 그는 혼자였다. 늘 오디션을 거쳐 배역을 받은 케이스였다.

"힘들지 않아요? 혼자 다니는 거. 내가 우리 회사라도 소개해 줄까요?"

윤석은 진심으로 안타까웠다. 하지만 현우는 웃으며 고개를 저었다.

"그냥, 조금만 더 해보고요. 회사에 들어가면 내가 하기 싫은 것도 해야 할 것 같아서……."

현우의 말에 윤석의 가슴 한 곳에 파문이 일었다. 자신도 한때는 그렇게 해보고 싶었다. 백도 돈도 없는, 게다가 학력조차 변변치 않은 자신이 몸뚱이 하나만 믿고 배우를 하겠다고 나섰을 때, 그리고 영화에 미쳐 몇 끼를 굶으며 작은 배역만으로도 감사할 수 있었을 때. 그렇게 살 수 있을 거라 생각했다. 하지만 현실은 이상과 달랐다. 돈도 백도 변변한 학력조차 없는 사람은 작은 배역 하나도 얻기가 힘들었다. 작은 배역이라도 받으려면 끊임없이 인맥을 만들어야 했다. 그러려면 회사에 들어가야 했다.

윤석은 현우를 보면 늘 헛웃음이 났다. 어떤 땐 질투도 났다. 하지만 가슴 깊은 곳에서는 그를 응원하는 마음도 있었다. 돈도 백도 게다가 변변한 학력도 없는 건 자신보다 더 했으니까. 둘 다 어느 정도 이력이 붙을 때까지, 그 후로도 둘은 자주 만났다. 함께 출연한 적도 있었고 같은 배역을 두고 오디션을 본 적도 있었다. 배역은 늘 윤석이 땄다. 자신이 봐도 현우가 훨씬 더 잘 맞는 것 같았다. 하지만 회사가 있는 배우들은 없는 쪽보다 유리했다. 오디션장을 나가는 그에게 기다렸다는 듯 사람들이 다가왔다. 하지만 현우는 픽업 제의를 거절한 채 쓸쓸히 오디션장을 빠져나갔다.

　유독 꼿꼿해 보이는 현우에게는 오디션 기회도 잘 주어지지 않았다. 하지만 현우는 눈을 돌려 독립 영화나 저예산 영화에 출연하기 시작했다. 메이저 영화에서는 단역도 받지 못했지만 작은 영화에서 현우의 연기력은 빛을 발했다. 현우는 곧 주연급으로 캐스팅되기 시작했다. 시간이 지나자 그의 가치를 알아보는 사람들이 하나둘 생기기 시작했다. 팬층도 서서히 생겨났다. 하지만 메이저와 동떨어진 자리에서는 아무리 연기력이 뛰어나도 정상급 배우로 성공하기는 힘들었다.

　그런데 현우가 갑자기 세상의 관심을 받기 시작했다. 그가 출연한 저예산 영화가 해외영화제에서 큰 상을 받았다. 그렇게 작품성만 인정받고 만 영화들이 많았지만 영화는 뜻밖에 흥행까지 하기 시작했다.

　윤석의 첫 주연작과 맞붙는다고 했을 때 불안감이 없었던 건 아니었다. 하지만 대형 영화사에서 만든 영화와 저예산 영화는 싸움이 될 수 없었다. 상영관 수도 차이가 날 뿐 아니라 홍보에 마케팅이 더해져 다윗과 골리앗의 싸움에 비할 수 있었다. 하지만 현우의 영화는 저예산 영화 관객 동원 신기록을 기록하며 최고의 화제작으로 떠올랐다.

　겨우 얻은 주연 영화가 저예산 영화에도 밀리며 흥행에 참패한 후 윤석에게는 하루하루가 수치스러운 나날이었다. 영화 제작에도 참여한 회사는 손해가 이만저만이 아니었다. 이사고 회장이고 하다못해 로드매니저까지도 윤석을 곱게 보지 않았다. 어느 날 이사가 부른다는 연락을 받았다. 방으로 가니 이사는 왠지 반기는 목소리로 명함을 내밀었다.

"자네를 보고 싶다는 분이 있어."

윤석은 그렇게 다시 회사에서 주선한 스폰서들의 술자리를 나가야 했다. 그동안 해온 일이니 상관없다고 생각했다. 그 자리까지 올라가기 위해 윤석은 여자들이고 남자들이고 스폰서들을 닥치는 대로 상대했다. 그러지 않으면 배역을 딸 수 없었다. 그가 그렇게 스폰서들의 비위를 맞추며 다시 개처럼 버틸 때였다.

허름한 극장 앞에 붙은 포스터가 눈에 띄었다. 포스터 속의 현우는 환하게 웃고 있었다. 이제 메이저 영화에서도 존재감을 과시하는 배우였지만 그는 여전히 저예산 영화에 출연하고 있었다. 그가 출연한 영화가 개봉한 모양이었다. 윤석의 회사에도 찾아왔던 감독은 사장에게 욕만 먹고 돌아갔다. 그런데 현우가 출연한 모양이었다. 자신들이 거들떠보지도 않던 영화인데. 왜 포스터 속 현우는 그렇게 빛이 나는지 모를 일이었다. 윤석은 포스터를 보며 눈물을 흘렸다. 현우가 많이 부러웠다. 아니 화가 나 견딜 수 없었다. 죽이고 싶도록 싫었다.

윤석도 한때는 그렇게 살 생각이 없었던 건 아니었다. 하지만 몇 번의 오디션에서 떨어진 후 회사에 들어가지 않으면 영화를 할 수 없다는 걸 깨달았다. 대부분의 캐스팅은 공개적인 오디션이 아닌 제작자와 감독과의 미팅에서 이뤄졌다. 미팅 기회를 가지려면 소속사에 들어가야 했다. 소속사의 다른 배우들을 제치고 미팅의 기회를 얻으려면 회사가 시키는 일이면 무조건 해야 했다. 오디션은 연기를 연습해 가면 그만이지만 미팅에서는 사적인 걸 물어봐도 대답하지 않을 수 없었다.

윤석이 그렇게 살아남으려 발버둥칠 때 현우는 마치 한 마리 학처럼 고고하게 자신의 길을 갔다. 그가 범접할 수 없는 곳으로 날개를 달고 훨훨 날아올랐다. 그리고 어느 날 스폰서를 만나고 나오던 호텔 로비에서였다.

현우가 있었다. 영화 관련 기자회견을 마치고 나오는 참이었다. 줄리아가 디자인했을 멋진 슈트 차림의 현우는 늘 그렇듯 아내와 함께였다. 윤석은 얼른 기둥 뒤로 몸을 숨겼다. 눈부신 현우와 달리 유리장식에 비친 자신의 모습은 초라하기 짝이 없었다. 기둥 뒤에서 윤석은 현우를 한참 동안 바라봤다. 그가 문밖을 나갈 때까지 카메라와 기자들이 눈을 반짝이며 뒤를 따랐다. 호텔 안의 사람들도 그를 보기 위해 모여들었다.

윤석은 자꾸 화가 치받쳤다. 정현우의 스타성은 누구보다 자신이 먼저 알아봤다. 하지만 지금의 정현우는 과대포장돼 있었다. 그가 여기까지 올 수 있었던 건 줄리아와 돈 많은 아내 때문이었다.

윤석도 돈 많은 여자를 잡을 기회가 없었던 건 아니었다. 하지만 아무 의미 없이 만나던 지금의 아내가 임신을 했다며 찾아왔다. 평소답지 않게 화장기 없는 얼굴이었다. 그녀는 그런 것을 왜 가지고 다닐까 싶은 손수건으로 연방 눈물을 찍어댔다. 윤석은 그녀가 왜 그러는지 이해하지 못했다. 임신이 뭐 어떻다고. 그녀는 아이에 연연할 사람이 아니었다. 몇 번의 낙태 경험을 자랑하듯 떠벌리던 여자가 아니었던가. 그런데 윤석 앞에 앉은 여자는 손수건으로 눈물을 찍어내며 아이를 낳겠다고 했다. 결혼도 요구했다. 윤석은 너무 어이가 없어 웃음을 터트렸다. 솔직히 그는 여자가 정말 임신이라는 걸 했는지 믿기지 않았다. 했다 해도 자신의 아이가 맞는지도.

"왜 그래? 우리 그런 사이 아니잖아."

윤석은 황당하지만 침착하려 애썼다. 화가 났지만 여자를 존중하는 눈빛을 잃지 않으려 노력했다.

"마지막이야. 이 아이. 내가 가질 수 있는……."

간절한 윤석의 눈을 절박한 여자의 눈이 바라봤다.

말도 안 된다며 여자의 눈을 뿌리치고는 일어나 거리로 나왔다. 여자의 눈빛이 걸리기는 했다. 하지만 자신의 의사 표시는 충분히 했다고 생각했다. 그러니 뭐 별일이야 있을까.

그런데 다음 날 여자는 기자들 앞에 섰다. 카메라 앞에서 역시 화장기 없는 얼굴로 역시나 꽃무늬가 그려진 손수건으로 눈물을 연방 찍어댔다.

기자회견 후 세상은 윤석을 향해 돌팔매질을 하기 시작했다. 그동안 그렇게 매스컴의 관심을 끌기 위해 노력했건만. 거들떠보지 않던 사람들은 돌팔매를 하는 데는 참으로 악착같았다. 악화된 여론을 돌리려 윤석도 기자들을 만났다. 여자와는 그런 관계가 아니라고 했다. 그녀는 여러 번 낙태 경험이 있으며 솔직히 자신의 아이인지도 확실하지 않다고. 하지만 기사가 나가자 오히려 윤석을 비난하는 여론만이 더 높아졌다. 파렴치한이라며 길거리에서 다가와 침을 뱉는 사람도 있었다. 비난이 거세지자 회사에서도 차라리 결혼을 종용했다. 윤석은 온갖 비난 끝에 결국 결혼을 하지 않으면 안 되었다.

결혼 후에도 한번 추락한 이미지를 회복하기란 불가능했다. 결혼 후 윤석은 번번이 캐스팅에서 좌절됐다. 이놈의 세상은 참으로 이상했다. 삼류인생도 그것을 연기하는 배우에게는 깨끗한 이미지를 원했다.

그날 기둥 뒤에서 본 현우는 눈부셨다. 윤석은 울컥 눈물이 났다. 그러다가는 자꾸만 치미는 적의로 자기도 모르게 주먹을 꼭 쥐었다.

*

화려한 파티는 줄리아와 신애의 합작품이었다. 초대된 사람들이 입장을 마치자 영화에 나온 의상들의 패션쇼가 시작됐다. 배경음악을 담당한 가수가 나와 노래를 부르며 분위기가 달아올랐다.

오랜만에 파티에 등장한 현우는 너무나 멋져 보였다. 빛나는 현우를 보며 윤석은 속이 쓰려 술만 마셨다. 윤석도 이번 영화를 제의받았다. 시나리오를 본 순간 그도 욕심이 났다. 그가 관심을 보이자 감독은 고생한 사람들이 갖는 눈빛이 배역과 잘 어울린다며 함께 하자고 했다. 하지만 회사에서 반대하고 나섰다. 회사에도 피해가 갈 거라는 이유였다. 게다가 회사 측에서는 경제적인 이익을 얻을 수 있는 영화도 아니었다. 윤석은 눈물을 머금고 배역을 포기했다.

그런데 하필 그 배역을 현우가 맡은 모양이었다. 영화는 제작에 어려움을 겪는 것 같았다. 하지만 정현우의 여인들은 자금을 끌어왔다. 상영이 어려울 수 있었던 영화였지만 역시 그녀들에게는 그것도 문제없었다. 그리고 현우는 해외영화제에서 남우주연상을 탔다.

술에 취해 윤석은 현우에게 다가갔다. 화려한 파티, 쏟아지는 동경의 눈빛 속에서도 현우는 왠지 불만이 많아 보였다. 마치 이런 파티 따위는 관심도 없다는 듯. 늘 그랬다. 자신이 개처럼 버텨서

얻는 모든 것들을 아니 그러고도 이루지 못할 것이 뻔한 모든 것들을 현우는 그렇게 무심히 대했다.

"이봐. 부럽네……."

현우는 윤석을 반갑게 맞았다. 하지만 술에 취한 윤석이 비틀거리자 현우는 얼굴을 조금 찌푸렸다.

"왜 날 그렇게 보나?"

윤석은 언제나 현우가 자신을 보는 눈이 마음에 들지 않았다. 하지만 그런 말에도 현우는 웃음을 잃지 않았다.

"자네. 많이 취한 것 같은데……."

현우의 웃음 띤 얼굴. 왠지 비웃는 것 같아 윤석은 다가온 현우의 얼굴을 향해 침을 뱉었다.

"쓰레기!"

아까부터 윤석과 현우를 지켜보던 주위 사람들 속에서 놀란 비명이 터져 나왔다. 주위가 소란하자 경호원들이 달려와 윤석을 막았다.

"쓰레기! 혼자 고고한 척하지 마! 아주 역겹단 말이야, 새끼야!"

경호원들은 윤석을 끌고 가려고 했다. 하지만 현우가 그들을 막았다.

"그냥 자리에 앉게 하십시오. 술에 취했을 뿐이에요."

경호원들이 안내한 자리에 앉아 윤석은 매니저가 올 때까지 혼자 더 얼마 동안 술을 마셨다.

"저 자식, 죽여버리고 말겠어!"

술을 마시면서도 윤석은 내내 현우를 쏘아봤다. 그 모습을 곁에 있던 사람들은 수시로 힐끔댔다.

그런데 어느 날이었다. 경찰이 윤석을 찾아왔다. 무슨 일일까. 불안해하는 그에게 경찰은 조용히 속삭였다.

"배우 정현우 씨가 사고를 당했습니다."

정현우가 사고를 당했다니. 짧은 순간 윤석의 머리에는 많은 생각이 스쳤다. 하지만 사고에 관해서는 아무런 소식을 듣지 못했다. 경찰의 낮은 목소리에서 수사가 극비에 진행되고 있음을 알았다.

경찰은 그저 조사 차원이라고 했다. 하지만 자신을 유력한 용의선상에 두고 있음을 직감했다. 경찰 말로는 파티에서 갑자기 사라진 현우가 얼굴에 큰 상처를 입은 채 나타났다고 했다. 윤석은 정말 자신이 한 것은 아닐까 생각했다. 하지만 아무리 술에 취했어도 자신은 그런 일을 할 수 없었다. 그날 매니저가 와 집으로 데려간 후 그는 현우를 먼 빛으로라도 본 적이 없었다. 현우가 사라진 것과 윤석이 매니저에게 발견될 때까지 그를 파티에서 본 사람이 없다며 경찰은 의심의 눈을 번뜩였다. 그는 그저 한 곳에 쓰러져 잠을 잤다고 말했다. 다행히 시시티브이에서 그가 구석에 처박힌 채 잠자는 모습을 찾을 수 있었다.

사고 후 현우의 얼굴에 흉터가 생겼다고 했다. 이후 정현우가 출연한 영화들은 흥행에 실패했고 그의 연기력도 도마에 올랐다. 한때 사진이 화제가 돼 재기에 성공할 듯 보였지만 그것도 실패로 돌아갔다. 그의 아내가 아무리 많은 돈을 투자해 영화를 만들어도 현우의 추락을 막을 수는 없었다.

윤석은 이제 이대로 끝이길 바랐다. 정현우를 향한 질투와 분노 그를 볼 때마다 드는 자괴감을 이제는 끝낼 수 있길 진심으로 바라고 바랐다. 그리고 그건 단지 바람뿐이 아닐 것 같았다.

그런데 어느 날 윤석의 눈에 기사 하나가 들어왔다. 정현우의 기사였다. 이제 그에 관한 기사는 온통 그가 계속 추락하고 있다는 걸 알리는 것들뿐이었다. 윤석은 그런 기사가 날 때마다 안도감이 드는 자신이 싫었다. 하지만 그런 기분이 나쁘지 않았다. 그날도 나쁘지 않은 기분을 느끼기 위해 그는 기사를 한 줄 한 줄 천천히 읽어갔다.

그렇게 끝이라고 생각했는데. 현우가 다시 화제가 되려는 모양이었다. 그의 아버지를 다룬 다큐멘터리가 만들어진다고 했다.

윤석은 그만 웃음이 터져버렸다. 그의 아버지가 영화감독이었다니. 그는 어떻게 해도 현우에게는 이길 수 없을 것 같은 자신의 운명에 자꾸 쏟아지는 웃음을 주체할 수 없었다.

16. 드러난 진실

"당신은 모든 것에서 영감을 얻을 수 있다.
만약 찾을 수 없다면 제대로 보지 않은 것이다."

—폴 스미스

방송을 보는 내내 신애는 눈물을 흘렸다. 감동을 받아서인지 아니면 자신이 한 일에 스스로 감격했기 때문인지 알 수 없었다. 방송은 주로 정인호의 데뷔작을 중심으로 구성됐다. 보기에는 궁중 암투를 그린 시대물 같지만 화면구성과 인물의 독창성을 봤을 때 그것은 당시에는 보기 드문 실험 정신으로 똘똘 뭉친 작품이라는 평론가의 말이 삽입됐다. 하지만 권력자들의 눈에 거슬렸던 장면들로 인해 정인호는 영화판에서 밀려났다. 이후 조잡한 비디오 영화를 찍는다며 세상은 그를 삼류로 취급했다. 하지만 정인호는 자신의 모든 걸 바친 영화를 기획한다.

정인호는 우연한 계기로 그 사건을 알게 됐다. 배우 지망생들이 죽었고 그 죽음에는 권력자 자녀들이 얽혀 있는 사건이었다. 하지만 사건은 철저히 은폐됐다. 어쩌다 소문이 돌았지만 죽은 여자들이 술집 작부들이라는 소문도 함께였다. 그러자 사람들은 더 이상 소문에도 귀를 기울이지 않았다.

정인호는 영화를 꿈꾸던 여인들의 죽음에 분노했다. 그녀들이 술집 작부로 매도되는 것 또한 참을 수 없었다. 그는 그 사건을 자신이 영화로 만들겠다고 다짐했다. 하지만 그는 꿈을 펼치지 못했다. 영화를 위해 시나리오를 들고 여기저기 기웃대던 중 갑작스러운 죽음을 맞이했다. 뺑소니였다. 정인호의 죽음은 여러모로 의문투성이였다. 취재노트나 시나리오, 모아놓았던 자료 등을 어디서도 찾을 수 없었다.

금기를 영화에 담으려 했던 선구적 감독. 내레이터는 정인호를 그렇게 묘사했다. 이어서 시대가 권력의 눈치를 보며 외면한 사건을 다루려 했던 정인호는 진정한 영화인이라는 평이 이어졌다.

화면은 다시 지금의 시점으로 넘어왔다. 오늘날 한국 영화는 눈부시게 발전돼 있었다. 각종 영화제에서 얻은 성과도 나날이 늘어갔다. 하지만 오늘날에도 영화판을 유지하는 힘은 보이는 것이 아닌 묵묵히 자신의 길을 가는 영화인들이었다.

화면에는 이어서 정현우가 등장했다. 그는 흥행이 아닌 작품성 있는 영화를 고집했다. 영화를 오락이나 산업이 아닌 예술이라 생각하기 때문이었다. 그는 좋은 영화를 위해 자신의 모든 걸 바치는 배우 중 하나였다. 그런 영화를 사랑하는 마음은 아버지에게서 물려받은 것이었다. 아버지 정인호가 영화로 만들려고 했던 그 사건. 바로 그 사건을 소재로 한 영화에서 정현우는 주연을 맡아 열연을 펼쳤다. 그리고 해외영화제에서 남우주연상을 수상했다. 내레이터는 이들 부자는 한국 영화가 낳은 최고의 보물이라고 했다. 신애는 그 장면에서 눈물을 흘렸다. 곁에 다가온 그녀는 현우의 얼굴에 입을 맞췄다.

"영화를 하게 될 거예요. 이제 아무도 당신을 어쩌지 못할 거예요."

신애의 휴대폰이 울렸다. 번호를 확인한 그녀의 얼굴에 미소가 번졌다.

"벌써 감동해 전화가 오는 모양인데요."

신애가 전화를 받으러 방으로 들어갔을 때였다. 화면에는 수소문 끝에 정인호가 모은 영화 자료들을 입수할 수 있었다는 내레이션이 흘렀다. 익명의 제보자에게서 받았다고 했다.

이어서 정인호의 물건들이 하나하나 클로즈업되기 시작했다. 빛바랜 노트. 수첩, 그리고 목숨 걸고 모았다는 사진들까지.

멀리서 찍은 것이 분명한 사진 속 별장에는 술자리가 벌어져 있었다. 남자들은 보이지 않았다. 창문 너머 보이는 건 여자들뿐이었다. 얼굴은 보이지 않았다. 단지 옷만 보였다. 빛바랜 사진 속이지만 여자들의 옷은 참으로 아름다웠다. 하지만 다음 사진에서는 그 옷을 입은 여자들 중 두 명이 풀숲에 누워 있었다. 숨을 거둔 채였다. 술자리에 있었다는 것도 옷을 통해 알 수 있었다. 역시나 당시 소문처럼 술집 작부는 아니었다. 푸른빛 원피스와 붉은 투피스. 낡고 빛바랜 사진이었다, 멀리 찍어 누군지 자세히 볼 수도 없었다. 하지만 옷은 여자들이 술집과는 관련이 없음을 증명하는 확실한 물증 같았다.

그런데 화면 속 여자들의 옷을 본 순간이었다. 현우는 자기도 모르게 일으키던 몸을 힘없이 주저앉혔다. 갑자기 속이 메스꺼웠다. 속엣것들이 올라올 것 같아 얼른 손으로 입을 틀어막았다. 여자들이 입은 옷. 푸른 빛 원피스와 붉은 투피스, 모두 낯익은 옷이었다. 뿐만 아니었다. 사진들이 클로즈업 될 때마다 보이는 옷들 모두 낯익었다. 그중 가장 눈에 띄는 건 역시 창문 너머 여인이 입은 옷이었다. 학 날개 같은 흰 원피스. 그 옛날 사진관에 걸렸던 엄마의 옷.

*

"하지 마. 너랑 안 어울려."

시나리오를 보는 내내 줄리아의 눈은 빠르게 흔들렸다. 현우는 그녀도 흥분하고 있다고 생각했다. 자신이 느꼈던 감동을 그녀도 똑같이 느끼는 것 같아 가슴이 한없이 벅차올랐다. 하지만 벅차오르던 가슴이 순간 얼어붙었다.

알 수 없다는 듯. 아니 실망한 듯한 그의 얼굴을 줄리아는 간절한 눈빛으로 바라봤다.

"제발······."

그녀의 눈동자가 심하게 흔들리고 있었다. 뭔가 이상했다. 위험한 소재인 건 사실이었다. 하지만 주인공은 남자배우라면 누구든 욕심 낼 만한 캐릭터였다. 영화를 보는 눈 또한 특별한 그녀였다. 현우는 예상치 못한 그녀의 말에 가슴속에서 깊은 배신감이 끓어올랐다.

"안목이라는 것도 나이가 들면 시들해지나 봐요."

파티에서 신애는 작정한 듯 줄리아를 자극했다. 줄리아의 이마에 순간 주름이 졌다.

파티에 참석한 사람들은 줄리아가 지나갈 때마다 자신도 모르게 그녀를 바라봤다. 나이를 생각해서일까. 화려한 여자들과는 달리 튀지 않는 회색 톤의 드레스는 오히려 은은한 아름다움을 뿜어냈다.

신애는 사람들이 줄리아에게 감탄할 때마다 신경이 곤두섰다. 스팽글이 촘촘하게 박힌 화려한 드레스. 그녀는 물론 어느때보다 아름다웠다. 하지만 줄리아가 풍기는 세련된 멋과 기품을 따라가지는 못했다. 신애는 자기도 모르게 찌푸렸던 인상을 폈다. 미소를 띠며 현우 곁으로 다가갔다. 그러자 사람들의 눈은 다시 그들 부부에게로 모아졌다.

현우는 신애에게 따뜻하게 미소를 지어보였다. 기다렸다는 듯 여기저기서 플래시가 터졌다. 사람들은 아름다운 부부의 모습에서 눈을 떼지 못했다. 그들 중에는 줄리아도 있었다. 그녀는 몇몇 사람들과 얘기를 나누는 중이었다.

파티 내내 줄리아는 현우 곁에 가까이 가지 않았다. 그저 먼 빛으로 바라볼 뿐이었다. 현우는 알 수 있었다. 그의 곁에서 신애는 누구보다 빛이 났다. 하지만 줄리아는 오히려 빛을 잃었다.

"결국 제가 옳았어요."

신애가 영화 제작에 그렇게 열심이었던 건 줄리아가 반대했기 때문은 아니었을까. 기어코 줄리아와 마주 선 신애를 보며 현우는 생각했다.

결국 머리가 아프다며 줄리아는 자리를 피했다. 얼마 못 가 그녀의 몸이 중심을 잃고 흔들렸다. 현우는 달려가 그녀의 팔을 잡았다. 신애의 얼굴이 조금 찌푸려졌다. 하지만 그녀는 곧 사람들에게 둘러싸였다. 방금 전 얼굴을 찌푸렸던 것도 기억하지 못했다. 현우가 줄리아를 부축하고 나서는 것도 그녀는 알아채지 못했다.

줄리아는 현우에게 몸을 맡긴 채 차로 천천히 걸어갔다. 왜일까. 갑자기 그녀의 가슴속에서 예기치 않은 악의가 솟구쳤다.

"아직도 네가 바꿀 수 있다고 생각하니?"

걸음을 멈춘 그녀가 현우의 눈을 쏘아봤다.

"나도 한때는 그랬는데. 그런데 어떡하지? 난 네가 지금껏 이룬 게 얼마나 허무하게 무너질 수 있는지 알거든."

마침 줄리아의 차가 와 섰다. 문이 열렸다. 줄리아는 드레스 자락을 손으로 모으며 차에 올랐다.

"혹시 들어본 적 있니? 네 아버지의 마지막 작품에 대해……."

그녀의 입가에 의미를 알 수 없는 웃음이 번졌다. 차문이 닫히자 그녀의 미소도 사라졌다. 차가 출발하기 시작했다. 차가 보이지 않을 때까지 현우는 자리에서 꼼짝하지 않았다. 아버지의 마지막 작품이라니. 아버지는 유작을 남기지 못했다. 일생일대의 걸작을 만들겠다며 나간 아버지는 투자자들의 돈만 끌어들인 후 주검이 돼 돌아왔다. 뭐라도 건지고 싶은 빚쟁이들이 눈에 불을 켜고 찾았지만 아무것도 찾지 못했다.

그런데 순간 번개처럼 스치는 생각이 있었다. 언젠가 할머니 품에 있던 아버지의 물건들. 그리고 한동안 방안에 처박혀 끼적이던 시나리오.

그런데 그게 어쨌다는 걸까. 아버지가 에로 영화 감독이었다는 건 아는 사람들은 다 아는 사실이었다. 그래서 한때 곤욕을 치르기도 했다. 그럴 때마다 안타까워하며 현우를 감싸고 돈 건 줄리아였다. 그런데 새삼 아버지가 그의 연기 생활에 영향을 미칠 게 뭘까. 줄리아는 대체 뭘 말하고 싶은 걸까. 아버지의 마지막 작품. 그것이 여태 쌓아온 모든 걸 무너뜨릴 수도 있다는 말일까.

현우는 허겁지겁 파티장을 빠져나왔다. 사람들은 모두 어지간히 취해 있었다. 인터뷰나 촬영을 위해 있던 취재진들도 대부분 철수한 상태였다. 줄리아에게 모욕을 준 신애는 한껏 들떠 사람들과 이야기를 나누는 중이었다. 그가 곁에 없는 것도 눈치 채지 못했다. 파티장을 나와 한참을 걸었지만 아무도 그가 없어진 걸 알지 못했다.

현우는 사람들이 잘 이용하지 않는 주차장 쪽으로 갔다. 마침 서 있는 택시를 탔다. 줄리아가 간 곳이 어디일까. 패션센터에도 그녀의 빌라에도 가봤다. 줄리아는 없었다. 다시 택시를 탔다. 그리고 줄리아의 별장으로 향했다. 그의 기억이 맞다면 그곳은 줄리아와 매니저 외에 그밖에는 알지 못했다.

현관 앞에서 현우는 벨을 누르려다 비밀번호를 눌렀다. 버튼을 누를 때마다 긴장감이 얹히며 팽팽히 목을 조였다. 긴장감이 한계에 다다른 순간이었다. 비명 같은 전자음과 함께 튕기듯 문이 열렸다.

줄리아는 여전히 드레스 차림이었다. 막 잠에서 깬 듯 소파에 널브러져 있었다. 테이블에는 빈 위스키병이 놓여 있었다. 파티에서 돌아와 그녀는 혼자 그 안에 들어 있던 술을 모조리 마신 모양이었다.

무슨 생각일까. 그녀가 천천히 몸을 일으켰다. 비틀비틀 흔들리던 그녀의 몸이 어느 순간 리듬을 타기 시작했다. 음악도 없이 그녀는 그렇게 춤을 췄다. 텔레비전에서는 영화가 상영 중이었다. 알 파치노의 「스카페이스」였다. 얼마쯤 시간이 흐른 후 그녀는 곁에 있던 그의 손을 잡아끌었다. 그는 엉거주춤 그녀가 이끄는 대로 움직였다. 그녀는 어색하게 일그러진 얼굴을 가만히 들여다봤다. 그녀의 입가에 곧 짓궂은 웃음이 번졌다. 마치 장난기 가득한 소녀 같았다. 갑자기 그녀가 곁에 있는 거울 앞으로 갔다. 그러고는 물끄러미 자신의 얼굴을 들여다봤다.

"너무 늙었어, 그렇지?"

그녀가 갑자기 그를 거울 앞으로 끌어당겼다.

"그런데 넌 아직도 아름다워."

거울 속 나란히 담긴 둘의 얼굴을 현우는 한동안 들여다봤다. 순간 가슴이 아팠다. 그를 처음으로 안아준 여인. 꿈을 펼칠 수 있게 해준 여인. 그가 사랑하는 여인. 하지만 이제 그를 위해 아무것도 해줄 수 없는 여인. 그래서 더 안타까운 여인이었다.

현우는 그녀의 몸을 거울 앞에서 떼어내 가슴에 안았다. 다가온 입술에 입을 맞추자 그녀의 눈물이 그의 얼굴 위로 흘러내렸다. 어린 시절 꿈속처럼 그녀의 품은 따뜻했다. 아니 몸은 곧 열기에 휩

싸였다. 순식간에 불처럼 달아올랐다.

하지만 그때였다. 그의 눈에 알 파치노가 보였다. 성공했다고 믿었지만 파멸하고 마는 스카페이스가 거울 속에서 그녀와 그를 지켜보고 있었다.

그는 외마디 비명과 함께 그녀의 몸을 거칠게 떼어냈다. 무방비한 그녀는 바닥에 그대로 쓰러졌다. 하지만 그는 구두에 발만 걸친 채 밖으로 뛰쳐나갔다. 갑자기 그녀의 웃음소리가 등뒤에서 화살처럼 날아들었다. 뒤이어 난무하는 총소리도 들렸다. 영화 속의 알 파치노가 최후를 맞이하는 모양이었다.

*

그날 알 파치노의 옷에 물들던 붉은 핏방울과 화면 속 여인들의 옷이 오버랩되고 있었다. 현우는 눈이 어지러웠다. 늘 영화에 출연시켜 주겠다며 여자들을 데리고 다니던 아버지. 엄마가 만든 옷을 입기 위해 아버지를 따라다니던 여자들. 그리고 줄리아의 흰 옷.

김 감독이 가져온 시나리오를 봤을 때 현우는 생각했다. 이 이야기라면. 이렇게 위험한 소재를 다룬 영화를 한다면. 사람들은 에로 감독의 아들이라는 것도, 줄리아와의 스캔들도, 돈 많은 상속녀와의 결혼도 더 이상 떠벌이지 못할 거라고. 아니 세상은 그가 찍은 영화로 인해 달라질 거라고.

영화가 세상에 나온 후 사람들은 그의 용기에 박수를 쳤다. 덕분에 세상은 잊혔던 사건에 다시 관심을 기울였다. 그 사건에 대해 알고 있는 제보자들도 속속 나타났다. 제작팀에서 입수한 사진도 그들에게 받았던 걸까. 그리고 이제 별장으로 여자들을 데려간 게 아버지라는 걸 세상은 곧 알게 되겠지. 거기까지 생각한 현우는 머리를 감싸 쥐었다.

"벌써 전화가 빗발쳐요. 당신을 섭외하겠다는 방송도 많다는데요."

또 누군가의 전화를 받으려던 신애가 방에서 소리쳤다.

현우는 신애의 기쁨에 찬 목소리를 듣고도 멍하니 자막이 올라가는 화면을 바라봤다.

그는 알았다. 결국 스크린을 자신의 의지대로 만들며 아버지에게 복수하겠다는 생각은 오만이었다는 걸. 조롱하는 것만 같은 텔레비전을 끄려던 그는 하지만 그 자리에서 오랫동안 꼼짝하지 못했다. 그의 손이 의지와는 상관없이 언제부턴가 얼굴의 흉터를 만지작거리고 있었기 때문이었다.

내 황홀한 옷의 기원

"나는 평범한 아름다움을 좋아하지 않는다.
이상함이 없는 아름다움은 존재하지 않는다."
—카를 라거펠트

문이 열리자 남자의 얼굴로 따갑게 카메라 플래시가 쏟아졌다. 당황한 남자는 얼굴을 조금 찡그렸다. 하지만 곧 부신 눈을 추슬러 카메라와 사람들을 바라봤다. 찡그렸던 얼굴에 다시 특유의 미소가 번졌다. 미소 띤 얼굴을 클로즈업하던 카메라가 줌아웃되며 남자의 상체와 하체를 차례로 담았다.

화면을 보던 사람들의 눈 또한 남자의 얼굴에서 체크무늬 셔츠와 하늘색 카디건, 베이지색 바지와 갈색 스니커즈로 옮겨졌다. 카메라가 다시 얼굴을 비추자 사람들은 모자도 봤다. 가볍게 눌러쓴 야구모자에는 다저스 로고가 새겨져 있었다. 모자에 새겨진 로고가 눈에 들어오자 사람들은 지난 월드시리즈 우승 당시 팬들의 환호를 떠올렸다. 이어 오랜 비행 탓에 피곤해 보이던 남자의 얼굴은 자신감이 넘쳐보였다.

남자가 포토라인에 서자 기자들이 마이크를 일제히 들이댔다. 영근 밤송이처럼 날아드는 질문에 남자는 한동안 입만 달싹였다. 하지만 곧 마음을 다잡았다. 남자는 신중하게 답을 하기 시작했다. 겸손하지만 자신감이 넘치는 말투였다.

"정말 감격적이었습니다. 힘든 작품이었는데……."

말끝에 남자의 목소리에 울컥 물기가 얹혔다. 하지만 얼굴에는 자부심이 고스란히 드러났다. 그렇게 자부심이 지나쳐 오만하게 느껴지던 순간이었다. 카메라가 다시 체크무늬 셔츠와 카디건과 스니커즈를 담았다. 남자의 자신감에 잠시 비위가 상하던 사람들은 자신도 모르게 입가에 미소를 지었다. 환호와 함께 감격에 겨워 눈물을 찔끔대는 사람들도 있었다.

"앞으로의 계획을 말씀해 주시겠어요?"

한 기자의 질문에 그의 입가에 옅은 미소가 번졌다. 그러면서도 얼굴의 진지함은 잃지 않았다.

"달라진 건 없습니다. 지금까지 그래왔던 것처럼 인기에 연연하지 않고 소신껏 연기를 하고 싶어요."

끝으로 그는 오랫동안 지켜봐준 팬들과 자신의 길을 갈 수 있게 해준 사람들에게 감사의 말을 잊지 않았다. 그중 아내 윤신애와 후원자인 디자이너 줄리아는 특별히 이름까지 언급했다. 남자의 입에서 줄리아의 이름이 나오자 사람들의 눈이 잠시 의혹으로 반짝였다. 그런 눈을 의식해서일까. 그는 어색한 미소와 함께 카디건의 젖혀진 섶을 끌어와 몸에 붙였다. 카메라는 그의 손동작 하나도 놓치지 않고 따라갔다. 울 소재의 카디건은 그가 움직일 때마다 화면 속에서 나슬나슬 부드럽게 흔들렸다. 그러자 사람들의 의혹의 눈빛 또한 흐물흐물 흩어졌다. 그 순간 사람들은 카디건의 섶을 여미며 부드럽게 흘러든 그의 목소리를 기억할 뿐이었다. 잠시나마 의혹의 눈빛을 보냈다는 사실조차 기억하지 못했다. 그는 다시 한 번 고개를 숙여 끝인사를 하고는 사람들 사이를 빠져나갔다. 하지만 얼마쯤 가다가 다시 돌아섰다. 아쉬움에 자리를 떠나지 못하던 사람들은 일제히 환호를 질렀다. 사람들을 향해 그는 모자를 벗어 한 번 더 고개를 숙였다. 얼굴에는 팬들을 향한 감사의 마음이 넘쳐보였다. 하지만 정작 그는 자신이 무엇에 감사해야 하는지 모르는 것 같았다.

*

그는 늘 옷을 만드는 엄마를 봤다. 그런 눈으로 나를 봐주면 얼마나 좋을까. 그의 엄마가 만든 옷을 입으면 나를 바라봐 줄지도 모른다고 생각했다.

역시 그가 내게로 왔다. 아이들을 헤치고 내게로 와 나를 안아주고 손도 잡아줬다.

"나는 너 따윈 관심 없어! 단지 엄마 옷이 망가지는 게 싫었을 뿐이야!"

하지만 그는 잡았던 손을 뿌리치며 소리쳤다. 그러고는 뒤도 안 보고 달리기 시작했다. 내게서 가능한 멀리 도망치고 싶은 것 같았다.

하지만 그는 다시 내게로 왔다. 내 옷을 입을 때마다 자신도 모르게 입가에는 웃음이 번졌다. 내 옷은 무엇이든 할 수 있었다. 무수히 많은 사람들 틈에서 그를 돋보이게 할 수도, 없는 듯 눈에 띄지 않게도 할 수 있었다.

그가 누군가를 사랑한다고 착각하는 것도 옷 때문이었다. 누군가는 그의 마음을 얻기 위해 내 옷을 이용하기도 했다. 착각이 지나쳐 그들은 이제 서로의 인생을 자신들이 마음대로 할 수 있다고까지 생각했다. 이제 그들 모두 착각에서 벗어나야 했다.

*

남자의 수상 축하 파티에서 줄리아는 자신의 드레스를 물끄러미 내려다봤다. 남자의 슈트와 곁에 있는 여인의 것과는 대조적으로 초라해 보이는 회색 드레스. 갑자기 그녀의 눈시울이 붉어졌다. 남자는 파티 내내 사람들에 둘러싸여 있었다. 먼 빛으로도 눈이 부셨다. 그의 아르마니 스타일의 슈트는 자신의 손을 벗어나 이제 홀로 훨훨 날아오르려는 날개 같았다. 하지만 그녀는 그가 날개를 다는 걸 원치 않았다. 그녀는 그가 영원히 곁에 머물 수 있는 방법이 뭔지 생각했다. 그의 아버지를 떠올리는 데는 그리 시간이 오래 걸리지 않았다. 예상대로 역시 그는 파티장을 박차고 나와 그녀에게로 달려갔다. 그가 자신을 뿌리치며 떠날 때도 그녀는 그가 멀리 갈 수 없다고 생각했다. 하지만 그의 얼굴에 흉터가 생긴 후 모든 게 달라졌다. 예기치 않은 흉터로 인한 위기는 그녀도 손을 쓸 수 없었다. 흉터가 새겨진 후 그는 번번이 캐스팅도 좌절됐다. 기대를 걸었던 패션센터에 걸린 사진 또한 그를 재기시키지 못했다.

*

　파티에서 남자 못지않게 신애 또한 더없이 행복했다. 남자를 파티의 주인공으로 만든 사람이 그녀라는 걸 모르는 사람은 없었으니까. 하지만 갑자기 사라졌다가 나타난 남자는 얼굴에 상처를 입은 채였다. 자신이 영화를 고집해 일어난 일일까. 그녀는 언제나처럼 그가 자신을 떠날지도 모른다는 불안에 사로잡혔다. 그녀 또한

268

그를 붙잡고 싶었다. 그녀도 그의 아버지를 생각했다. 다큐멘터리가 그를 재기시키리라 굳게 믿었다.

남자가 아버지에게 기대를 품었던 것도 흉터 때문이었다. 하지만 텔레비전 앞에서 그는 그것이 얼마나 부질없는 생각인지 곧 깨달았다. 좌절감에 허공을 헤매던 손에 흉터가 느껴진 순간이었다. 그의 머릿속에 언젠가 인터뷰 당시 모니터에 비친 얼굴이 번개처럼 떠올랐다.

모니터 속 도드라지던 흉터는 하지만 카메라가 줌아웃되자 더이상 보이지 않았다. 그의 얼굴과 감색 슈트와 하늘색 셔츠. 넥타이가 어우러지는 화면에서 흉터 따위가 비집고 들어올 틈은 없었다. 화면에 비친 자신의 얼굴을 보며 그는 흉터를 가릴 수 있는 건 옷뿐이라는 걸 깨달았다.

앞으로 불어닥칠 바람에 몸을 떨던 그는 어쩐지 흔들리던 마음이 가라앉았다. 흉터뿐이 아닌 자신의 모든 허물쯤은, 아니 아버지의 허물까지도 옷만 있으면 모두 해결될 것 같았다.

*

이제 그가 의지할 것은 내 옷뿐이었다. 내 옷이 그를 진정 돋보이게 할 차례다.

또 하나의 에필로그

"패션이 종언을 맞이한 지금 보통의 옷을 환상적인 실크로 바꿀 수 있는 것은 오로지 마케팅뿐이다."

—테리 어긴즈

줄리아는 단상 위에 놓인 컵을 들어 물을 조금 마셨다. 그러고는 질문을 한 학생을 잠시 바라봤다. 그녀가 입고 있는 프린트 셔츠는 싸구려 옷가게에서 산 것이 분명했다. 몇 년 전 도나 캐런이 패션쇼에 올렸던 아이템을 조잡하게 베낀 것이었다.

"소유할 수 없을 땐 어떻게 하냐고요? 글쎄요. 원하는 걸 못 가져본 적이 별로 없어서……."

그녀의 장난스러운 말투에 학생들은 다시 웃음을 터트렸다. 줄리아는 웃는 학생들을 보며 잠시 시간을 둔 후 다시 입을 열었다.

"영화 「팬텀 스레드」에서 드레스 디자이너로 명성을 날리던 레이놀즈는 일에 지쳐 쉬기 위해 내려간 시골에서 알마라는 여자를 만나게 됩니다. 레이놀즈는 알마가 자신의 예술적 감성을 북돋아 줄 뮤즈임을 알아보고 둘은 곧 사랑에 빠지죠. 그리고 그저 평범한 웨이트리스였던 알마는 화려한 드레스의 뮤즈로 생활이 바뀌게 됩니다. 하지만 레이놀즈의 사랑은 점점 식어 가고 둘의 관계는 파국으로 치닫게 되죠. 그러다가 알마는 깨닫습니다. 레이놀즈가 자신을 필요로 할 때는 그가 가장 약한 상태일 때라는 걸. 그래서 그가 약해져 영원히 자신 곁에 있을 수 있도록 최후의 만찬을 준비하죠. 독버섯. 이제 그만 한 여인에게 안식하고 싶은 레이놀즈 또한 알마가 준비한 만찬을 기꺼이 받아듭니다. 서로 욕망하나 소유할 수 없다는 걸 두 사람은 알았고 영원히 소유할 수 있는 방법을 찾았던 거죠."

보다 진지해진 줄리아의 얼굴에 학생들은 숨을 죽인 채 이야기를 듣고 있었다.

"인간의 욕망은 소유욕으로 이어지고 앞서도 말씀드렸듯 현대인들은 많이 소유할수록 자신의 존재감을 더 강하게 느낍니다. 이 말은 인간이 존재감을 갖기 위한 원동력은 욕망이라는 뜻이기도 하죠. 하지만 인간의 욕망에는 끝이 있을 수 없죠. 그렇기 때문에 프로이트는 인간의 욕망을 충족시키는 유일한 대상은 죽음뿐이라고 하지 않았을까요. 제 관심은 어떻게 사람들이 욕망할 대상을 만드느냐 하는 것입니다. 소유에 관해서는 제 옷을 욕망하는 사람들이 생각해야 할 문제가 아닐까요."

말을 마친 줄리아는 단호하면서도 강한 눈빛으로 질문을 한 학생을 바라봤다. 그러고는 눈을 돌려 학생들을 전체적으로 둘러보고 다시 입가에 미소를 띠었다.

"그럼 오늘 강의는 이 정도로 하죠."

잠시 서로 눈짓을 주고받던 학생들 사이에서 천천히 박수가 터져 나왔다. 줄리아는 학생들을 향해 고개를 깊숙이 숙여보였다.

작가의 말

　중학교 때 우리 학교에는 당시는 물론 지금도 우리나라 에로 영화의 대표작으로 꼽히는 영화의 감독을 아빠로 둔 학생이 있었다. 같은 반은 아니었는데, 왜 그랬는지, 어느 날 그 감독이 학부형 자격으로 우리 반에 일일교사로 초빙됐다. 텔레비전에서만 봤던 유명 감독을 코앞에서 본다는 설렘과 기대, 지금까지도 재미있고 신기한 경험으로 기억되지만 한편으로 생각하면 중학교에 에로영화 감독이라니. 좋아하는 배우의 사진을 갖고 있다 들켜도 한 소리를 들어야 했던 시대였는데 말이다.

　생각해 보면 그때는 지금과는 조금 다른 분위기가 있었던 것 같다. 암울한 정치 상황과 그럼에도 경제적 호황으로 웬만한 부조리쯤은 서로서로 얼버무리고 넘어가고 눈감던. 그런 시대를 대표하는 영화 중 하나이기 때문일까. 그때의 일일 강의는 어쩐지 내게 그 시대의 모순적 상황을 상징하는 장면처럼 각인되어 있다.

그래도 내게는 아직도 신기하고 재미있는 체험으로 기억되는데, 하지만 그런 상황에 반감을 가진 사람이 있을 수도 있지 않을까. 그 교실에 있던 누군가는 말이다. 그런 생각과 의문이 이 작품의 출발이었던 것 같다.

부조리하고 모순된 아버지의 시대에 반감을 가진 소년. 그런 소년이라면 아버지에 대한 반감이 어머니에 대한 지나친 사랑으로 귀결되지는 않았을까. 오이디푸스 콤플렉스로 가득한, 성인이 되었을 때까지도 모성적 세계에 의지하려는 남자. 그리고 그의 주변을 둘러싼 여인들. 거기까지 생각하자 그들을 하나로 묶을 수 있는 것이 필요했고 그것은 욕망이라는 감정이었다. 그리고 욕망을 가장 잘 표현할 수 있는 소재를 찾아야 했는데 마침 떠오른 것이 옷이었다.

첫 작품집을 낸 후 이제 장편소설을 써야겠다 생각했을 때 무엇부터 시작할지 막막했다. 그래서 인간에게 기본적으로 필요한 의, 식, 주부터 시작하자는 마음을 먹었다. 첫 번째 장편은 음식이 소재였고 지금은 집에 관한 이야기를 쓰고 있다. 그리고 이 작품의 소재는 옷이다. 그런데 음식과 집과 옷은 좀 다른 것 같았다. 음식은 배가 부르면 더 이상 먹으려고도 하지 않고 먹을 수도 없다. 집도 아주 특별한 경우가 아니라면 여러 채를 갖고 이 집 저 집 옮겨 다니며 살지는 않는다. 하지만 옷은 어떤가. 옷장을 가득 채운 옷을 두고도 또 사고, 또 갖고 싶어한다. 욕망을 표현하는 데 적합한 소재가 아닐 수 없었다.『내 황홀한 옷의 기원』은 이렇게 완성됐다.

이 작품에 등장하는 모든 인물들이 각자의 욕망을 갖고 있지만 주인공 정현우를 지배하는 욕망은 아버지보다 깨끗하게 살고자 하는 것이다. 하지만 결국 그는 그것은 오만이었음을 깨닫는다. 정현우의 그런 아버지를 뛰어넘고자 하는 욕망은 모든 사람에게 내재된 것이 아닐까. 아버지의 시대. 부조리하고 모순 가득한 전 시대를 뛰어넘으려는 욕망. 그 욕망으로 인해 우리 사회는 발전하는 것이겠지만 그것으로 인해 언젠가부터 세대 불신이 만연돼 문제를 일으키기도 하는 것 같다. 하지만 정말 우리가 전세대보다 깨끗하게 살고 있을까. 각자 자신에게 한 번쯤 던져봐야 할 질문이 아닐지.

많은 분들의 도움과 관심으로 이제 한 작품을 마무리해 책으로 나오게 됐다. 그저 감사할 따름이다. 그 감사한 마음을 가슴에 담고 이제 집을 소재로 한 작품에 매달려야 할 것 같다. 부디『내 황홀한 옷의 기원』을 읽으신 분들이 다음 작품도 기대하고 기다렸으면 하는 바람이다.

2020년 10월

백지영

* 이 작품에 인용하거나 참고한 문헌은 다음과 같다.

테리 어긴즈, 『패션 디자이너의 세계』, 씨엔씨미디어, 2001
송영건, 『옷은 사람이다』, 이담, 2014
문미영, 『패션 디자이너 되기』, 들녘, 2014
이현학, 「패션업의 본질은 욕망 탐지이다」(https://fpost.co.kr/board/
bbs/board.php?bo_table=fsp12&wr_id=1)

내 황홀한 옷의 기원

1판 1쇄 발행 | 2020년 11월 1일

지은이 | 백지영
디자인 | 디자인 호야
펴낸이 | 조영남
펴낸곳 | 알렙

출판등록 | 2009년 11월 19일 제313-2010-132호
주소 | 경기도 고양시 일산서구 중앙로 1455 대우시티프라자 715호
전자우편 | alephbook@naver.com
전화 | 031-913-2018
팩스 | 031-913-2019

ISBN 979-11-89333-30-0 03810